铁葫芦 | 小说馆

铁葫芦

颜歌 著

我们家

浙江文艺出版社

图书在版编目（CIP）数据

我们家 / 颜歌著. — 杭州：浙江文艺出版社，2013. 5
ISBN 978-7-5339-3645-7

Ⅰ. ①我… Ⅱ. ①颜… Ⅲ. ①长篇小说 – 中国 – 当代
Ⅳ. ①I247.5

中国版本图书馆CIP数据核字（2013）第051010号

责任编辑 陈 坚
特约监制 金马洛 侯 亮
特约编辑 黄莉辉
封面设计 所以设计馆

我们家
颜歌 著

出版 浙江文艺出版社
地址 杭州市体育场路347号 邮编 310006
网址 www.zjwycbs.cn
经销 浙江省新华书店集团有限公司
印刷 廊坊市兰新雅彩印有限公司
开本 880mm × 1230mm 1/32
字数 182千字
印张 8.25
版次 2013年5月第1版 2013年5月第1次印刷
书号 ISBN 978-7-5339-3645-7
定价 32.80元

“这个故事有点慢，睡瞌睡前看一看。”

目　录

第一章

在爸爸的手机里，奶奶的名字是妈妈。一年之中，总有几次，这个号码要在不合时宜的时候响起来。

有时候是厂里开会，爸爸正训着门市部那几个嘻哈打笑的女售货员；有时候是和外头的朋友们喝酒，五个人喝到第三瓶茅台，包房里烟熏火燎；有时候更加糟糕了，爸爸正在和女人们做爱，或许是妈妈，或许是别的倒生不熟的婆娘。总而言之，事情正到酣畅处，电话铃就响起来了，“好一朵美丽的茉莉花”，一听到这曲子，爸爸先自软了三分，等看到上面的名字确凿是“妈妈”，他便连送起腰杆的力气都没了，爸爸像鸡毛一样飘下来，捡起电话，对着话筒，暗暗清了清嗓子，走到走廊里去，叫了声“妈”。

奶奶就在电话的另一边，她扯着电话线，扯着爸爸的心颠颠。爸爸听见奶奶说“胜强啊”，爸爸就说“哎，哎，妈，你说”，他靠在墙壁上，离对面那面墙不过一米半远，离奶奶不过隔了三五条街，爸爸说：“妈，我知道了，你别管了，这事我知道了。”

爸爸挂了电话，重新走进房间去。几分钟罢了，世上的事情却都变了：女售货员咬着耳朵交换着女儿家的私情；朋友们发短信的发短信、点烟的点烟；床上的婆娘居然弓着背在扯脚后跟的一块茧皮。爸爸咳嗽了一声，反手关上门，还是要把没干完的事干完。

只有一种情况例外，如果床上的婆娘恰好是妈妈，就免不了要谈两句奶奶的事情。

妈妈说：“你妈打电话来又什么事？”

爸爸走过去，脱了拖鞋翻上床，掀开铺盖往里钻，说：“哎呀，你不管嘛。”

他们就继续把没干完的事干完了。

过了一会儿或者稍久一些，爸爸走到走廊上，穿着暗红色的条纹衬衣，打电话给朱成，他说：“在哪儿？……嗯，来接我一下。”

他挂了电话走下楼去，走了半层楼又忽然停下来，爸爸实在想不过，站在楼梯里，屁眼鸡巴猪牛马，肠子下水君亲师，把这种脏话搅着骂出来了。“砍脑壳的！”爸爸说，“老子总有一天弄死你们！”“弄死你们龟儿子的！”——他从五楼骂下了三楼，从三楼骂下了一楼，站在平地上，抽了一根烟，远远地看见朱成开着黑漆漆的奥迪车过来了，他就把烟甩在地上踩得稀烂，打开后座车门一屁股钻进去，说：“去庆丰园。”

朱成便打转了方向盘，滴溜溜往西街外开，中途他们自然路过了十字路口，爸爸从车窗往外看，两条路上歪瓜裂枣地杵着人。从去年天美百货在这开业以后马路上的交通秩序就每况愈下，比如有两个谈恋爱的小年轻，互相搂着腰不管不顾地从车前面穿过去，比如一个手上提满了东西的少妇，也没牵住自己的孩子，几乎就贴着车的后视镜冲过来了，朱成一个急刹车，差点撞到他们，便伸出去头问候他们的祖宗十八代。

“朱成，脾气不要这么躁嘛。”爸爸坐在后座上，说。

“薛厂，这些人就是欠骂，硬是觉得老子不敢撞他们啊！”朱成调着方向盘从人堆里钻了出去。

“现在年代不一样了嘛，穿鞋的就怕光脚的，开车的就怕走路的。”爸爸说。

“就是！”朱成应着，“中国人太没素质了！”

他们继续说了几句，就过了西街神仙桥口。大前年，这里新修了个公园，把原来残下的烂水沟填了个严严实实。爸爸从车窗里能看见公园里聚了好些老人，说话的说话，不说话的就干坐着，这些人里自然不会有奶奶，爸爸摸出手机看了看钟。

到了庆丰园门口，爸爸说：“朱成，不开进去了，你今天回去了嘛，晚上不用车了，等会我自己走回去。”

“我等你嘛，难得走。”朱成规规矩矩地说。

“两步路，我自己走一下。你就不把车开到厂头了，明天早上八点直接来接我。”爸爸交代完，开门下了车。

爷爷死了有两年了。去年春天，保姆唐三姐说儿子媳妇喊她回去带孙儿，一转身就回了乡下，奶奶说从此再也找不到称心的人，罢了罢了，就一个人住着家里那套老房子，三室两厅，钟点工也不要，只想图个清静。

今年，奶奶比去年轻了，矮了一寸又一寸，这些爸爸都知道，他走上三楼，拿钥匙开了门，十次有八次都看不到奶奶，房间里堆着各种书、杂志和报纸，看起来像几个月都没住人了。“妈！”爸爸叫奶奶，“妈！”他又叫了一声，像是生怕奶奶就要这样没了声气。

“来了来了！”奶奶还是应了声，从里面随便哪间屋就出来了，“胜强，你来了啊。”奶奶说。

“来了啊。”爸爸一边跟奶奶说话，一边走到阳台上，他在一盆兰草边找到了奶奶放在那的烟灰缸，把它握在手上拿进客厅，放在茶几上，点了一根烟，坐到了沙发上。

“又抽烟！又抽烟！”奶奶坐到藤椅上，看着爸爸直摇头。

“哎呀，你不管我嘛！”爸爸说。

“我不管你还有哪个管得到你。”奶奶轻巧地说。

“对对对。”爸爸抽口烟，应着奶奶。

“跟你商量个事。”奶奶说。

爸爸一边听奶奶的话，一边细心地观察着她的样子。奶奶老早就白了一头头发，但总是烫得一丝不苟，弯弯折折地贴在头顶上，穿着一件淡绿色的丝绵上衣，灰地白花的丝绵裙子差不多到膝盖，而在膝盖下面，肉色的短袜上面，奶奶把小腿露在外面，皮肤是灰白色的，仿佛有五六个秤砣坠在上头，把肉皮子往下拉。

爸爸走了神，回想着第一次发现奶奶老了的具体时间。

那可能是在九六年，不然就是九五年，三四月份的时候，奶奶忽然来了兴致，让爸爸带她去崇宁县的梨花沟看梨花。到了梨花沟，里里外外七八层人，奶奶坐在车里皱着眉毛看他们，那时候朱成刚刚来开车，车都还是个桑塔纳，他做事也还不太灵性，木鸡般粘在位子上，爸爸只有自己去扶奶奶下车，他牵着奶奶的左手让她下地来，顺手搭了把她的肩膀。

就是在那个时候奶奶老了，隔着衣服，爸爸能感觉到奶奶的皮都挂在了肩膀上，松垮垮的，简直要随着她的步子荡起来。他吓了一跳，差点没扶住奶奶，奶奶说：“胜强你让开啊，你挡到我，我怎么走？”

爸爸退了一步，放开了奶奶，看着她往梨花沟走，爸爸说：“妈。”

奶奶停下来，回了个头，她脸上并没有什么异常，就和几分钟前一样，但爸爸居然不忍心看这张脸了。

“走嘛！”奶奶说。

他们去看了梨花，不是九六年，就是九五年。回平乐镇的时候，坐在车里，奶奶说：“你还是不要跟陈安琴离婚了，影响不好，人家都给你跪到了，你就算了嘛，退后一步自然宽，不然你这婚一离，其他人要怎么看我们一家人，我又怎么跟亲家公亲家母交代啊。”

“嗯。”爸爸心不在焉地应了一声，只觉得右手还是麻酥酥的。

“你听到没，胜强？”奶奶说完了话，过了半晌，还没见爸爸应她，就问他。

“嗯。我知道了。”爸爸重新说了一句，灭了烟，把目光从奶奶的小腿上移起来，看着她的脸对她点了点头。

“那你回去了嘛，我看会书就睡了。”奶奶交代道。

“好。你早点睡啊，妈。”爸爸四平八稳地答应了。

等到出了奶奶家，爸爸在楼道里站了一会，却反身上了五楼。五楼往上再没有楼梯了，两扇门孤零零地对着，爸爸拿出手机来打电话，只响了一声电话就接起来了。

“开门。”爸爸说。

也就是一眨眼的工夫门便开了。门里俏生生立了一个钟馨郁，她应该是新做了头发，那么一头，黑漆漆直溜溜地挂在尖脸边上，真是好看。

爸爸总算笑了一笑，走进去，把门关上了。

在爸爸的手机里，钟馨郁的名字老是变来变去的。有几个月她叫钟忠，后来又叫了半个月钟军，最近爸爸倒是返璞归真了，干脆把她存成了老钟。有一回，爸爸正在家里吃饭，电话放在饭桌上，忽然响了，爸爸倒还没马上反应过来，妈妈就瞄了一眼。“老钟的电话。”妈妈说。

“哦。”爸爸拿起电话，接起来，说，“老钟啊，正在屋头吃饭呢，打麻将啊？”

钟馨郁“啊”了一声。

“吃了饭都嘛，”爸爸笑着说，“今天我还要洗碗。”

他挂了电话，妈妈说：“老钟好久没约你了？”

“是嘛，”爸爸夹了一坨青椒茄子，扒了一口饭，“等会洗了碗我去应酬一下。”

“你吃了就去嘛，”妈妈乜了他一眼，“你啊看到他约你出去就心都慌了，我洗碗就是了。”

爸爸就顺顺当当地出了门，觉得老钟这个名字的确是四两拨千斤，神来之笔。

晚些时候，钟馨郁问他：“我现在叫老钟了？”

“啊。”爸爸专注地摸着她的乳房。在爸爸摸过的乳房里，钟馨郁的乳房不算太大，但总是凉幽幽的，坠在手里像一块老玉。

“那你喊我一声呢？”钟馨郁笑嘻嘻地命令爸爸。

“老钟。”爸爸说。

“哎！小薛乖！”钟馨郁眉开眼笑地说，撅着屁股就把下半边往爸爸身上靠过来。

老实说，爸爸就欣赏钟馨郁这股没头没脑的傻劲，跟她做爱的时候，爸爸总喜欢张嘴就骂：“你这个瓜婆娘！”钟馨郁也不生气，便实至名归了。

爸爸和她搅在一起也有快两年了，说起来，这里面还有爷爷的功劳。

不过是爷爷死之前三个月的事。爸爸记得爷爷是满八十四上八十五，奶奶也都吃着七十八的饭了，正月里头，天不过十五，时不到清早八点，爸爸的手机响起来。

爸爸和妈妈都还在睡觉，铃声把他们都吓了一跳。

爸爸迷迷糊糊地扯过电话，看到是奶奶，只得硬生生把火气都压了下去。“妈。”爸爸喊了一声。

奶奶在电话那边哭得悲悲戚戚，爸爸翻身起来坐直了，问：“妈，什么事啊？”

“我要跟你爸离婚，我要跟你爸离婚！”奶奶悲悲戚戚地说。

爸爸和妈妈穿了衣服就往奶奶家赶，妈妈开着她的车载着爸爸，一边开，一边问：“你妈说要跟你爸离婚，有没搞错？”

一点没搞错。到了庆丰园，妈妈在楼下停着车，爸爸两步跳上楼去拿钥匙开门，奶奶在客厅里坐着，掩着脸哭。

“妈，妈，”爸爸走过去，看着奶奶，“你不要哭嘛，什么事好生说啊。”

“你问你爸！”奶奶空出右手来往阳台上一指。

爷爷在阳台上坐着一把藤椅，大冷天里春秋衣外头套了一件皮大衣，正一口接一口地抽烟，毛领子上全是烟灰。

“爸，怎么搞的啊？”爸爸走过去问爷爷。

爷爷摇摇头，不说话。

“你爸在外头有人了！”奶奶的声音从客厅传了过来。

爸爸哭也哭不出，笑也不敢笑，和爷爷两个烂兄烂弟般在阳台上互相换了一个眼神，爸爸说：“爸，你还可以哦，身体好嘛。”

爷爷倒是干笑了一声。妈妈从楼下噔噔走进来，奶奶像被谁踩了似的提高了哭声。

“妈。”妈妈叫了奶奶一声，也不知该进该退，望着阳台上的爸爸。

爸爸对她比了一个没事的手势，妈妈就朝奶奶走过去了，她蹲下来，伸手扶着奶奶的肩膀，细声细气地说：“妈，你不要哭了，有什么事情好好说嘛。”

“这日子没法过了，”奶奶说，“跟你爸说，我也给他当够了保姆，他爱跟哪个过就去跟哪个过，我也图个清静。”

那几天，保姆唐三姐倒是的确没有上班，回老家过年去了。于是妈妈张罗着热了昨天的鸡汤，下了半把挂面，又捞了一碟泡菜，一家人围着桌子好歹吃了早饭。

“胜强，等会给你姐打电话，把她喊回来。我今天就跟你爸这个人把这个婚离了，我一辈子清清白白，绝对不勉强人家，人就是要活个高兴，这叫作己所不欲勿施于人。”

爷爷埋头吃面，一句话都没有，爸爸想说什么，妈妈扯了他一把。

奶奶总算没跟姑姑打电话，爸爸以为这件事就这样过去了。

过了三个月，爷爷翻了高血压，在平乐医院去了。直到最后那天，奶奶也打死都不出家门一步，无论是妈妈爸爸姑姑姑爹还是唐三姐，谁都没办法让她去看爷爷最后一面。

“不看！”奶奶说，“喊他另外那个婆娘去看他。”

爸爸思前想后，不得不坐在爷爷的床头，问爷爷：“爸，爸，你还有没啥要交代给我的？我一定帮你照顾。”

爷爷看了爸爸一眼，只有进的气，没有出的气，他摇了摇头，握着爸爸的手去了。

英雄末路，爸爸悲从中来，想着爷爷这一辈子，忍回了眼泪忍不住气。他妈的。过了不到两个月，爸爸跟龙腾通信城卖手机的钟馨郁好了，就把她安顿在奶奶的楼上。“龟儿子的这些瓜婆娘，”爸爸说，“总有一天老子要弄死你们。”

没错，爸爸在做爱的时候是有很多怪话要骂。

说句良心话，爸爸也不是一个坏人。十七岁生日过了才两个月，奶奶就安排他去豆瓣厂上班，带他的师傅叫作陈修良，陈修良也不是一个坏人，只不过就是有点懒又爱吃烟。每天爸爸从家头出来走路去上班，奶奶交代了，到街上给陈师傅买一包牡丹。陈修良拿了这包烟，就眉开眼笑地打发爸爸去做事，陈修良没拿到这包烟，就必定要骂两句鼻脓滴水的怪话，再打发爸爸去做事。

算起来不是八三年就是八四年，在豆瓣厂，据妈妈说，爸爸做的事情是守晒场：五月份到了头，马上就六月了，苍蝇蚊雀都在天上飞起来了，打屁虫和土狗也开始在地面上横行——本来是一年里最杂花生树的时候，我们镇上的人却偏偏要去晒豆瓣——奶奶玉手一点，爸爸就被陈修良丢到了太阳坝里，磨皮擦痒地守起了晒场。

外地来的人肯定没见过平乐镇晒豆瓣的气势，爸爸倒是看得心都烦了。也就是横竖一坝子的土陶缸子，大半人高，两人合抱，里面汩汩地泡着四月里才发了毛的蚕豆和五月刚刚打碎的红海椒，以及八角、香叶那些香料和大把大把的盐巴，那辣椒味道一天变两天地，慢慢在太阳下蒸得出了花发了亮，刚刚闻着也是香，后来也无非一股酸臭。有时候太阳大，晒得缸子里砖红的豆瓣酱都翻滚起来，冒着大水泡，这个时候爸爸就要拿根一人高一握粗的搅棍踩着板凳一缸一缸地去搅——搅豆瓣是一件极其要紧的事，陈修良为了教会爸爸这事没少给他吃爆栗子：“慢！慢！”陈修良在一旁叼着牡丹烟，做出双手下压的手势，斜着眉眼对爸爸吼。爸爸就慢下来，把手里的棍子调羹般在豆瓣里划着，陈修良却又不满意了：“现在快点！快快快！”他说。

棍子一搅，满缸的辣椒油就翻上来，混着水汽往爸爸脸上扑，呛得他连肠胃都红彤彤的，爸爸终于毛了，把棍子往缸子里一掼，对陈修良说：“到底是要快还是要慢！你逗老子啊！”

妈妈说：“你爸还以为陈修良要给他打上身了！”

但是没有，陈修良若有所思地吃完了烟，把烟头在地上按灭了，居然笑眯眯地走到豆瓣缸边上去，捡起棍子来给爸爸作示范。

“薛胜强，你看好：手要紧，腕要松，倒拐子要左右动。还有你要记好了，我只跟你说一次——你怎么干婆娘就要怎么搅豆瓣，懂不懂？这缸子豆瓣就是婆娘的屄，只要把婆娘干高兴了，这个豆瓣就搅对了。”那一年爸爸还没有干过婆娘，他连光屁股婆娘长什么样都还整不实在，陈修良的话让爸爸把目光死死锁在了他身上。

他看着陈修良在太阳坝下搅起豆瓣来了，用一种巫术般的节奏，慢，慢，快了，甩两腕子，又慢了，搅棍捣在豆瓣里，豆瓣发出水汩汩的呻吟，浸出红灿灿的辣椒油，冒着销魂的香气，爸爸就这样眯着眼睛在晒坝上硬了。

不用说，爸爸终于成了搅豆瓣的一把好手。他自认为在干婆娘这件事上也是的。

哦还没说到爸爸怎么是一个好人的，但这件事可不像爸爸学会了搅豆瓣那么光彩。这也不是妈妈说的，但平乐镇上没有不透风的墙。

爸爸从来没有提过，甚至没有想过，但他肯定清楚地记得，那个夏天，自己想婆娘想得是发了愁地发了疯。

这都怪那个狗日的陈修良——爸爸汗涔涔地躺在凉席上，一边手淫一边在心里骂他，同时抽空想着镇上几个他觉得还漂亮的婆娘，想着她们光屁股的样子，等等等等。

但是爸爸还没失去理智，他从实际出发，抽丝剥茧地分析了眼下的情况，认为自己很难勾搭上一个婆娘，或者说，勾搭上一个婆娘又不被镇上的其他人或者奶奶发现——连续手淫了一个星期以后，爸爸决定到幺五一条街去找那个货真价实的光屁股婆娘。

幺五一条街现在没有了，或者说它看起来消失了，只有知道暗号的人才能找到它的入口。总体来说，我们镇上所有的散眼子和二流子都熟悉它的位置，或者说只是全镇的人都做出了假装不知道的模样——实际上，出了南街往城外，接近三七二厂的方向，有一条不起眼的小街，街上稀稀拉拉长着几棵桂花树，树上拉着绳子，时不时挂着几张毛巾和几件洗了的衣服，这就是著名的幺五一条街。当然了，爸爸还小的时候，这条街并不叫作幺五一条街，它甚至完全不是一条街，街上只有一个叫作红幺妹的婆娘，关门闭户地做些生意，爸爸听说她的行情是五块钱——运气好的时候四块五。过了差不多十年，这里成了著名的幺五一条街，红幺妹的隔壁住进了各种各样的婆娘，通价十五元，那时候这条街很是红火了一阵，甚至从永安市里都有些砍脑壳的赶着一块五的中巴车来找婆娘。二〇〇〇年之后，也可能是〇二年以后，爸爸又去了一次，那婆娘伸手就问他要一百五，爸爸这才感到好时光就这样过去了。

〇〇年，或者是〇二年，就算是摸出一百五十块吧，爸爸连屁都不会打一个。但是回到将近二十年前就不一样了，为了攒那五块钱，他真是绞尽脑汁，算尽了卿卿性命。

每天爸爸在家头吃早饭，然后去豆瓣厂上班，中午饭和晚饭都在厂里的食堂吃，除了给陈修良买烟的钱，还真拿不到别的零用钱了。不得已，爸爸只有在陈修良的烟钱上打主意：一包牡丹五角三，一包甲秀二角四，这样一天省下二角九，过十八天就可以去找红幺妹。或者，有一个更大胆的计划：一包牡丹五角三，一包银杉是一角三，一天省下四角，过十三天就可以去找红幺妹。

爸爸在半张纸上把这两种可能性反复算了三次，走在路上，掂量着那五天的日日夜夜，站在烟摊子门口，眼睛看着架子上的烟，脑壳想着缸子里的婆娘，最后他心一黑，牙一咬，铤而走险，对老板说："一包银杉。"

陈修良倒是没多说什么，他把烟接过来，眯着眼睛瞄了一眼，"嘿！"了一声就算了。反正，吃烟也是吃烟，大热天里，他打着光膀子，坐在一棵大桉树下面，嘴里叼着半根银杉，太阳明晃晃的，爸爸也不知道他看着哪里，他索性就不看陈修良了，埋着头搅他的豆瓣去了。

那豆瓣发泡的声音真差点狗日的要了他少年郎的小命。就算是现在，爸爸走过晒坝的时候都要忍不住多看一两眼那些豆瓣缸，满当当一个坝子里，齐崭崭的全是初恋。

长话短说，爸爸麻着胆子给陈修良买了十三天的银杉，终于攒上了五块二。那一天，鸡公一叫东方白，他雄赳赳气昂昂地在幺五一条街破了处。爸爸的记忆有点模糊了，他想不起来到底是因为那个时候红幺妹还特别有职业素养，或自己真是天生神功，他只觉得那天她的叫声格外不一般。事毕，爸爸把兜里的钱都给了她。

“小兄弟，多了两角。”红幺妹倒是好心，说。

“多的给你了。”爸爸轻描淡写地说。

“要得公道，打个颠倒。”——从小，奶奶苦口婆心的教育总算没白费，爸爸遂成了个乐善好施的好人。

这天晚上，爸爸和高涛以及钟师忠两个在飘香会馆吃饭，不知道怎么的，就说了以前幺五一条街上的红幺妹——高涛抽下一口烟，把烟屁股在餐盘里剩下的半截鸭屁股上按灭了，用二指指着爸爸，醉醺醺地说：“老钟，你还记得到那个红幺妹不，就是薛胜强的那个初恋情人？”“龟儿子的初恋情人！”爸爸啐了他一口，他打死也不可能承认自己就是被红幺妹破了处。“不管嘛，总之你娃一天到黑就朝南门外头跑嘛，为了跟红幺妹睡一觉，跑到黄家地头去偷人家兔儿，那次，你还记得到不？”不知道什么时候开始，爸爸和他的朋友们到了那个年纪，喝了一点酒就要开始忆当年的。“就是！我想起了！”钟师忠发话了，“对的！那次他把他妈气死血了，他还跑到我家头来住了两晚上，这个虾子！”

“你们两个老龟儿子！哪百年的事了！找不到事说了啊？”爸爸抓起桌上的半包软中就朝钟师忠头上打，他笑嘻嘻地抬起手接了个正着，抖出了一支烟来就点燃了——包间里的女服务员捂着嘴偷偷地，想笑又不好意思笑出声。

“都说到这儿了，”钟师忠抽了两口烟，好歹摆正了脸，问爸爸，“老太太最近还好嘛？”

“精神得很！”爸爸说，“前天才把我喊回去给我交代要过八十大寿的事！”

“哎哟！”高涛拍了个手，“八十大寿是大事哦！胜强，你要好生给老太太操办一下哦！”

“操办嘛！操办！”爸爸夹了一块酱鸭子，咂在嘴里连骨带肉地吃了，“老太太说了，全家人都要喊回来，我姐啊，我哥啊，全部喊回来，还有镇上的亲戚朋友，弄热闹了。老子反正整巴适嘛，等到这些平时鬼影子都看不到的先人些回来嘛！”

“哎呀，”高涛听出了爸爸的怨气，安慰他，“胜强，哪个喊你能干呢，又在老太太身边，多出点心力也是应该的。”

“能干！”也不知道是想到了什么事，爸爸来了火，“能干个屁，还不是没法了，国家逼的，社会逼的……”他举起杯子来，桌上三个人碰了一碰，把白酒干了，“妈逼的！”

这倒是真的，不是骂人话。爸爸扪心自问，他这辈子没被幺五一条街的那些幺妹把脑浆给操出来，现在还能算有个出息，在平乐镇是个有头有脸的人物，全是靠奶奶逼出来的。

“黄金棍下出好人。”奶奶经常说。

“慈母多败儿啊。”爸爸还记得，这是奶奶拿起鸡毛掸子打他屁股的时候最爱说的话——爸爸肯定无法忘记，虽然他同样不会承认了，直到他都十九二十岁了，在跟妈妈耍朋友了，打麻将被奶奶逮到了，她还是能弄得爸爸巴巴适适地脱了裤子，穿着一条春秋裤趴在板凳上。

奶奶从来是个讲礼的人，做什么事都求个周到，从小到大，她就斯斯文文站在爸爸边上，一掸子一掸子往爸爸屁股上抽。掸子打在春秋裤上，说大声不大声，说小声也不小声，她一边打，一边轻言细语地说：“胜强啊，你要听话啊，我们薛家就看你这一个娃娃了，不要怪我手狠，慈母多败儿啊。”

屁！从小到大，爸爸每次都在心头骂：“你咋不打姐呢，你咋不打哥呢。”

就这样骂了二十几年，爸爸也没敢真的骂出口，但他算是想清楚了，打从奶奶怀胎十月把他生出来，他就是来这个家头当受气包的。

“小妹，把酒开起嘛！”爸爸吼了一声，指了指那瓶还没开的茅台酒。反正就是这么回事，钱嘛，纸嘛，肉包子打狗嘛——用着豆瓣厂的钱，爸爸心里总是格外舒畅。

在爸爸的手机里，存着一个叫作“段知明”的电话号码。说来烦人，明明不想看见这个名字，却偏偏因为段字排得靠前了，他打开电话本翻电话，多而不少总要瞟到一眼。有时候他看到也就看到了，但有时候他看到就要发无名火，有一次，他差点就下手了，要把“段知明”改成“知明”，让它狗日的从D开头变成Z开头，图个眼不见为净——但是他终于没有下手，要让他把“段知明”存成“知明”，好像他和这个人的关系变得亲热了，他也就宁愿吃个亏，多看这白脸鸡儿的名字儿眼算屎了。

至于姑姑，爸爸倒是不敢像对大伯这么对她，他规规矩矩地把她的名字存成了姐姐。每次要给姑姑打电话了，爸爸都规规矩矩地走到人少的地方——走廊上，阳台上——翻出姑姑的号码，打过去，响几声就接通了，姑姑接起电话来，清清淡淡地叫爸爸的名字：“胜强。”

从爸爸有记忆以来，姑姑都不说平乐镇上的话，而是说的普通话，就凭这一点，爸爸从来都尽量轻言细语地和姑姑说话——电话通了，姑姑的声音传出来，就跟在电视上听到的一样，她说：“胜强，家里有什么事啊？”

爸爸就收敛了他满肚子的怪话，端端正正地，跟向大队长汇报工作一样，说：“也没什么事，就下个月不是妈要过八十大寿嘛，她想把大家都喊回来给她过个生。”

“噢！对，”姑姑的声音听来有些惊讶，“我差点忘了，是的，的确也是应该回来了。那你把日子定下来，到时候我回来。”

“嗯。”爸爸答应着。也是姑姑了，如果是其他人，爸爸肯定要在心里骂几句怪话，比如：“段知明，老子定日子，定酒席，你带起嘴回来吃饭喝酒，老子把你打到了！”

“一切都好吧？”姑姑问，“安琴还好吗？兴兴怎么样了？好些了没？”

“都好，都好。”爸爸嘴里热，心里虚，反正应着。

“都好就好。”姑姑说。

姑姑这一问，堵住了爸爸嘴里的话。别人不知道，包括奶奶都不一定清楚，可是爸爸心里明明白白，没有姑姑，就没有他和妈妈的今天——劝住他不和妈妈离婚的人不是奶奶，而是姑姑。

那次真是破天荒了，姑姑主动给爸爸打了个电话，问他：“胜强，你是不是铁了心要跟安琴离婚？”

爸爸不说话，他前一天自然是口口声声答应了奶奶，可是他怎么咽得下这口气。

爸爸不说话，姑姑自然明白了，她叹了口气，开口接着说：“胜强，我知道出了这种事，你要离婚，谁也不好开口劝你，可是我这个媒人还是想着再和你说两句，姐说话，你还能听得进去吧？”

“姐，你说。”爸爸老老实实地，在沙发上坐下来，眼睛直勾勾看着门厅尽头的防盗门。

“我和安琴啊，好歹做了两年同事。她是个好女孩子，不然我也不会介绍给你。我也算是看着你们在一起的，真是不忍心你们就这样散了，所以今天姐帮她求个情，不知道你能听得进去吗？”姑姑说。

“姐，你说嘛。”爸爸还是看着防盗门，那天。

“姐也不说安琴对了，也不说安琴错了，姐只想跟你说，你要是和安琴离了婚，你以后要怎么办？兴兴怎么办？眼下她才生了病，你不要以为娃娃不懂事，你和安琴吵架，她心头肯定难受，你要真跟安琴离了婚，到哪儿再去找个人来照顾她？当然了，你这个年纪，这个能力，要再找也简单，你能再找一个老婆，可是去哪里再给兴兴找个妈？你要找个年纪和你差不多大的，那肯定也是有过去的，问题一大堆，你要是找个比你小的，那怎么像话？姐知道你，你现在厂里生意做得好，人也吃得开，年轻女孩子多是多，但都是玩玩就算了，哪能带回家？你想想啊，胜强，那个家里，你还能找谁回去？”姑姑说话的语气让爸爸想到了他在电视上看见她的样子，她好像在对着提词机念这段台词。

爸爸看着防盗门，他不知道怎么回答姑姑的问题。姑姑她不愧是靠说话挣钱的人，句句都捣在爸爸的心口上，哪个他都答不出来：“怎么办？哪去再给她找个妈？这个家怎么办？”

爸爸找不到问题的答案，老婆再不对总还是要心疼娃娃。

“我知道了，姐。”爸爸终于说。

他们说了一会儿话，爸爸挂了电话，妈妈就刚好用钥匙窸窸窣窣地开了防盗门走了进来，她提了一手的菜，期期艾艾地，也不太敢看爸爸，低着头往厨房里走。

“安琴。”爸爸叫住了妈妈。

“嗯？”这一声叫得妈妈浑身一抖，似乎被吓破了胆，她转过头来看着爸爸。多年了，爸爸知道妈妈徐娘半老，姿色犹存，一张白生生的鹅蛋脸上镶着一只精巧巧的鼻子、一双水汪汪的眼睛。

“晚上吃啥？”爸爸问，一边问，一边往沙发后面靠去，拿起遥控器就要开电视，好像这只是一个再平常不过的晚上。

那个晚上过去了好多年，妈妈终于重振旗鼓，坐直了腰板，占定了大房的位子，从贼变成了捉贼的，就算如此，纵便这般，家总算还是家，窗明几净，一家人还是一家人，和和睦睦。爸爸知道这一切都多亏了姑姑当年的那番话，他就真的不忍心把包在嘴里的话吐出来。

“妈还说了，把大哥和刘星辰他们都叫回来。”他还是说了，实在不能不说。

“妈这么说？”

“是啊，老太太一心就是想着要把家里人都叫回来，谁都不能少。”爸爸说，“她说，八十岁了，要热热闹闹过个生。”

“我知道了，那你就早点定下日子告诉我，最好是周末，星辰和小赵平时上班都忙，点点平时要上幼儿园。”姑姑交代了家里人的行程。

“好，我明后天就定一下告诉你。”爸爸赶紧说，“姐，你如果为难，我可以跟妈说一下……”

“没事，”姑姑打断了他，“胜强，你别管这事了，一家人就一家人。”

朝夕相处了将近二十年，爸爸当然知道姑姑的倔，他就不再多说什么了，准备挂了电话。

倒是姑姑问起了大伯：“知明呢？你给知明打电话了没？”

“我知道打。”爸爸说，“姐你就别管其他的事了。”

于是爸爸挂了电话，重新翻开电话本，第一页就能看见大伯的号码。爸爸看着它，看了几秒钟，几乎就要按下去了。

但是他终于没打。“现在时间不合适。”爸爸想，“明天打吧。”

他就在电话本上一路翻了下去，不远万里翻到了钟师忠的电话，然后他打过去：“喂，老钟，出来吃饭嘛？……正在吃？甩了筷子出来就是了嘛！屁话多！飘香！我请客，我喊朱成拿三瓶茅台来，今天喝高兴！”他知道钟师忠这个酒虫子一定抵抗不了这个邀请，他果然同意了，但是他提出要叫高涛。

“喊嘛喊嘛！”爸爸知道钟师忠卖的什么药。高涛盘算着让豆瓣厂把明年的广告都承包给他的广告公司，又是打电话又是来家里送礼，已经折腾了两个星期，钟师忠和高涛亲家里道，自然要帮这个顺水人情。

“大家弟兄多久不见了，今天一起吃高兴！”爸爸在电话里说，虽然他清楚自己的心思：“鸡巴大个门面，还好意思说是广告公司，也好意思跟老子做生意！”

“不醉不归！不醉不归！”爸爸念叨着，这样走出了那一扇防盗门。

这天晚上，爸爸和高、钟两个人，喝到第三瓶茅台，正在椅子上喘着粗气，眼见着包间的女服务员越来越像哪个仙女，电话忽然就响起来了。

已经是将近晚上十一点，钟师忠吓了一跳，对爸爸说：“是不是嫂子喊你回去了？”

“她！”爸爸哼了一声，还是拿起电话。

电话上清清白白地显示着“老钟”两个字，爸爸瞟了钟师忠一眼，拿着电话走出了包房。他站在走廊上，把电话接起来，粗声粗气地问：“半夜三更，哪家死人了？”

这句话说出来，爸爸自己吓了一跳，他忽然怕是奶奶出了什么事，一肩膀靠在墙壁上。钟馨郁在电话那边说了什么，但都给他自己唬得没了声音。他想到奶奶一死，这一家子人不知道要怎么出乱子，自己又不知道要怎么来收拾这个烂摊子，就吓破了胆。

还好，他定了定神，听电话那边说了话，并没有什么大事，无非是钟馨郁忽然在夜里发了痴，哭哭啼啼让他过去。

“在外头的嘛，喝酒的嘛，怎么来嘛。”爸爸轻言细语地哄着这个瓜婆娘。最近钟馨郁不知道被什么鬼迷住了心窍，有些不安分起来。

“我不管，你今天必须来！”电话那边的婆娘说。

“真的来不到啊，明天来！明天一起来我就来好不好？”爸爸维持着温柔的声音，想着，钟馨郁毕竟还是太小了，动不动用什么“必须”，还“我不管”，简直不知道是被谁惯坏了。

“不嘛！我就要你今天过来！”钟馨郁居然丝毫不领爸爸的情分。

爸爸靠在墙壁上，看着对面的墙壁，仔细观察着墙纸上一块卷起的边角。这个场景让爸爸觉得无比熟悉，这就是每次奶奶打电话给他的情况。

这么一想，爸爸不由得怒从心头起，恶向胆边生，一个小小的钟馨郁也敢骑在他头上撒泼了，那穿着一套紫红色的工作服在龙腾通信城低头哈腰这个哥那个哥地招呼客人的小钟如今安在哉!

爸爸把火和浓痰一起卡在脖子里，正准备一口气撒出来，就听见钟馨郁说：“你不来我就下去敲你妈的门，你看嘛，我做得出来，我把她喊起来把我跟你的事都说给她听，我看她要怎么说！”

就跟要做爱却拉了个手刹般，爸爸一下子就蔫了。上了年纪，难免会有这样英雄气短的时候。

进了包间，自然免不了被高和钟两个人洗涮了一番，说：“家头扯警报了嘛！要回去灭火了嘛！”

爸爸只有搂着包房小姐的腰，大声地说：“走了走了，带我去埋单！”

小姐意思意思推了推爸爸的肩膀，说：“薛哥，高哥买了。”

虽在意料之中，爸爸还是客客气气地“哎呀”了一番，顺手在包房小姐腰上捏了几把。这位小姐穿着连裤的丝袜，弄得腰上鼓出了一坨肥肉，爸爸就把这坨肉捏在手里，心中竟是分外怜爱的。

趁着这股性子，爸爸披星戴月，奔赴庆丰园钟馨郁的床上和她云雨了一番——也只得如此，不然深更半夜，心头又一股无名火，实在不知道怎么下台得好。

因为喝多了酒，爸爸明显感到自己状态不佳，不过钟馨郁倒是哼哼唧唧叫得欢畅，爸爸说：“小声点，大半夜了。”钟馨郁在他身下乜了他一眼，说：“怎，怎么，你是怕谁听见？”

爸爸遂狠狠地戳了钟馨郁两下，万般委屈在心头。做人难，做男人更难——古来只有累垮的牛，不见犁坏的地，难道他薛胜强真是受气包的命，为了让老母亲睡个安稳觉，包个二奶都弄得这么卖命。古来圣贤皆寂寞，为谁辛苦为谁忙。

“等到天亮以后吧，”爸爸在最后一次和他的情妇钟馨郁做爱的时候想，“等到天亮以后把事情都解决了，给段知明打个电话，安安心心给妈把八十大寿操办了，不折腾了。”

第二章

“到底是从什么时候开始的？”爸爸一边抽烟，一边想。他坐在厂长办公室里，对着足有四五平方大的办公桌，把烟在半个屁股大的烟灰缸里按灭了，又点上一支。“是什么时候呢？”

具体时间没人说得清楚了，大概算起来就是九七年九八年左右吧，总之不超过○○年。有时候爸爸喝多了酒，有时候只是没来由地就睡不着觉，只有坐着干抽烟，施施然地，莫名其妙地，他忍不住就要开始想奶奶死了的事了。

真不知道是什么时候开始的，爸爸总觉得奶奶没了就是眼皮下的事，他便琢磨着去想事情发生的过程，比如他的手机忽然就响了，上面亮着“妈妈”两个字，接起来，说话的人却不是奶奶，爸爸就知道糟糕了，肯定是哪个邻居，不然是奶奶的什么老朋友，在电话里说：“薛胜强，你妈来不起了！”又即便不是手机吧，也可能是大晚上的，或者凌晨，突突就有人来捶门，爸爸一开始还醒不来，跟妈妈说：“安琴，有人敲门。”妈妈就去开门，爸爸在床上继续睡着，半梦半醒，听到妈妈在外面跟人说话，声音陡然提高了，颤抖起来，爸爸就知道完了完了，果然，妈妈进了卧室，站在门口，也不让爸爸看清她的脸，说：“胜强，你妈出事了。”

和钟馨郁在一起以后，事情又有了另一个版本。那就是也是在什么不合时宜的时间，爸爸的手机忽然响起来，钟馨郁在电话那边说：“薛哥，你赶紧过来啊！出事了！”

奶奶便没了。爸爸又点燃一根烟，想着奶奶就这样没了。只得办丧事，只得在烈士陵园包下元帅厅来做灵堂，只得让朱成去定至少十二个花圈，从他开始，到姑姑一家，刘星辰一家，别的亲戚（只得给段知明也写个花圈），不管三七二十一先写上去图个热闹，花圈飒爽地排了两排，甚是好看，再找两个哭丧的，跪在灵堂门口，只给它哭个悲悲戚戚，昏天黑地——如此这般，每一个来拜的都得知道，薛家老太太是死得气派的。

爸爸想了好多次，想得十分周全了，他甚至想到要用百合花满满把灵堂堆个结实，把有金边的灵棺放在中间，一眼看去，好不壮观！——但多年了，多年了奶奶就是没死下去。

奶奶没死下去也罢了，爷爷反而半途死了去。不管吧，爷爷死了也要办丧事，那是二〇〇五年的事，爸爸心揪揪地琢磨着，那就把这些人啊，花啊，纸啊，都给用在爷爷身后吧。奶奶却说：“薛胜强，你这个人就是这么庸俗，人死就死了，就化成灰了，什么都没了，还办什么丧事——立个坟埋了，大家清明过节去看看，心里知道怀念也就行了。”

奶奶又说：“这镇上乡里乡亲的，谁不认识谁，设个灵堂，无非就是请人家的礼，请了人家的礼，你以为就占了人家便宜？这礼啊总是要还的，你呀，也堂堂是个厂长了，别占这种小便宜。”

爸爸坐在奶奶对面，抽着烟，不说话，也不知道在想什么事。

奶奶倒恰好说了：“这也是你爸，要是我，等我死了，你就把我骨灰随便往清溪河里一撒算了，你们也别想着我念着我，就当没我这个妈吧。”

爸爸按灭了烟头，继续沉默着，他心里说：“你说得轻巧，插根灯草！”

最后奶奶也发现自己的确是说得太轻巧了。

这一天，四点过不然就是五点，总之六点还没到，她忽然就听到自己家的门轰隆隆地响起来。“出事了。”奶奶马上明白过来了。她坐起来，从椅背上扯了昨天的裤子来穿上了，在门背后拿了一件枣红色的毛线外套披着，又对着镜子理了理头发，走出去开了门。

门外站着那个钟馨郁，楼梯间的灯从她头顶上打下来，让她的脸色显得十分难看，像是没想到奶奶这么快就开了门一般，她被吓了一跳，盯着奶奶，张了张嘴，却发不出什么声音。

“薛胜强怎么了？”奶奶问她。

这下钟馨郁的确被扎扎实实地吓了一跳，更说不出话来了，她指了指楼上，连着发出了两个声音：“他，他……”

奶奶遂推开了钟馨郁，实一脚虚一脚地上楼去了。她伸着手，拉着楼梯扶手，一步步地往上面挪。钟馨郁好歹从后面跟了上来，伸手来想扶奶奶的另一只手膀，却被她给甩了开去——奶奶倒不知道自己甩开了钟馨郁的手，她只顾抬着头往五楼上走，过去的那些人啊、事啊，洗脚水般罩着她的顶门一盆淋下来，有个妖女期期艾艾地唱：“问君何所欲，问君何所求，牡丹花下死，做鬼也风流。”

“好一个做鬼也风流啊，”等到奶奶登上了四楼上去的楼梯，转过头能看见五楼钟馨郁家的门半开着的模样了，她就忍不住想——这一头呢，她继续爬剩下的那十二级楼梯，那一头却琢磨着："这事让莉珊来处理不合适，只有打电话把知明叫回来了，还是在烈士陵园摆个灵堂吧，越是出了事死的，就越要办得体面。"

"哦对了，还有陈安琴，那还是得把莉珊喊回来，好歹要把她稳住。"奶奶一边想一边推开门，就像走进她自己的房子一样，轻车熟路地往主卧走进去。

但爸爸居然没死下去，而是仰躺在床上，只去了半条命。他歪着脸，向着外面，斜着眼睛能看见奶奶走进来了，也不知道是害怕还是释然了，奶奶眼看见爸爸的眼泪冲着眼屎流出来了。他咧着嘴，想发出声音来，奶奶终于听到爸爸叫她了，沙沙地："妈，妈。"

这声音就像警钟一般，敲在奶奶心上，把她的心敲稳了。毕竟八十岁的人了，在这个家见惯了这些风雨——爸爸终究不是去了一条命，奶奶身边总算还有个体己人呐。

知道爸爸死不了了，奶奶也就回了魂，张罗着给医院打电话，让他们来收病人，又让钟馨郁下楼去回避一下。但总归说了，她正眼也不看爸爸，任他在床上抽着，嘴里咬着一条枕巾，吐了满巾白泡子，她哪里知道正是因为一片孝心，爸爸才落得如此下场。也是天地良心啊，儿子这样鞠躬尽瘁了，还是没能让当妈的睡上个安生觉。

那天的事情，根据妈妈说，就是这样的。

按理说是皆大欢喜的，奶奶自然没有死，爸爸也是死不了的。但是，奶奶后不后悔爸爸不知道，他自己反正是巴不得当天就一命呜呼，一了百了了，留下这些烂摊子，给奶奶，给妈妈，给随便什么人收拾算屎了。“给段知明那个龟儿子收拾嘛！”他躺在病床上，懒卷着一床被子，抬着头看着电视上在放的《金婚》，他认出这就是妈妈每天都在看的电视剧，爸爸一边看，一边想：“难道陈安琴就是因为看了这个电视剧才弄得这么装精装怪的？”

他还没来得及细想，病房的门就被一把推开了，走进来的是妈妈。她提着一个很大的饭盒，另一只手挽着个保温桶，看爸爸坐起来了，她就着了急，走过来把东西往床头柜上一放，一双玉手把爸爸直往枕头上推，一边推，一边说：“胜强，你怎么坐起来了！你这几天要多休息，多休息！”

爸爸被她推得跌回枕头上，还没来得及说话，妈妈又把被子给爸爸理好了，整整齐齐地豆腐皮般盖在他身上，于是爸爸只得躺着看妈妈把被子的边角都收拾齐了。“遗体告别啊？”但是他没说出来。

“胜强，饿了吧，今天炖了鲫鱼汤，问了宋医生，说鸡汤那种太油腻的汤不合适你现在的状况，喝点鱼汤好，又补又清淡。”妈妈嘴里不停，手里也忙着变魔术般把饭盒一层层打开，爸爸斜眼看见了，里面琳琅满目都是肠肚，他看一眼就饱了。

妈妈可不管这些，她把东西田字排开了，做手术般，先给爸爸倒了一碗雪白雪白的鲫鱼汤，递过来就要往爸爸嘴上粘。爸爸连忙把手从被子里拿出来，接过碗：“我自己喝。”他开口说。但是，也不知道是太久没说话还是太久没听到自己的声音了，爸爸忽然觉得这声音有点奇怪。“我自己喝。”——他就又说了一次，这次总算正常了。

“哦对！”妈妈一拍手，转身变出了一支吸管来，“你用吸管喝嘛，我怕你用嘴不好喝。”

“老子用嘴喝了四十多年水了，也没从下巴漏出来过！”爸爸终于忍不住，嘀咕着说。

“哎呀！”妈妈并不介意爸爸的话，毕竟要二十年的两口子了，她比谁都清楚爸爸的脾气，她把吸管递到爸爸手里，又转过去摆弄其他的饭菜了。

爸爸只得乖乖拿了吸管，插到鲫鱼汤里，一口一口地喝汤，汤并不烫，也不凉，也就是温吞吞地热，鲫鱼煎过了，所以汤里只见白不见黑，轻飘飘的，微微下了些毛毛盐，不咸不淡地能咂出半股姜丝味。如此而已，如果谁说喝了这汤就能让他的日子有任何不一样的话，爸爸是打死都不会信的。

他眼见着妈妈在装着一半白米饭的饭盒格子里砌砖墙般叠着两块烧白，土豆烧排骨，烂肉豌豆，还有卤肥肠。

爸爸知道，一切都是垂死挣扎。大限将至——等到妈妈把最后一筷子韭菜炒肉按进盒子里，她就要转头过来对他行刑了。

门被推开了，像是和他有心电感应一般。爸爸连忙抬起头来望，盼着是不是朱成来了，不然是宋医生查房，最差也是个送药的小护士吧，但却都不是。

门口俏生生站了一个钟馨郁，她提着一口袋水果走进来，一边走一边说：“都走出门口了，才想起你还没吃水果，吃了饭要吃点水果，就给你买了……”她这才看见妈妈，赶紧停住了一切动作和说话，门啪地在她身后弹上了。

“陈姐也在啊。”钟馨郁终于想起来了，好声好气地跟妈妈打招呼。

“啊，”妈妈说，“原来今天你给他吃过了啊。”

钟馨郁眼看着床头柜上被占满了，只有走到房间另一边，把水果放在电视机下面的椅子上，她细声细气地说：“嗯，吃过了的。”

妈妈转头过来，看着爸爸，他像个婴儿一样低着头，专心地用吸管吸着鲫鱼汤，生怕从下巴给漏出去了半滴。

“胜强，你才笑人的，你吃了你就给我说嘛，你又鼓捣你自己涨什么呢，这么大一个人了，吃不下去还要吃，伤胃啊。”妈妈说。

话是这么说，爸爸可一点都笑不出来，妈妈也是，钟馨郁也是。

但是房间里的气氛还不算糟糕，甚至可以说得上是温馨。就在昨天下午，有个旁边村上的亲戚来看爸爸——平日里，爸爸把给厂里编豆瓣筐子的活路都包给了这亲戚管的大队，他很是感激，一听说爸爸住院了，就提着米啊肉啊蛋啊来看看他。他推门进来，正见到爸爸在床上躺着，靠在枕头上，妈妈站在左边给他捏肩膀，钟馨郁站在床右边给他按太阳穴。爸爸转着眼睛过来，看见了他，说：“姑爹，你怎么来了？”

妈妈和钟馨郁闻声，纷纷放下了爸爸，转过头来，妈妈自然是认得的，笑眯眯地招呼亲戚坐下，钟馨郁也点着头，拿出杯子来洗了给他泡茶。

也是多年没见了，外人些又哪知道这家人的丑事，姑老爷看了钟馨郁好几眼，从她手里客客气气把茶接过了，说：“好快啊，这段逸兴都长这么大了！简直长成大姑娘了！”——妈妈扑哧一声，把脸埋在手里抖着肩膀，也不知道是在笑还是要哭，钟馨郁把茶递稳了，缩手回来，脸上摆不出什么表情，笑也不是。

爸爸只有说了：“喊姑爹嘛。”

“姑爹好。”钟馨郁说。

姑老爷却着实是个实诚人，他跟爸爸说：“胜强，你真的是脑壳昏了，她怎么叫我姑爹啊，她要喊我姑老爷的！”

妈妈抖了半天肩膀，但还是终于把脸抬起来，给大家解了围：“哎呀，姑爹，这个不是段逸兴，是胜强一个朋友！”

姑老爷吓红了一张脸，赶紧连连道歉，抬起半个屁股来说着话，始终也没敢再坐实回板凳面上——就这样走了。

走了外人吧，剩下爸爸他们三个，倒还是客客气气的。就像现在这时候，钟馨郁连声跟妈妈说抱歉：“陈姐，简直不好意思，也是顺便就在路上想起给薛哥带了点吃的过来，不知道你弄了这么多东西来。”

“没事，没事，”妈妈把列成田字形的吃食们收起来，“我也是随便乱做了点，做也做不好，哪有馆子里面的好吃，他吃了就好，吃了就好。吃得还好嘛，胜强？”

钟馨郁和妈妈两个人都看着爸爸，等着他的回答。爸爸，你今天中午饭到底吃得好不好呢？爸爸脖子上架着两把刀，恨不得在肚子上再插上一把，掏个洞，把吃下去的东西都挖出来，然后重新把妈妈做的东西再吃一遍。

“饭好吃，汤也好喝。”他最后说。

于是两个婆娘都笑眯眯地各得其所了，妈妈去洗爸爸喝汤的汤碗，钟馨郁拿饭盒盖子垫着开始切水果。“陈姐吃苹果还是梨？”她问在厕所里洗碗的妈妈。

“吃苹果嘛，我不爱吃梨。”妈妈说。

“那就吃苹果嘛，梨吃了凉胃。”钟馨郁便高高兴兴地开始切苹果，切了一个，又切了一个，切了皮，又切了心子，然后把苹果四仰八叉地放在饭盒盖子里，拿牙签插着。

“这两个瓜婆娘到底是真的瓜还是装瓜啊？”爸爸躺在床上，这辈子第一次真正百思不得其解了。难不成他扯了个羊癫风，就一夜回到了解放前？

他躺在床上，眯着眼睛，装成睡着的样子，看着两个婆娘在一个病房里打转转。陈安琴绝口不提离婚的事，钟馨郁也不知道要回避，爸爸真巴不得死了算了，好歹那天死了，也算高高兴兴地睡了一个婆娘，现在这样算个什么道理，蜡烛两头烧，里外不是人——住院吧，就跟住牢房一样，出院吧，就是说病好了，那是不是要开始跟婆娘睡觉了？“龟儿子要先跟哪个睡嘛。”

“算了算了，睡了睡了。”爸爸眼睛一闭，心一横，好歹趁着两个婆娘忙活的间隙睡了过去。

爸爸后来总算承认了，他那天做了一个梦。不但做了个梦，居然还把这个梦清清楚楚地记住了，这对爸爸来说简直是咄咄怪事。一场梦里，他可把家里的人都梦见了。奶奶和爷爷，大伯、姑姑和他自己。

说的是爷爷和他去买卤鸭子，原因好像是姑姑从崇宁县回家来了，爷爷雄赳赳地揣了十块钱，跟爸爸去买卤鸭子。好大一只卤鸭子啊，师傅把鸭子从架子上取下来，平平展展放在案板上，就像一架小飞机。师傅举起菜刀，咚咚咚咚几声，把鸭子大卸八块，然后拢起来往塑料袋子里装。爸爸守在玻璃外面，姑姑在读中师，也就是说他还没初中毕业，毛都还没长齐的小娃娃，一只鸭子就可以把他馋得清口水流。师傅问：“要不要翘翘儿？”“要！”爸爸忙说。

爷爷看了爸爸一眼，笑眯眯的，跟师傅说："你把翘翘儿给他嘛。"

师傅就推开一丝玻璃窗，把鸭屁股递给爸爸，油腻腻的一手。爸爸握着这块鸭屁股往嘴里塞，满嘴都是油，溅开来，像是有二十个人在他嘴里亲嘴。

"段老师，你的儿长这么高哦？都有一米七多了啊？"师傅跟爷爷话了两句家常。

"这娃娃，不长心，就晓得长个子！"爷爷抬眼看了看爸爸，跟他说，"把嘴揩干净。"

后来他们回家了，几步路的事，好像走了几个小时，爷爷累得不见了，爸爸自己拿着鸭子推门回去。那个时候他们还住在豆瓣厂背后的老房子，进去是个天井，段知明正在天井里头坐着跟他的同学下象棋。他们刚刚下完一盘，正在摆棋盘。

"胜强，下棋嘛？"大伯的同学叫爸爸。

爸爸就手痒了，说："等我先把东西放进去嘛。"

"你来下嘛胜强，"大伯爽快地站起来让爸爸，"我给你拿进去。"

爸爸就让大伯拿着东西进去了，坐下来开始下棋，他好像是下了一盘棋，不然就是两盘，然后马上就吃饭了。奶奶姑姑大伯，还有他，坐了满满一桌，爷爷不知道为什么还没走回家。

"我们先吃嘛，不等你爸了。"奶奶宣布。

一家人开始吃饭了，桌上好像还有些什么菜，不过大家都在吃鸭子，大伯一筷子夹了个大腿，姑姑喜欢吃翅膀，奶奶吃脖子，爸爸夹了一筷子盐煎肉。

倒是奶奶心细，问爸爸："这鸭子怎么回事？只有一个腿一个翅膀啊？”

“不得啊？”爸爸吓了一跳，这种惊恐在梦里是夸张的，他心都脱出去了。大家就数着桌上的骨头和盘子里的肉，的确少了一个腿和一个翅膀。

“怎么回事啊？”爸爸说，“我明明看到邱师傅把整个鸭子装进去的嘛！”

奶奶也没多说什么，大家继续吃饭，她忽然说：“薛胜强，你装疯迷窍的嘛，若要人不知，除非己莫为。”爸爸从碗里把头抬起来看着奶奶，她倒是没有看他，慈眉善目地吃着一口盐煎肉。他还没说什么，奶奶就继续说：“响鼓不用重槌，我就说到这了。”

爸爸就这样气醒了，躺在床上，多年的冤屈憋得他肝疼。病房里的两个婆娘都走了，爸爸想找个人过来骂，又没半个人。他只有自己狠狠骂：“段知明那个卖屁儿的！龟儿子从来就不要脸！”

爸爸后来总算承认了，这么多年了，他还是在梦里才琢磨出来那半个鸭子到底去了哪。

当然了，从来都是，爸爸骂天骂地骂所有卖屁儿的，骂大伯或者厂里的随便哪个人，他总算不至于骂奶奶。在医院里被关了三天，爸爸得了自由，揣起满兜兜的药丸子出得门来，朱成来接他，开车送他到了庆丰园。

“薛厂真是孝顺，”朱成打着方向盘，偏着脑袋对爸爸说，“出院了先不回自己家，先去看老太太。”

爸爸没说话。朱成是不知道的，可怕的是爸爸也不知道，家里到底有什么阴风在等着他。

“妈，你怎么跟陈安琴说的啊？”他问奶奶，坐在沙发上，摸遍了全身也没找出一根烟来，只有扯了一张卫生纸在手里面，来回搓着。

“你现在问我了，你让其他人住在我楼上的时候，你怎么没问我一下呢？”奶奶戴着老花镜看报纸，一边看，一边搭理了爸爸一句。

龟儿子的，爸爸居然心头一块大石头落了地，这才有点像东窗事发的样子嘛。

他就终于把准备给妈妈的那一套说辞搬出来，稍微润色一番，都讲给了奶奶。一边说，一边低着头，来回搓那张卫生纸，把它搓成一条很细的小条子，又撕成一截一截的，打开了，重新搓成了小条子。中途，他差点就动了真感情，下意识又想去摸他的烟，然后又一次发现口袋里空空如也。这哪是没带烟呐，爸爸觉得自己实在是失了心肠，他只有强忍着，听奶奶骂了他一番，又教训了一番别的，母子两个终于说了两句体己话，都不容易啊，走完了过场。

“都按你说的办，妈。”爸爸英雄气短，匆匆收场。

于是事情就是这么办了，和他最开始计划的也没有什么区别，大方向都一样：八十大寿是必须搞的，大伯肯定是要叫回来的，姑姑家里一家子人齐崭崭是不能少的。“兴兴呢？”爸爸麻着胆子抖出来问了一声。奶奶就黑了脸：“等她医好疯病再说！”——家里的事，妈妈既然不计较，就凑合凑合继续过下去了，但有些小事则不得不变改一下。钟馨郁肯定是留不得了，楼上的房子，租的还是买的？租的，那退了去。少喝酒，少抽烟，注意身体。“还有啊，逢人只说三分话，未可全抛一片心。”奶奶轻言细语的，取了老花眼镜，揉了揉太阳穴。

奶奶的话说得爸爸烟瘾上冲，几乎要气急攻心。他不动声色地站起来，说："妈，那我先回去了。陈安琴知道我今天出院，说她早点下班在家头煮饭。"

"嗯。"奶奶点点头，"你有时候还是帮到陈安琴做点家务，跟个死人一样坐到等吃，她也不容易。"

"好。"爸爸规规矩矩地答应，开了门，就要回家。

"还有啊，"奶奶在他身后说，"胜强啊，你那么大一个人了，有些事自己该知道怎么处理了，响鼓不用重槌啊。"

这样可好，爸爸蔫皮搭耳地去了奶奶家，又灰头土脸地出来了。他站在楼下面，眼皮也不敢往五楼上抬，一路奔到门口的小卖部买烟了。一包软中在手，爸爸才总算踏实了，吸氧一般抽着烟，一口接一口地往家里走。他还是不知道奶奶到底对妈妈下了什么药，让妈妈既往不咎，居然一副要跟钟馨郁和平共处的样子，但日子还是不能这么过下去。"算㞞了，"爸爸想着，"不过就是个婆娘嘛。"

等到爸爸终于回了家，妈妈早整治好了一桌子菜，她听见门响了，从厨房里探出头来："胜强，你回来得正好，马上吃饭了。"

"吃什么啊？"爸爸把从医院里拿回来的那包救命仙丹往鞋柜边上一甩，换了拖鞋，饶有兴致地走到厨房里问妈妈。

"今天终于饿了啊？"妈妈笑眯眯地说，她扯着一个塑料袋在往盘子里倒，爸爸一眼就认出来那是西门城门口的邱鸭子。

"中午专门去给你买了邱鸭子，你知道他那生意好，十二点过就关了。"妈妈伸手在盘子里挑出了鸭屁股，转头来递到了爸爸嘴里。

鸭屁股结结实实地在爸爸嘴里炸开了，就像二十个钟馨郁在亲他的嘴。

“说起你也怪，”妈妈端着盘子往饭厅走去，爸爸拿着两碗白米饭和筷子跟着她往外走，“人家都不要的东西了，偏偏你喜欢吃。”

他们坐下来，妈妈第一筷子夹了一块肥大的鸭腿，顺手扔到爸爸碗里，满满地堆出来了。

“吃腿腿嘛，比那个什么屁股好吃。”妈妈说。

爸爸看着那块油腻腻的鸭腿横陈在雪白的米饭上，把心一横，对妈妈说：“今天晚上，不要看电视剧了，早点睡嘛。”

出院以后到底要先和哪个婆娘睡的问题，就这样被爸爸解决了。

爸爸自然是个重情义的人，他先跟妈妈睡了，一时也就不好意思跟钟馨郁睡，见了她，也只能两个人坐在两张沙发上，客客气气的，先说了两句家常话。

“这几天好些了嘛？你要记到吃药啊。”钟馨郁问爸爸，她把水果盘子放在膝盖上，切着一个梨。这回她没有像切苹果那样从中劈成几块，而是削了梨皮，把梨握在手里，一块块把梨肉切到盘子里去。当然的，这样一来难免有些参差不齐，好在爸爸也不在乎这个，钟馨郁把盘子往桌子上放好了，他就拿着牙签插起一块往嘴里放。

“哎呀，”爸爸吃了梨子，一股清流在心头，满身舒畅地往沙发背上一靠，说，“你们不要小题大做，早就没事了。”

这钟馨郁，毕竟少长了些年纪，眼睁睁地看着爸爸，眼珠子也不转一下，眼眶就跟兔子一样红了。

“哎呀你干嘛干嘛！”爸爸就着手里的牙签，顺手从盘子里又插了一块梨，放到嘴里吃了，“你放心，以前怎么样，现在还怎么样，就是你最好暂时不要在这儿住了，老太太看到了不好。”

“嗯，”钟馨郁低眉顺眼地点头，“我知道，我等一下就收拾东西回我那边。”

钟馨郁的家爸爸只去过一次。她跟人合租了一套二[①]的房子，睡在里面的那间。那天也是晚了，爸爸带钟馨郁出去，吃也吃了，买也买了，大包小包把她送到楼下，忍不下这口气，问她：“我送你上去嘛，这么多东西，你不好拿。”钟馨郁说：“没事，我自己拿，我室友应该也回来了，你上去不好。”“哎呀小钟，你想到哪去了，我放到东西就走，你拉我坐我都不得坐！”爸爸昂起声音，说道。

钟馨郁自然着了道，让爸爸上了楼。那天也是爸爸运气来了，另一间寝室关得清丝严缝的，钟馨郁的室友早就睡了。“我把东西给你放到寝室里头去嘛。”爸爸客客气气说。

钟馨郁还不知道，但爸爸从来都是不见兔子不撒鹰的。等到进了房，背手把门一关，他胡乱把钟馨郁一把抱住就扑在床上。钟馨郁吓得睁圆了一对杏眼，又不好说什么，一双手推在他肩膀上，猫抓似的力气。好久了，爸爸自己都记不清上次这么想一个婆娘是什么时候了，他掏出家伙就要上阵，连衣服也没脱利索就顺势把事情办了。

想到那天的事，爸爸莫名觉得一丝伤感，他放柔了声音，问钟馨郁：“你最近缺不缺什么东西，我给你买。”

---

① 一套二，指两室一厅。

“都有，这么多东西了。”钟馨郁轻轻柔柔地说。

爸爸真想去摸她一把，又想到奶奶就端端正正坐在楼底下，只有摸出烟来，点燃了，用大力气吸了一口。

“薛哥，你少抽点烟，要注意身体。”钟馨郁说。

“这段时间，我要操办老太太的寿辰，厂头的事情也比较多，又加上你嫂子那边总还是有点不安逸，我就先不来找你了，但是你放心，以前怎么样，以后还怎么样，有事情你就给我打电话，或者，给朱成打也可以。”爸爸终于抽完了一根烟，把事情彻底交代了。

从钟馨郁家出来，爸爸路过了奶奶家门口，奶奶把门关得结结实实的，里面鸦雀无声，也不知道她在干什么。爸爸懒得进去看她，下了楼，心里面空荡荡的，就像刚刚打掉了一个娃娃。

“算屎了，”爸爸对自己说，“就是个婆娘嘛。”说到底，这个事情还是只能怪钟馨郁自己，大晚上撒泼把他叫过来，搬起石头砸自己的脚。

爸爸走出了庆丰园，还是朱成在等他，他开了车门走进去，朱成刚刚挂了电话，问他：“薛厂，回厂头啊？”

“回厂头嘛。”爸爸觉得一股子气郁结在心头，今天非得要找几个人从头到尾骂一遍才舒服，“对了，朱成，如果小钟给你打电话，你就跟她说我最近都忙得很。”

朱成现在自然是灵性了，马上就懂了爸爸的意思，他连忙说：“你放心薛厂，我知道了。”

“唉，”爸爸又叹了口气，“按说小钟一个外地人在这儿打工也不容易，是应该多照顾一下她。不过最近实在是忙不过来啊，这老太太的寿辰还八字没一撇，也没几天了。”

“在飘香先把桌子定了嘛？”朱成顺着爸爸的话往下面说，把钟馨郁横竖往上一推就不见了人。

“飘香也可以，或者王府嘛，王府场子要大些，装修得也有档次些。要弄好，老太太一辈子就一个八十岁啊。”爸爸说，“订个豪包，再找两个唱歌的来，买些啥子气球啊、花啊在门口摆起，不管其他的，先要图个热闹。”

“是啊是啊，”朱成应着，“老人家就要图个热闹。”

也不知道是从什么时候开始，爸爸靠回后座的靠背上，细细地想，“到底是从什么时候开始的？”奶奶不知不觉就活到了八十岁，以往她总是说自己这里又不对了，那里又不舒服了。爸爸总是记得爷爷还在家里的时候，她动不动就撑着半边腰，靠在沙发上，有一声没一声地，说：“你们就气我嘛，几爷子气我嘛，把我气死了也好，你们好好过你们的日子，你，”奶奶指了指爷爷，“你就把你外头那个接回来，你，”她又指了指爸爸，“你就每天想怎么玩就怎么玩，还有知明一个，莉珊一个，两个人这辈子都不用回来了，我死了你们的日子就好过了，你们一个比一个幸福就对了，我死了也算成全你们了。”

这么多年了，奶奶就是没有死下去，呻唤归呻唤，老太太反而一天活得比一天精神了。

当然了，妈妈也经常说，“家有一老，如有一宝。”奶奶能健健康康地活着，一眨眼还活到了八十岁，这真是全家人的福气啊。

“朱成啊，”爸爸舒舒坦坦躺在奥迪车后座，感慨自己的福气，“等会到了厂头，先把门市部那几个人给我喊过来。”

朱成一边答应，一边捏紧了方向盘，稳稳当当地把车往豆瓣厂开去了。全厂的人都是知道爸爸的这个脾气的：薛厂长想起来要叫门市部的人开会，那就是要骂人了。

可能连爸爸自己都忘了，不过总还会有其他人记得。爸爸第一次听到“×你妈”这个词是从爷爷嘴里。那天下午学校早放了学，说什么有领导明天来检查，大家停课打扫卫生。大伯从来不做这种吃力不讨好的事，就叫上爸爸回了家。那个时候，爸爸他们两兄弟还算亲热，他们走在路上，大伯说：“胜强，你想不想吃烤红苕？”爸爸本来不想吃，但是听到大伯这么一说，口水就掉起来了，他说：“想吃。”

“那回去了你去找妈要钱嘛。”大伯建议。

于是两弟兄加快了脚步，往家里走。他们进了天井，正要进房间，忽然听到爷爷在里面骂人的声音。

“×你妈！”爷爷说，“我×你妈！”——不只如此，爸爸听到奶奶也在，嘟嘟喃喃不知道说着哪国的话。

“哥，他们怎么了？”爸爸有些害怕，要推门进去。

还好大伯拉住了他，他说：“胜强，你瓜的啊！”

他们站在天井里听了一会，爷爷骂了十几个各种各样的“×你妈”。大伯像吃饱了烤红苕那样，脸上笑得红灿灿的。

当天吃了晚饭，爸爸正在洗碗，水哗啦啦的，碗乒乒乓乓的，但是他满脑子都是那个“×你妈”的声音，像一团浓痰卡在他喉头上——爸爸没忍住，只有张开嘴骂了一句“×你妈”。说来就是这么奇怪，他一骂出来立刻舒坦了很多，“×你妈”，不骂白不骂——爸爸对着水池子，着魔了似的骂起来：“×你妈，我×你妈，我×你妈，我×你全家！”——不知道为什么，他居然觉得下面一阵酥酥麻麻的舒服，像是要撒尿吧又不是真有尿要撒。

直到奶奶终于听见了，过来一把把爸爸从水池边上拉开，叫起来：“段贤骏，你过来听下你儿在骂些什么！”

爷爷过来了，爷爷不得不把爸爸打了一顿。毕竟他骂了那么多“×你妈”。

爸爸现在当然知道了，那天爷爷和奶奶是在房子里做爱，而爷爷要在做爱的时候骂“×你妈”。说起来真是血浓于水啊，虽然越是大了，爸爸在床上骂的怪话就越是千奇百怪，但时不时总要骂起来的，还是那句“×你妈”。

在厂里当然不会。爸爸总还是要注意自己形象，最多也就骂几句笨蛋瓜娃子。他把门市部的人都骂了一遍，最后骂到售货员小朱。小朱是去年才来的售货员，年轻漂亮，爸爸一眼就看上了她，所以每次他总是骂她格外久一些，有时候居然也把小朱骂哭了，爸爸就顺势哄她两句。但他是个讲分寸的人，最多也就是拍拍小朱的肩膀，说两句“好了好了，别哭了，多大的人了”之类的话——被奶奶教育多了，爸爸自然知道人言可畏的道理，天下的兔子多的是，不用硬在窝边找。

这一天也是这样，爸爸正骂着小朱呢，她把头越埋越下去，眼看着就要哭了，他的电话忽然响起来了。

“好一朵美丽的茉莉花”，这个曲子，爸爸一听忽然起了一身鸡皮疙瘩。他把电话摸出来，果然在上面看到了“妈妈”两个字，他就脑子嗡的一下，心怦怦地跳起来了。爸爸把小朱孤零零地留在会议室里，拿起手机两步走了出去，靠在走廊上接起了电话。

“喂？”爸爸对着电话小心翼翼地说，那边什么声音都没有。

“喂？”爸爸又说了一声。

这下电话终于有声音了，但却果然不是奶奶的声音，完全不是奶奶的声音，是一个陌生的男中音，对着话筒也说了一声：“喂？”

“哪位？”爸爸问出来又由衷觉得荒谬，这不是奶奶家里的电话嘛，他想问“我妈呢？她是不是出事了”，但一片孝心的爸爸啊，怎么问得出口。

电话那边又是一阵沉默，可能有几秒钟吧，说不定足足有五秒钟。就这五秒钟，爸爸脑子里已经跑过了千军万马，他把奶奶这辈子都想了一遍，然后决定要找平乐一中的退休语文老师郑老师来写悼词，郑老师是以前中央大学的高才生，也是奶奶一直都敬佩的。

“胜强啊。”电话那边的人说话了，却是在叫爸爸的名字。

爸爸忽然就明白了过来，奶奶这回还是没有死，没有死也就罢了，居然回来了一个段知明。“他龟儿子的还精灵的，回来先跑到妈那去了！”

像是发现自己的婆娘被人睡了一样，爸爸站在走廊上，细细地观察着对面的墙壁，脑子里狗日的是一片空白，骂人的话从屁股一直卡到了嗓子眼。

“妈要八十大寿了，我想还是给她操办一下，”大伯说，“你有空回妈这来吧，我和你商量一下。”

“要屎你管！说得好像一直是你在管一样！龟儿子卖屁儿的段知明，从小到大都这么不要脸！”爸爸在心里骂着，还有更多难听的话。

“好嘛。”爸爸说。

第三章

爸爸也没打电话给朱成，从厂里出来，深一脚浅一脚往西门外面走去了，一路上，他没想着大伯的那些琐碎，满脑子都是豆瓣和花椒的事。豆瓣是大生意，薛家做了恐怕也是四五代了，花椒是小摊摊，无非就是找个门面再进货的事。但英雄不问出身，这两件都是我们平乐镇上人吃饭少不了的营生，我们镇的人呐，怎么说呢，可能从小就把舌头打了洞，生出来就吃着海椒面，喝口稀饭都少不了麻辣两味。花椒不麻，豆瓣不辣，那是天要塌了。

爸爸在豆瓣厂打滚了二十多年，从陈修良手下学得功夫，逃出生天，这才总算明白了一件事情：人活着就是为了出汗。吃豆瓣是为了出汗，吃花椒也是图出汗，吃麻辣烫还是要出汗，跟婆娘睡觉就更是出汗了。热汗嘛，出得越多人越舒畅，爸爸想，他想起了红幺妹房头那张火辣辣汗腻腻的床单。

都是感伤的事啊，爸爸收拾心情，打了个转弯，走进西门城墙边曹家巷去。巷子口有家花椒店，也算是做了两代的生意了。走进店门去，端端就遇见花椒西施周小芹坐在店门里。“胜强！好久没看见你了！怎么走到这来了？”伊一见了爸爸就跳了起来，惊惊慌慌地把手上的书丢到了柜子上。“咳！小芹姐你说呢？这么不亲热！我走两步走到这来看你一眼不对啊？——今年汉源的新花椒到了没？”答应着答应着，爸爸忍不住瞟了一眼柜子上的书——是一本《读者》，“看《读者》你慌啥慌？又不是黄色小说！”他心里揣了个麻花——多余的也不说出口了。周小芹称好两包花椒，爸爸就交了钱，问了好，弯了腰，提了花椒，直端端出了门。

他提着花椒还是直端端地，往奶奶家去了，心里这才多而不少地想起了大伯的事。“简直是拉命债的要人还，说不得的念不得。”爸爸心想，“也没跟段知明打电话，吹啥子阴风就把他吹回来了？不会是姐给他打电话了嘛？还是妈给他打了？”他走到奶奶家楼下，远远看见停着一辆本田越野车，它端端正正地停在三单元门口，挨着一辆在那放了将近半年的银色捷达，爸爸目不斜视地走过去了。

他拿钥匙开了奶奶家的门，正听见大伯在给奶奶说："……你什么时候想出去走走你就告诉我，胜强没空没关系，我可以开车带你出去玩啊。"

“哪个说我没空了？”爸爸人未见声先至了，笑呵呵地踏进了奶奶家。

“胜强，回来啦！”大伯从沙发上站起来，奶奶也从椅子上站起来，倒像爸爸是什么稀客了。

“胜强你看，知明给我和你买的东西，还有安琴的。”奶奶指了指餐桌上，爸爸斜眼看见那上面大包小包地耸着。

“哥啊你就是客气，你看我也顺手给你买了点东西。”爸爸笑着把手上的两包花椒轻飘飘地递过去。

“哎呀，反了反了！你给我买什么东西？”大伯走过来接过爸爸的东西。他穿着一条米色的裤子，白衬衣，外面套着个麻灰偏蓝的西服外套，说不出有一股潇洒。他拿右手把花椒接过去了，放在茶几上，又坐回去。

奶奶在厨房里问：“胜强，喝什么茶？”

“花毛峰嘛！”青天白日兴妖作怪，爸爸想，几百年你哪天问过我喝什么茶。

“妈，你给胜强泡我拿的那个普洱嘛，那个好，他经常喝酒的人，要多喝普洱茶。”大伯跟奶奶说。

“不喝不喝！”爸爸连连摆手，“普洱我也好多啊，朋友送的，喝不来，一股霉臭！还是喝花毛峰好！”

“哎呀！你就听你哥的嘛！我都泡了。”奶奶说。

“你动作才快的！”——当然，爸爸没把这句话说出来。

奶奶这就端着一杯普洱茶从厨房出来了，一边走，一边跟爸爸说：“胜强，你听你哥摆一下，他刚刚才从欧洲回来。”

“妈！就是去开了个会，有什么好说的！”大伯笑起来，拿起桌子上的茶杯，喝了一口茶，“再说了，胜强也没什么想听的，他又不是没去过！”

爸爸不吱声，大伯当然不知道了，不过妈妈清楚得很，爸爸最远也就去过一次香港。四天时间里，他只有第一天高高兴兴地去看了景点，吃了海鲜，买了一根皮带一双鞋，然后就磨皮擦痒地在宾馆里五楼换到九楼地洗头、按脚，等妈妈出去买东西，最惨的是没有花椒海椒吃。“嘴头没味道，龟儿子跟住院一样！”爸爸终于苦尽甘来，回到平乐镇，和钟师忠几个跑去吃鳝鱼火锅，一边吃，一边骂，“老子再也不去了，花钱买罪受！”

“旅游嘛，”钟师忠劝爸爸，“就是花钱买罪受，多照两张相嘛，照相没的？”

“不照不照！”爸爸摆摆手，“光给陈安琴照了一堆！”

“那也是照了嘛！”钟师忠跟爸爸这么多年的朋友，最会的就是打圆场，他从锅里捞出了满满一筷子鳝鱼，放到爸爸的油碟里。

几乎是同样眼睁睁地，爸爸看着奶奶把茶杯放下了，放在他面前。人家说手心手背都是肉，奶奶总算没倒爸爸的台，默默地坐回了椅子上，看着两兄弟，满脸都是笑。

“哎呀！哎呀！看看我的两个儿，都有出息啊！”她说。

“我哪比得上胜强啊，”大伯说，“胜强现在是大老板，我就是个穷教书先生。”

“段知明你这个白脸鸡儿！说些话比婆娘还阴阳怪气！”爸爸只有反手到裤子包包里把烟摸出来才能压下他要这么骂出口的冲动。他站起来，一边跟大伯打着哈哈，喊着他教授，一边去阳台上拿兰草边上的烟灰缸。那盆兰草还是爷爷养的，很多年了，他一直把烟灰缸放在兰草边上，奶奶一般不准他在屋里抽烟，于是爷爷吃了饭就坐在阳台上，看着兰草，点起一根天下秀，抽一口，又抽一口。

“爸你抽我的烟嘛！”爸爸总是想拿好烟来给爷爷，以前是红塔山，后来是云烟，〇〇年，豆瓣厂在永安市也开了店面以后，爸爸就一直都在抽软中。

“这个好，这个我抽起舒服！”爷爷不拿爸爸的烟，只抽天下秀，天下秀就天下秀嘛，有时候爸爸也抽天下秀，两个人在阳台上你一口我一口，奶奶就在里面说：“你们两个吸毒的，注意一下空气质量啊！”

“就抽这根，就抽这根！”爷爷应着奶奶，背过身去，把烟都往阳台外面吐。

“胜强啊！你这个烟瘾要不得！你哥回来一趟，你抽什么烟嘛！”奶奶果然念开了。

“那我在阳台上抽了进来嘛！”爸爸已经点燃了手上的烟，什么也不能让他把它放下。他就坐下来，在爷爷的椅子上，手上捏着爷爷的烟灰缸，和爷爷坐在一起，看着客厅里面奶奶在和大伯说着和乐融融的话，喝着普洱茶。龟儿子的，爸爸想。他抽了一口烟，又抽了一口烟。

爸爸决定要一直抽到烟屁股都烫手了才回客厅去听奶奶他们说话。

虽然没像大伯那样做成大学教授，可爸爸好歹也不是什么傻子。关于那两包花椒的事情他自然是想得很清楚的。

要把花椒的事说清楚，首先不得不把大伯手的事稍微讲一下。还有，爸爸觉得他出落成受气包的事也和大伯的手脱不了关系。

这件事情只有奶奶能说得清楚了，虽然，要让她一五一十地把事说出来是非常困难的。让爸爸说的话就简单多了。从他能记事的时候起他就知道了，奶奶总是说：“胜强，去给你哥添饭。”或者，“胜强，那么重的东西怎么让你哥拿呢！”街坊邻居也说：“薛胜强，过来过来，过来嘛！叔叔问你，你哥那个大小手好不好耍啊？”——爸爸比大伯小两岁多，等到他能记事的时候，段知明长着大小手这件事已经在我们镇上从新闻变成了旧闻。奶奶哭过天抢过地（可能吧），反正是烧过香求过医的，她终于坐下来，握着大伯的左手在手掌里看了又看：单看也不难看，小就小吧，还是灵灵活活的，就是劲小了点，也没事的，还好是左手又不是右手。

爸爸当然不知道这件事了，大伯的手不单单让他成了受气包，它还差点让奶奶和爷爷离了婚——奶奶有时候自捶着心口，想着真不该错过了那一次，错过了那一回，又多受了段贤骏那么多年的癞污气。

反正，现在爷爷死了，死无对证，奶奶一口咬定大伯的手就是爷爷弄伤的："那么小个奶娃儿还在襁褓里，你有好大的蛮力嘛就把他手腕捏脱了，不过就是喊你给娃娃换个尿片子嘛！哪来那么大的气！"直到爸爸都懂事了，他还能听到奶奶什么时候骂爷爷骂欢了，就把大伯的事拿出来一起骂一阵。三个孩子坐在天井里，都不说话，各玩各的：大伯有个算盘，是奶奶给他买来治手的，他有事没事把它当成一个乐器，打得噼啪响。姑姑已经上了高小，不然就是初一了，反正她正好可以就着棋桌子写作业了。就只有爸爸没事做，也没东西玩，不过这也难不倒他，他就坐在花台边上翻里面的泥巴，仔仔细细地把黢黑的泥巴抠到每一根手指头的指甲盖里面去。

爸爸一辈子都记得那天的事："早就该知道段知明这个龟儿子是个白脸鸡儿嘛！那天就该知道了！"——奶奶和爷爷吵到鸡飞蛋打，姐弟三个在院子里眼看着天光麻麻黑了，姑姑早做完了作业，把铅笔都削了个遍，大伯玩够了算盘，爸爸也把十个指甲盖弄得一般黑了，他看了看姑姑，又看了看大伯，他说："姐，哥，我饿了，好久吃饭啊？"

没人能回答这个问题。然后爸爸眼睁睁地看着大伯想了一会儿，站起来走进了房里——不知道姑姑怎么想，反正爸爸是吓坏了。谁知道大伯走到里面，轻轻巧巧地跟奶奶说："妈，你不要怪爸，我没事的，大小手就大小手嘛，说不定这还是我的福气呢。"——"狗日的段知明当时才有六岁还是五岁噢，居然就会说这么瓜猫猴嘴的话了！"

那天晚上，托大伯的福，一家人终于在天黑透之前吃上了一口热饭。奶奶眼里疼来嘴里叹，说知明这孩子真是懂事，不容易啊不容易，一筷子接着一筷子，那天的夜饭居然还有两片肉，也全都在大伯碗里了。不知道姑姑怎么想，反正爸爸当时是巴不得自己也有个什么大小手，大小眼，少块肉，缺条腿——这些都算个屁！只要不每天饿得清口水滴，白泡子翻，还狗日的可以吃口肉，这些都算屌个屁啊！

那时候反正还是六几年吧，不是六八年就是六九年，但是大伯的手带给他的福气还远远没有完。爸爸也是很久以后才琢磨出来：

事发那年就是一九九〇年，爸爸这次是很确定的，因为镇上每个台球厅的人都在哼“我们亚洲，山是高昂的头”，还有那个找他睡觉的婆娘长着跟韦唯一样的厚嘴皮。那个时候，爸爸才跟妈妈结婚两年多一点，在其他婆娘那基本上重新做回了处男。但是爸爸至今都还是记得的，在南门城墙边的老台球厅，钟师忠坐在台子边上用倒拐子打了他一下：“胜强，快点看，那个婆娘有点风骚哦！”——那个时候钟结婚了吗？哦还没有，他是年底结的婚。

真是个风骚的婆娘，“韦唯”对他们这边笑了一下，又转过去跟她那个台子的几个男女说话。“这婆娘长得有点像韦唯的嘛！”钟师忠扒在爸爸耳朵边上说。“跟你有屁的关系！”爸爸白了钟师忠一眼。

“嘿！现在没关系，以后有没关系再说嘛！”钟师忠球都不好好打了，眼睛粘在了隔壁桌上。

“你们高洋呢！”爸爸吓他，那个时候钟高两个也处了一年多两年了，说是年底就要结婚。

“管屌她的哦！”钟师忠居然不为所动，也不知道是他那天吃了二两酒还是《亚洲雄风》唱多了——那天晚上，总之其他事爸爸就记不清楚了，总之最后两桌人打成了一桌，一起去吃麻辣烫，又喝了两瓶绵竹特曲，总之，等他想起来的时候，就只有他和“韦唯”两个人在招待所里头了。爸爸还记得“韦唯”应该是三七二厂里头的，说一口普通话，他们先是好歹亲了一阵，亲得爸爸舌头都麻了，“那婆娘嘴头像有个马达！”——但其实爸爸还是有点哆嗦的，他自己当然不得承认了，不过，加起跟妈妈耍朋友的时候，爸爸也估计有三年没睡过其他婆娘了，一日不练手生，三年不日鸡儿都懵了。

但是这个婆娘——这个婆娘不一般——伸手过来抓起爸爸的手就往她裙子底下塞。爸爸手指冰凉凉的，黏着一巴掌的汗就摸到了——他一下想到了晒坝里头的豆瓣缸子，在最烈的太阳坝晒了三四个小时，翻出来的水都开始发响了，漫上来的辣味也熏得人睁不开眼——爸爸吞了一口响口水，那一瞬间他确信了一件事情，就是他薛胜强今天是睡定这个婆娘了，不止如此，他这辈子肯定还有很多很多的婆娘要睡。

就是那一瞬间，爸爸像被神仙点了麻筋一样把下半辈子都看尽了，他还顺便领悟了段知明的那个秘密。

嘴头不说，但是爸爸心头终于懂了。回溯到八三年前后，段知明穿着那件让人眼红的海军衫带起他在平乐镇超的时候，他的那几个婆娘啊弟兄，每天挤眉弄眼地说些莫名其妙的话，说什么段知明一张小手掌天下，五条玉指定江山——狗日的他薛胜强白活了几十年，到了二十五六岁，这才懂了！

所以啊，大伯的那双大小手啊，还真是像他自己说的那样，是他这辈子的福气。

但爸爸就没这个福气了，所以他小时候没吃到几片肉，长到马上十七岁了也没见过光屁股婆娘，只能跟在大伯屁股后面昏超——红幺妹的事他倒是听说了，“狗的段知明有本事哦！红幺妹硬是只收了他四块五！”——少的那五角钱就是见真章啊，我们镇上的少年郎和二流子们讲了很久这个少五角的传说。

一九八三年，段知明读高三。又会读书又会打台球，还会勾兑婆娘，确实是平乐镇的风云人物，就连他们经常在一起混的那群人带的几个婆娘，周小芹啊，刘玉芬啊，那都是我们镇的邓丽君、翁美玲。爸爸必须承认，那一年走在西街上，想到段知明是他的哥，想到自己可以跟这些人混在一起，他就真的觉得很提劲——“老子简直是个闷猪儿！”这是爸爸后来的解释。

周小芹在五月份大了肚皮，周家圣提着扁担冲到豆瓣厂来找人拼命。遇到这种事，全平乐镇可能也就只有奶奶才能有本事把它压下来，反正，没有人知道怎么回事，莫名其妙地，周家拿了钱消了灾，莫名其妙地，奶奶把爸爸的屁股打得流了脓地开了花，莫名其妙地，爸爸就到陈修良手下守起了晒场，莫名其妙地，嘿！段知明这个白脸鸡儿就轻轻巧巧地去读大学了！

爸爸到现在都没想通这件事，不过，“算㞗了嘛，反正老子本来就不爱读书！”——过了二十多年了，他也高高兴兴地在平乐镇上开他的豆瓣厂，该睡婆娘睡婆娘，该打麻将打麻将，该吃麻辣烫吃麻辣烫，日子也过得跟个活神仙一样。至于那个周小芹，好歹嫁了个卖花椒的——花椒豆瓣，本来是一家，虽然是个小门面，也算是门旱涝保收的营生。

正儿八经的，爸爸是仔仔细细想过那两包花椒的事情的。

还是接着说爸爸在阳台上抽烟的事算了。

他坐在爷爷的椅子上，一边抽烟一边看着奶奶和大伯在房间里面聊着家常，也不知道大伯对奶奶说了什么，奶奶就笑起来，双手撑在膝盖上往前倾着身子，点着头。再看看大伯那边，他倒是舒舒服服地倚在沙发里，一只手放在西服口袋里，一只手在大腿上惯性地敲打着。也是两年多没见了，爸爸终于忍不住好奇心在大伯脸上多看了几秒钟，想看他到底老了没有——他居然还是那个鬼样子，脸皮白惨惨的，鼻子高突突的，一双眼睛雾蒙蒙地随时都在做打算——"那些说我跟他长得像的人都瞎了啊？"爸爸琢磨着。

他出神地望着这久别的母子俩，没管住手地又拿出了一根烟来点上，或者是两根，也不排除三根的可能性——直到客厅里的那两个说着说着终于像是想起他来了。大伯转过来，隔着玻璃看了爸爸一眼，又看了一眼，奶奶也看了他。

"妈的，又在说我抽烟嘛！"爸爸于是灭了烟，一屁股站起来，推开阳台上的玻璃门走回了客厅。

"胜强啊，我跟妈说了，她这次祝寿的事你就不管了嘛，都我来管。"——还是那个屁股，爸爸都还没坐回沙发呢，就听到大伯说。

"怎么呢？我都弄好了啊，我都喊我的司机去定了包间了！在王府饭店，那地方才修的，有够档次，东西也好吃。"爸爸说，看了看大伯又看了看奶奶。

奶奶是不管爸爸了，奶奶就看着大伯了。

是不是远香近臭嘛，每个星期都回来的居然比不上两年才回来的！爸爸心头不可谓不委屈，可大伯把话还是扯得圆溜溜的："哎呀胜强！妈又不是其他那些老婆婆，八十大寿又不是随便过个生，我们段家也不是那些路边上的居民人家，我们这次还是要好好操办起来，要弄得不一般，要弄得有特色。你看你嘛，你又要管厂头的事，这身体最近又不是很好，我这趟回来就干脆待几天，把妈的八十大寿好生准备一下，还有，我们两兄弟也好久没见了，应该多聚一下，出去喝个酒嘛。”

爸爸又想抽烟了，一股浑浊气直往他胸口上冲。但他终于还是坐稳下来了——“段知明你这鸡儿敢跟老子喝酒，老子不弄翻你我不姓薛！”

倒是奶奶赶紧说了句公道话：“不喝酒不喝酒！自己屋头的人吃饭就是了，喝酒伤身体！”

“对的对的，不喝酒不喝酒！”大伯也就慌忙答应。

“那，哥你说嘛，妈这次过生要怎么弄？要请歌星啊？——反正先说好，钱都我出，全部都我出！”爸爸摆着手。

“哎呀胜强，你就是做生意做多了，庸俗得很！开口闭口一个钱！你听你哥说嘛！”奶奶又说了句公道话。

“这两个人肯定是已经商量好了！”于是爸爸不说话了，他眼睁睁地只能等着大伯说。

大伯齐锵锵打了个响板，张嘴来说：“我们段家不能随便过个生就算了，要排场，要档次，也不能弄得太俗，王府饭店什么的就算了，请歌星明星也无非就是钱堆出来的嘛！我们段家跟其他不一样，对不对？你说这个镇上这些人嘛，从来都没啥文化素质嘛，家家户户，小家小户，就那么回事，我们段家就没那么俗气嘛，我们要做出大气来啊。”——奶奶一直点头，“对的你就点脑壳嘛！”——“我们不在那些什么宾馆、饭店里面办，我们就在我们厂里面办，就厂后面那个晒坝嘛，场子大，也广，四月份天气也好，弄得雅一些，把妈的生日和我们豆瓣厂这么多年的历史联系起来办，要做得有文化积淀嘛，请那个一中的郑老师嘛，不然请永安大学文学院的哪个教授嘛，反正都是熟人，打个招呼，给点钱吧，让他们写个赋，就写春鹃豆瓣，联系妈这一辈子把豆瓣厂发扬光大的事，写好了做个牌匾，到时候一起来个揭牌仪式，请镇上的乡亲来，把记者啊，领导啊，电视台的都请过来，现在卖东西就要这样，胜强啊你在平乐镇，可能还没意识到。不管什么都是卖个文化，卖豆瓣也要卖文化，这样一弄，妈也过了生了，我们豆瓣厂也算过个生，双喜临门，绝对脱俗嘛，绝对不一般嘛！你想下镇上那些人，他们见都没见过，想都没想过！”

奶奶继续点着头。“胜强你说，你哥说的这个好不好？”她问爸爸。

爸爸倒是龟儿子的想说不好，但他又想了一想：那你就来弄嘛段知明，你得行嘛，我看你要弄朵花出来！

爸爸就跟着点了点头，说：“哥这个想法真的不一般，我就想不出来，的确脱俗！”

大伯继续在大腿上拍着他那只手，爸爸就看着他拍——“好像生怕别人不知道他那只手是好的一样！”

“那就哥来办嘛，反正有什么需要我配合的就给我说，厂头的事都交给我来协调，钱反正都我出！”爸爸又强调了一次。

可是，比起爸爸的固执，大伯倒又是四两拨千斤了：“哎呀胜强，你就不要说钱了，亲兄弟说钱不亲热，给妈过生嘛，说钱做什么，现在又没哪个缺钱！”

“就是嘛！”奶奶说，“钱啊钱的，那么俗！”

“是是是，我俗我俗。”冰冻三尺非一日之寒，爸爸咽下了这口鸦雀王八气，宰相肚里能撑船，在皇上太子屁股下头受了气，不怕，反正他好歹死活还有一个豆瓣厂的人等着他回去，门市部的，厂房里头的，供销处的，朱成嘛，反正总还有这么多人在，他等会可以想怎么骂就怎么骂。

哦对，退一万步说，爸爸总还可以骂妈妈两句吧。

可怜的爸爸也是气昏了头，居然想着要骂妈妈，等到他提着东西和大伯下了楼，要送大伯去宾馆住了——奶奶倒是说："你就住我这嘛知明！你爸的房子空起在，干干净净的。"大伯就说了："妈，现在不比以前了，现在都讲隐私空间，都要互相尊重，回来看你是看你，但是还是去住宾馆的好，我反正经常开会，住惯宾馆了，舒服些。"——"龟儿子！妈就听了！"爸爸真不知道怎么回事，是不是段知明放个屁都是香的嘛。

好了，等爸爸要送大伯去宾馆里头住了，提着东西下了楼，奶奶在门口千叮咛万嘱咐要找干净安全的宾馆给知明住，说完了，他这才想起他现在在家头的局势——他这才想起才刚刚出了钟馨郁这档子事。

倒也不是爸爸愿意想起钟馨郁这档子事，而是人算不如天算啊，他和大伯站在楼门口，就端端撞见了钟馨郁。她提着一包东西，可能是收拾的一些衣服化妆品，正从五楼上下来了，脸上梨花带雨的，娇滴滴的像枚病西施——三个人在楼梯口几乎是撞上了，钟馨郁"啊"了一声，叫爸爸也不是，不叫也不是——爸爸走也不是，留也不是，这才想起是他自己交代让钟今天下午回她那边去——还是大伯大方，他问爸爸："胜强，你朋友啊？"

"啊，"爸爸说，指了指上头，"楼上的邻居，小钟。"

"薛哥好。"钟馨郁这才顺势喊出了口。

平日里本来不觉得，爸爸这出得奶奶的家门来，听钟馨郁这么娇滴滴地叫他一声哥，真像一股雪水甜到了心头。

“这我哥。”他看着钟馨郁红红的眼眶，就把心捏紧了。

“薛哥好。”钟馨郁就又叫了一声。

大伯就笑了：“我姓段，段知明。”他客客气气地伸出右手来跟她握手。

钟馨郁连忙也伸手跟大伯握了，这才反应过来了，连忙说：“段哥好，段哥好。”

“段知明几百年不回来，回来一趟倒是都撞齐了！”爸爸坐在大伯的车上，给他指着去金叶宾馆的路，闷着心口想。

“胜强，这几天还好嘛？听妈说你前段时间住院了。”还是大伯大方，再次主动开了口。

“好！好得很！”爸爸赶紧说，“你也知道妈就是大惊小怪的，没事！”

“你啊，也老大不小了，这也都四十了吧，我知道你做生意，肯定免不了应酬，不过还是注意身体啊，少抽烟，少喝酒！”大伯说。

这话爸爸听着倒是顺耳了，不就是奶奶平时说的那一套嘛，他听了早不下百八十遍，听惯了，耳朵一带就轻轻巧巧下去了。

“好好好，”爸爸说，“倒是哥你这两年什么情况啊？”——好不容易出了奶奶家，爸爸肯定要问这个他最想问的问题。

“还能什么情况！我就是那样嘛！学校里的事情也忙，今年居然分了六个博士生给我！现在教育体制简直有问题，不把老师当人！好几个国家课题在手头，还要开会，忙忙忙啊！”大伯说。

“哎呀！我才不管你这些事！我问的是你有没遇到合适的

嘛！”爸爸才不听他打工作报告。

“唉！”大伯先是叹了口气，把脑壳摆一摆，好像要看爸爸吧又没有看，他死盯着前面的马路，生怕要钻出个什么妖怪来了，“这事啊，这事不好说。”

“哎呀你跟我有啥不好说的？哥你这就见外了！”爸爸说。

“难啊！”大伯这一口气叹出来，真怕是要吹起半条西街上的尘灰。

“这有啥难的！”爸爸转了半个身看着他，“哥你这各方面条件，不摆了！你要哪个，只要你看上了，还不是手到擒来的事！”

大伯这下总算看了爸爸一眼，弯起嘴皮子扯了扯：“胜强，你说话真是欢，我四十多岁一个人了，老了！身边的人啊娃娃读大学的都有了，哪还有那么多挑的啊！”

“我的哥啊！”爸爸拍了拍大腿，“你啊真的是教书先生读书读歪了！满街跑的跳的二十多岁的，退一万步说，娇娇媚媚，三十出头的也是一抓一大把，你还怕没得挑？”

“胜强啊，”大伯又继续晃起了他的脑壳，手里方向盘打了个转弯，“你这话说得！归根结底，人要找个伴，还是想找个谈得来的，过得拢的，那些年轻女娃娃，啊！就说刚刚碰到那个小钟嘛，你说，她和我们这辈人能有啥共同话题？”

“龟儿子的段知明！你精灵！你翻天了！”爸爸又像被人一把拉了手刹，只有扯起脸皮笑了一声，话也不说了。他倒是琢磨了几秒钟：“我跟钟馨郁都摆些什么龙门阵啊？——狗日的，真的屁都想不起一个！”

好在爸爸这人就是一个豁达，他马上想：“要摆龙门阵？我妈那的龙门阵还不够给我摆啊？”

两兄弟就坐在车子里，继续往北门上开。离了老妈妈，嘴巴也不封门了，大伯也挑起爸爸来问：“胜强，兴兴最近怎么样？她好点了没？我上次听说她现在可以看书了。”

“老子屋头的事要屎你管！”爸爸本来就正在憋闷，假装看着马路上的电线杆，轻描淡写地说：“是可以看书了，慢慢在好嘛，那边老师好，照顾得也心细。”

“那就好，”大伯说，“这娃娃你们要多关心，不容易啊。”

幸好了，他听不到爸爸心头在骂些什么话，就一路平安地到了北门金叶宾馆。爸爸给大伯开了房，把单签了，再次庄而重之地把那两包花椒重新递给他，然后说了：“哥，这两包是今年新花椒，专门给你买的。”

大伯这才懂了。他看着爸爸笑了一下，伸出右手来，接过了两包椒香鲜麻的青花椒。

最后爸爸还是问他：“晚上出来吃饭嘛？我喊几个兄弟，给你接风嘛。”

谁知道大伯说：“算了，我今天也累了，先休息嘛，反正过几天还有时间，再说嘛。而且啊，胜强，妈也说了，少喝点酒！”

那爸爸也不劝他，他总之站够了脚步，该做的做了，该说的说了，拍拍屁股可以回去了。

爸爸打了朱成的电话，居然没人接，也罢了，他就自己走两步路回去了。但是他总还是有点感慨，就给姑姑打了个电话，她没有接。爸爸心里忽然有点发毛了，他接着给钟馨郁打电话，关机了。

爸爸拿着电话，翻着电话本，眼睁睁过了十字路口，路上人挤人，车挤车——也差不多是下班了。以前这个时候镇上的人都去菜市场买菜了，现在也不知道是什么妖风邪气，大家都喜欢去超市里买东西，一模一样的菜，非要买那个贵几块钱的，还觉得这样是不是就干净些。

当然，爸爸也不是不理解，大家都有钱了，找不到地方花。屁股点大个镇，从东街走穿到西街也就不过十五分钟，偏偏随便是个人家的都要买个车，天天都歪起斜起地在路上挤，镇上的街呢，又跟不上这变化，以前二指宽，现在还是二指宽，真容不得人不抱怨，也不知道这是路啊，还是停车场——爸爸从几辆车中间穿过去，一边走，一边骂："一个二个长起脚的嘛！两步路！买包盐都要把汽车开出来！楼底下没的小卖部啊！非要来超市里头挤！给钱都要排二十分钟的队！有毛病！"

他越骂越心烦，看着乌压压的人和车，乱七八糟按着喇叭，或者在路边遇到熟人就一脚刹车停下来摆起了龙门阵。"有没素质啊！"

"太没素质了！"他吐了一口浓痰，在树子下面跳上了街沿。

也是活该爸爸今天倒霉，巴掌大的平乐镇永远都这么冤家路窄，他一脚踩上街沿，居然碰到了白勇军。他带着他的儿子，儿子比白高了半个头了。

"薛哥！"眼睛对鼻子地撞上了，白勇军也只有跟爸爸打招呼。

"小白，"爸爸还是这么叫他，"儿子长这么高啦？"

"啊！"白勇军赶紧说，"马上读初中了，给薛叔叔打招呼啊！"

"薛叔叔好！"白勇军的儿子就喊了爸爸一声。

"好好好，"爸爸应着，"我回去了。"

"我们也回去了。"白说。

也是爸爸这几年涵养好了，他们就各自回家了。早几年的时候，爸爸在街上看到白勇军，根本不跟他打招呼，他早就放了话出来，姓白的要有点自知之明，敢惹他薛某人，就不要再想在平乐镇街上混。

那时候是爸爸年轻气盛，觉得姓白的既然给他戴了绿帽子，那他肯定要扎他几道血滴子才下得了台。九五年九六年吧，妈妈哭啊，跪啊，还拿脑袋去撞墙啊，诅咒发誓再也不敢啦，终于劝住了爸爸，没让他提着刀出门去。又过了几年，再过了几年，爸爸将心比心，想起来自己也不知道什么时候就偏偏睡着其他什么人的婆娘了。要得公道，打个颠倒，他薛胜强也不是不讲道理的人，那就算了嘛，下不为例，既往不咎，得饶人处且饶人。

当然了，吃个汤圆下去总是要打个饱嗝。晚上在饭桌上，爸爸和妈妈聊着大伯回来的事，吃着饭，他忽然说："你在哪儿买的这个凉拌猪耳朵啊？"

"超市买的嘛。"妈妈说。

爸爸心里就一股无名火了，他说："怪不得我就觉得味道不对！你吃，这个猪耳朵都馊了！你们这些人就是这样的，菜市场的猪耳朵不好啊？硬要去超市买！鬼知道他们放好久了！"

妈妈吃了一口猪耳朵，偏着头咂摸味道："没有啊，是对的啊，没坏啊。"

"坏了坏了！"爸爸坚持说，把一盘猪耳朵推到一边，"不要吃了不要吃了！你啊以后不要在超市买这些东西了！"

"你爸这个人就是这样，借题发挥嘛，你说明明也没什么事，这么多年他就是见不得你大伯，一家人哪有那么大的气，得饶人处且饶人嘛。"——后来，妈妈是这么说的。

当时她当然什么都没说，这么多年的夫妻了，妈妈自然不会去触爸爸的火头，她给他夹了一筷子笋子烧鸡，跟他说：“那你吃点笋子嘛，我自己烧的。”

爸爸就吃了，笋子倒是几十年的老味道了，用的就是厂头的豆瓣烧的。爸爸也找不到别的地方发气，就只有把电话放在桌子上，等着谁来给他打电话，钟师忠也好，老钟也好，他总可以找个借口接个电话，走出门去，喝个酒，睡个觉，怎么都好。

但是今天谁也没给他打电话，爸爸疑心全镇的人都知道了这个消息，段知明回来了，大小手段知明回来了，狗日的就没他薛胜强的戏唱了。

八四年那一年，他很是跟红幺妹睡了几次觉，包括到黄家地里面偷兔儿，在赶场的时候揣人家的蛋拿去卖——五元钱睡一觉嘛，反正来的都是客，红幺妹对他也不薄了。

直到有一天，他们做完了爱，也是熟人熟事了，就在一起躺着摆闲龙门阵。红幺妹忽然问他说：“哎，你是不是有个哥啊？姓段？”

爸爸刚刚软下来，全身都是酥的，随口就说：“啊，是。”

“哎呀！”红幺妹抬起身来看爸爸的脸，“我第一次就说嘛，是觉得你们长得挺像的，两兄弟鼻子长得简直一模一样！”

“你哥读大学去了啊？”红幺妹又问，“我听说他是县上的理科状元的嘛！”

爸爸巴不得自己什么都没承认过，但他骑虎难下了，只有点了点头。

红幺妹倒是很高兴，又絮絮叨叨地跟爸爸说了一些大伯的事。那天走的时候，爸爸照例摸了五块钱给她。

“哎呀，既然是段哥的弟娃儿，我就少收你五角钱嘛！”红幺妹咯咯地笑着，找了爸爸五角钱。

爸爸拿着这五角钱，出了红幺妹的门。那个时候他还小，也就是十七岁吧，爸爸深一脚浅一脚地走在街上，士可杀不可辱，龟儿子的，反正他再也不会回去跟这个婆娘睡觉了。

那天，都临睡了，爸爸的手机终于响了一回，是姑姑打来的，她问爸爸下午给她打电话是有什么事。

爸爸就把这两天家里发生的事告诉了她，当然他没提自己住院的事。

“这么说，知明回来了啊。”姑姑轻轻地说。

“啊，”爸爸也轻言细语地答应着姑姑，“妈说让他来操办祝寿的事，我就不操心了。”

“那也好，”姑姑说，“知明来办，妈也更放心。那我待会给知明打个电话吧，问他有没有什么需要帮忙的。”

“大哥他们呢？”爸爸问，“你给他们说了没有？算起来也就是下个星期天的事了。”

“给你大哥说了，”姑姑说，“星辰他们也要回来，我都说了。”

“姐，”爸爸想了好久，还是终于问了，“你和大哥最近还好嘛？”

“没事，”姑姑叹了口气，“胜强，你也不要担心我的事了，我和你大哥都五十上下的人了，还能出什么事？现在这个社会就是这样的嘛，男人嘛，哪个没点花花肠子？”

“姐，”爸爸有满肚子的话想说，想了想又觉得都不合适，“你有什么要我帮忙的，你就打个电话。”他最后说。

“嗯。”姑姑应了一句，“我先挂了胜强，你早点睡。问安琴好。”

爸爸挂了电话，进了房间，妈妈在继续看《金婚》——一边看，手上还抱着一本书。爸爸最喜欢笑她这件事：“陈安琴同志，你是要看电视还是要看书呢？”妈妈才不理他，翻过手来拍了他一巴掌：“你懂啥嘛！要你管！”爸爸呢，就顺便看了一眼她手上的书，红彤彤的封面，写着“永不瞑目”。

“你看的啥书哦？名字这么吓人！”爸爸扯了一把书想拿过来看，但妈妈哪会让他得逞，十五分钟电视又到了十五分钟广告，她埋在书里面正看得起劲：“哎呀你又不懂！”她说。

这下子真的有点不安逸了，妈妈也觉察了气氛微妙的变化，她就从书上面抬起头来，问爸爸：“哪个的电话呢？”

“姐打的，她问你好。”爸爸顺着台阶说。

“哦，”妈妈应着，“姐还好嘛？”

“嗯，还好。”爸爸脱了拖鞋，翻身上了床。

“你洗脚没的？臭烘烘的。”妈妈从来鼻子很尖，她一下就闻出来了，“去洗脚去洗脚！”

爸爸这才想到他今天走了很多路，他就去洗脚了，但是他实在懒得把洗脚盆拿出来了，干脆就站在洗手台前面，把脚跷在盆子里冲冲了事。

爸爸先跷起左脚去洗，然后放下左脚再跷右脚。不久以后，他想起这个情形，总觉得自己是在那时候想了某一个婆娘的，那些和他睡过的婆娘中的一个，具体是哪个他还真是记不清了，可能是钟馨郁，也可能是红幺妹，甚至是“韦唯”，不然就是白勇军那个姓邓的老婆——那个婆娘还是可以，肚皮上肉长得有点多了，但是皮总算白细细的。

他洗完脚走出去，重新翻身上了床。妈妈还在看电视，一双手上抓着血红血红的《永不瞑目》。爸爸就躺平了，“狗日的总算可以睡个觉了”，他想。

第四章

一家人上一次聚在一起还是〇五年的春节了。本来，奶奶的计划是大年三十全家一起吃个年夜饭，刘星辰却说那天要去他老婆家，那年他们刚刚结婚，爸爸给奶奶做了工作，小家不安不能安大家啊。于是奶奶点了头，把年饭调成了大年二十九，中午十二点半，飘香会馆杜鹃园包厢，准时开饭。

谁也不知道那就是和爷爷吃的最后一顿年夜饭了，所以大家都穿得很随便。姑姑，姑爹，刘星辰和他老婆小赵（点点还没生出来），爸爸，妈妈，爷爷奶奶，独独缺了一个大伯，奶奶喜滋滋地宣布："知明去日本了，所以不回来吃年夜饭。"

"老子还不想看到他的！"爸爸也高高兴兴地扭开了酒瓶子，家里的几个男人就开喝了。

奶奶说："今天，大过年的，我就不拦你们了，喝点酒可以助兴，但是要适当，不要喝多了。"姑姑说："胜强，你就不要灌你大哥喝酒，你自己也少喝点。"妈妈说："薛胜强，我先警告你，不要人来疯啊，等会喝麻了我不得管你的啊！"刘星辰说："我要开车，一滴都喝不得。"刘星辰的老婆默默地什么话都没说。

于是三个男人把自己的玻璃杯子齐崭崭并排放在桌子中间，

开始往里面倒五粮液。爷爷说：“倒一半嘛，先倒一半。”姑爹说：“够了够了！你多喝点胜强，我今天少喝！少喝！”

爸爸受够了这些看婆娘脸色的男人，说：“今天我说了算，喝不高兴不准散！”然后手不停地把三个杯子都灌得水漫了金山。

总体来说，那天大家都喝得比较尽兴，至于满桌的女人们则鸡叫鹅叫地招呼着自己的老公，儿子，弟娃儿：“哎呀！少喝点！少喝点啊！”

最先投降的是爷爷：才喝到第二轮，奶奶就指挥刘星辰把爷爷的杯子拿起来，把里面剩的二指高的酒分给了爸爸和姑爹，爷爷没说话，只有把杯子最后端起来了一下，嘬干净了杯底下那点挂杯酒。

过了一会，姑爹也被姑姑劝住了，爸爸要去给倒酒：“哎呀姐，大哥再喝点嘛！大过年的难得！我们两弟兄要喝高兴嘛！”

奶奶说：“薛胜强，珍惜生命啊！”

姑爹说：“我不喝了，喝不动了，喝不动了！”

于是爸爸就把瓶子里剩下的二两多酒都灌到了自己杯子里，拿巴掌盖着杯子口，说：“那好嘛！你们不喝我自己喝！先说了，今天哪个不要我喝我就跟哪个翻脸！”

剩下的人拿他没办法，妈妈说：“那你喝嘛，妈都管不到你哪个还管得到你，你喝嘛！”

那天还算是高兴的，爸爸也没喝高，喝完了白酒又劝着姑爹和他一起分了一瓶啤酒。他还问爷爷：“爸，喝点啤酒嘛？”奶奶说：“你爸痛风，喝啤酒？”

吃到将近下午三点钟，大家散了。在飘香会馆门口，姑姑一家上了刘星辰的车回市里，妈妈开车送爷爷奶奶回去，爸爸说反正两步路，他就自己走回去，奶奶说："也好也好，我也不想闻你一身酒臭。"

爸爸就摆了摆手，偏偏倒倒地走回家去了。一路上，他觉得冷飕飕的，满街都有小娃娃在放响炮。爸爸两只耳朵迷嗡嗡的，忽然想到刘星辰的老婆正怀着的那个娃娃，他想："要生个男娃娃啊！这家头的婆娘些管太多了！"

那一年八月底点点生出来了，刘家老太爷喜滋滋地给取了大名叫作刘尚谦。虽然是个男娃娃，爷爷却不在了，多一个来少一个，爸爸有时候抽着抽着烟就要生闷气："七十加七十，白事！"[①]

奶奶心情不好，没去吃点点的满月酒，又过了一个多两个月，姑爹给爸爸打了个电话。

"胜强啊，"姑爹低声低气地说，"大哥有个事想求你帮个忙。"

"你说嘛，大哥。"爸爸倒是爽快，总归这个家里管事的男人，说来说去就只余下了他一个。

他还以为是什么事呢，结果姑爹这人也倒是欢——先是当了十几年官家子弟，然后去农村修了几年地球，末了在省委坐了几十年信访办，可能真的是把脑袋坐玉了，他居然打电话给爸爸让他帮忙在平乐镇边上的高新开发区找套房子，说他有个朋友要住。

大家都是男人，爸爸一听马上懂了——朋友，朋友，不就是个婆娘嘛！

电话那头姑爹期期艾艾的，爸爸是笑也不是，骂也骂不出

① "七十加七十，白事"意为"白搭"，用的是"一百四十"，也就是"百四"的谐音。

来：“刘瞿康你这个闷猪儿，看不出来嗅！找到我们姐你这辈子福气了，自己钱没挣几个，就好衣裳给你穿起，好车子给你开起，你还学起人家包二奶了！”

说起来，这件荒唐事也不是完全没有头绪。爸爸坐在书房里头，往烟缸里头杵了半包烟，想起了九六年的那件事。

那一年也是还有几天就要过春节了，爸爸忙着给厂头的人、生意上的人、政府里头的人吃年饭、送礼，一个头转得两个大，大半夜了，忽然有人给他打电话——那天妈妈去哪了？哦那个时候他们没睡回一间房。

电话那边是个没什么特色的男声：“薛先生啊，你朋友刘先生几个现在被抓了在警察局，麻烦你拿钱来取一下人。”

爸爸一开始没反应过来谁是刘先生，他说：“龟儿子，哪个虾子哦！半夜三更逗老子耍嘛！”

电话那边窸窸窣窣了一阵，爸爸就听到了姑爹的声音，基本上也是低声低气的：“胜强啊，是我，大哥。唉，我现在，在那个，南街的那个派出所。啊，出了点事，我，还有我几个朋友，实在麻烦你，你能不能借我三千块钱嘛，我，我明天就还给你。”

那天晚上爸爸也是一下子就懂了。之前，还是钟师忠在跟他说：“胜强，幺五一条街这几天去不得啊！过年警察伯伯些要挣点年钱了，我听到我那边的朋友说了，风声紧噢！”

爸爸还笑：“还是八几年啊！嫖个妓都要砍头啊？我还不信这平乐镇上还有哪个敢逮老子了！”

钟师忠好声好气地说：“反正你不要去嘛，我就专门给你说一声。”

当时爸爸也是气不打一处来，闷起拳头就给了钟师忠一下：

“你娃才笑人的！其他事想不到我，要逮嫖妓你就想起我了！”

真的是打翻了筲箕满地的米，爸爸只有穿起衣服开起妈妈的车去派出所接姑爹。有两个警察在值班，他们让姑爹他们坐在里面办公室的沙发上，还用纸杯子给他们泡了茶。看见爸爸来了，也都是镇上的人，熟人熟事客客气气地，交了钱，放了人，爸爸连夜开着车送姑爹他们回永安市。

那天一路上姑爹的同事安静得像刚刚被阉了鸡儿，姑爹却坐在副驾上絮絮叨叨地说了许多感谢的话，检讨着今天的事情经过：他们办公室去龙源山团年，回市区的路上，几个男的不知道怎么想起了，就说到平乐镇的那个幺五一条街去耍一下嘛，他嘛也算半个平乐人了，就热热情情地带他们去了，居然这么撞到了枪口上。

“胜强啊，这事，不要给你姐说啊。”姑爹终于期期艾艾地说出来了。

“哎呀大哥！”爸爸打着大灯，看着前面的路，“你说哪儿去了！我们男人的事怎么会跟婆娘说嘛！你放心！这又不是好大的事，就是运气霉嘛！”

姑爹也算是看着爸爸十几岁长大的，这才体会到他已经彻底成了大人，他推了推眼镜，说：“胜强啊，简直麻烦你了，这个家头也就是你最管事了。”

爸爸抽着烟，想着那天晚上的事，想着自己就是在那个时候搬起石头来，狗日的砸着了自己的脚——那大半夜的他也被姑爹说得动了真感情，就说：“大哥，这么多年了，我们两兄弟不要说这些客气话，有什么事你就跟弟娃儿我说，只要我办得到的，不得不给你办！”

爸爸后来还是决定了，说话算话嘛，包二奶的又不是他薛胜强，捅到姑姑那有百害无一利。刘瞿康今天找不到他，明天肯定又要跑去找其他人，算了算了，家丑不可外扬，不就是个婆娘嘛。

他黑起脸给姑爹租了个房子，就在开发区那边的一个新楼盘，两室一厅连家具家电，弄得舒舒服服的。姑爹来拿房子，也是解释了一堆，说朋友是外地来的，在这也没个依靠，就暂时过渡一下，等等等等。

爸爸打量着他五十出头的人了，一头头发倒是染得漆黑，身材气度也都还在，戴着金边眼镜，倒算个有文化的人，说起话来却啰啰唆唆真他妈狗日的像个婆娘。

都是奶奶惹的事。八〇年还是八一年，姑姑和他们粮站的秦川谈朋友，谈得好好的，奶奶偏要她去跟姑爹相亲。“刘家老爷子省军区的，一家人也是知书达理有文化的，你嫁到城里头去才知道什么是体面。莉珊，你听妈的，妈就是嫁错了，你看我这日子嘛，你嫁给我们镇上的人，你这辈子再好也就是这么回事了。你的情况妈也不多说了，你也清楚，多留在我们镇上没你什么好处。当然，妈妈不勉强你，妈只是提意见，最后决定还是在你。”——爸爸亲耳听到奶奶这么说了，也亲耳听着姑姑在房里头哭了一晚上。那一年他才十五岁，姑姑也就是二十三四，转眼，他们一个二个的就四十多五十了，抱上了几个月的乖孙儿，包起了二十多岁的二奶。都是奶奶惹的事!

那一天爸爸第一次感受到了管事的难处，也第一次觉得这个家真是七翘八拱，家不成家了。那一头他才安顿了钟馨郁，这一头姑爹就也悄咪咪找起了婆娘。那天，爸爸记得他也真的就像个管家的人一样，把钥匙拿给姑爹，对他说：“大哥，钱我给了半年的，你好自为之啊。”

“好自为之”是爸爸从奶奶那听来的，他早就该知道这根本是句屁话——姑姑当然最终还是发现了姑爹的好事，爸爸不敢问，谅姑爹也不敢说，姑姑可能永远都不会知道那间房居然是爸爸给姑爹租的。

爸爸觉得这是他这辈子干过的最对不起女人的一件事。

想归想，说归说，做归做。第二天睡醒了去豆瓣厂的路上，爸爸还是没想通，又给钟馨郁打了个电话。电话响了十几声，就是没人接，爸爸只有按了电话，靠在奥迪后座的软沙发上，但总觉得不舒服，他问朱成："小钟给你打过电话没？"

"啊？"朱成一下子没反应过来的样子，在后视镜里看了爸爸一眼。

"小钟啊，"爸爸说，"她给你打过电话没？"

"哦！"朱成利落地转弯，回答，"没啊。"

"她如果打电话给你就给我说一声。"爸爸交代。

"好。"朱成说。

车开到十字路口，又在天美百货门口堵了一阵。不管周一周末，刮风下雨，这个地方永远都密密麻麻站着人。这回朱成倒没骂人了，安安静静地坐在驾驶座上，右手在方向盘上打着拍子。爸爸忽然想起了，问他："朱成，你娃娃好大了？"

"马上两岁了。"朱成说。

"好快哦！"爸爸看着窗户外面的人赶鸭子一样涌过去，有好几个熟人的脸，"怎么搞的啊！一转眼你娃娃都两岁了！我还觉得你才二十二三岁呢！"

“哎呀！”朱成说，“是快嘛！我都三十多的人了！老了！”

“你这娃！”爸爸笑了，“三十多岁正当年啊，在我面前说老，我才老了！”

“薛厂你哪老啊！你走出去嘛简直就是个年轻小伙子嘛！”朱成终于找到一个间隙，钻出了人群，把车继续往豆瓣厂开过去。

爸爸第一次发现自己老了是什么时候呢？应该就是去年吧，绝对就是去年。四十了啊，钟师忠他们几个死活把他约出去给他过生。其实，无非就是老一套，酒啊，烟啊，肉啊，婆娘啊，几个大老爷们吵吵嚷嚷说着怪话和荤段子，嘲笑彼此年轻时候的丑事。到了晚上八点过九点吧，钟师忠喝高了，扯着一个女服务员不让人家走——那天高涛是不在的，不然他不得那么嚣张。

“过来嘛小妹，再陪我喝一杯嘛！”钟师忠嚷嚷着，把手搂在女服务员的腰杆上就要把脸往人家心口埋。

“哎呀！老钟！”爸爸看不过去，顺水人情般扯开了女服务员，“你娃注意点嘛！”

“注意！要注意哪个嘛！有哪个要注意嘛！”钟师忠从桌子上抬起头来看着爸爸，眼睛红彤彤的，“薛胜强，你好意思说老子，你娃才不落教，把陈安琴放在屋头是一个，外头又包了一个，我还没喊你注意到，你好意思喊我注意到，我有哪个要注意嘛！”他肯定是喝多了，喷着口水骂到爸爸脸上。

满桌子的人都不说话了，只显得尴尬。也就是刚刚年前，高洋得了胰腺癌过去了，四十岁都不到的人呐！镇上这群一起长大的朋友们无不唏嘘——“高洋比我都还小四个多月呢！”妈妈在各种场合里把这句话来来回回说了不下七八次。罢了罢了，剩下的人就剩下了，只有转转会[①]一样喊钟师忠出来，今天明天喝酒吃饭。

爸爸总不会承认他也是喝得上了头忘屎了，总之这下真是下不了那个台。“龟儿子钟师忠是走哪儿听说钟馨郁的事的呢？”他脑子里面也只是晃了一晃这念头，不提了！眼下，爸爸只有反手把女服务员塞回钟师忠手里，站起来，满上杯子跟他喝酒。

“老钟！”爸爸端起杯子，“你千万不要这么说！你弟娃儿我说错话了！哥你今天喝高兴！弟娃儿给你赔三杯！”

他喝了一杯，又喝了一杯，再接着喝第三杯。旁边有人要来拦他：“胜强，师忠也是喝多了，你不要这样子，白酒不能这样喝，喝急了要不得！”爸爸一把甩开那人把酒杯子往脸上砸，那可不是个白酒杯，而是个啤酒杯，满杯子少说也是一两五钱的酒，他就逮着咕嘟嘟地往胃里面灌下去，穿喉咙过了打了个响哨。

就是那个时候爸爸知道自己老了，这杯酒下到一半，他就忽然觉得要扯拐[②]了：满喉咙黑漆漆地压下去的哪是酒，简直就是命，他眼睛一花，鼻子堵了，气都提不上来了——爸爸把脚趾拇都抓紧了，一杯酒满满当当总算顺下了肚子，他一屁股摔回了椅子上。

一屋的人都吓坏了，钟师忠后来说爸爸的脸色一下子变得蜡黄蜡黄的：“就跟纸钱一样！”大家跑过来，掐爸爸的人中，开门的开门，散气的散气，倒开水的倒开水，拍背的拍背。

“胜强！胜强！”爸爸听到满屋子的人都在叫他的名字，鸡叫鹅叫地好像出了什么大事。“哎呀你们小声点嘛！”他忍不住

① “转转会”，意为轮流做东的聚会或宴请。

② “扯拐”，意为“出事”“出岔子”。

想抱怨他们，但是却说不出话来。

他难受极了，一坨话哽在喉咙上居然就是说不出来，只能瞪着眼睛看这些人皮影儿那样在他面前唱戏似的舞着喊着，钟师忠凑过来使劲掐他的人中，把他疼得尿都要流出来了。

也不知道是谁先发现的，可能是包房里的哪个服务员吧，“哎呀，尿！”有人指了指地上。

爸爸湿了裤裆，把一摊尿淅淅沥沥地滴到了淡黄色的地毯上，骚臭骚臭的。

他倒还像没事人似的，其他人已经彻底吓坏了：“打120！快点打120！”

“哎呀小声点嘛你们！”爸爸被他们吵得烦都烦死了，他想骂他们，还是骂不出来。他伸出手来掐钟师忠的膀子，他正用那只手杀人般捏着他的人中。

“胜强！胜强！”钟师忠拉着爸爸那只手，眼泪花儿包在眼睛里，包不住了就往下流。

“你哭锤子！老子又不是你婆娘，老子又没死！”爸爸想骂他。

整个事情差不多就是这样，过了五分钟吧，或者七八分钟，爸爸总算缓过来了，他捏着钟师忠的手，悠悠地说出了第一句话：“哎呀你们龟儿子的小声点嘛！”

那天的事说起来也没几个人知道，他薛胜强居然被三杯酒弄得尿湿了裤子，这件事传出去还得了！爸爸顶起腰板坐好了，对着满屋子的弟兄们：“都不准说！哪个说了哪个鸡儿生疮！”

当然，他那天没再喝酒了，他整整一个星期都没喝酒。“哎呀哎呀，我少喝嘛，我少喝！”他喝着一杯热果珍，对其他男人许诺。

朱成开车来接他，签了单，把路上买的新裤子给他换上了，爸爸就又成了一个好人。“去庆丰园嘛。”他跟朱成交代。

他没去看奶奶，去看了钟馨郁。那天，爸爸先洗了澡，两个人去睡在了床上。钟馨郁很是不安分，一双手在他裤裆里面逮来逮去的。“哎呀，老子喝多了，老子要睡觉！”爸爸三番五次好说歹说把她的手拉出来了。

钟馨郁可能有点不高兴了，不过总算没表现出来，她温顺地把头靠在爸爸肩膀上，说：“睡嘛睡嘛。”

爸爸闻着她洗发水的味道，忽然想起来了，问她：“你是哪年生的啊？”

钟馨郁说了年份，爸爸说：“哎呀，你才这么点大啊！我在街上混的时候你还是个奶娃娃！”

钟馨郁倒是扑哧笑了，她说：“薛哥，你说些话才笑人！我不是这么大，我是好大嘛？”

“哎呀我真的老了！”爸爸拍着钟馨郁的肩膀说。

“哪儿老嘛！薛哥你走出去嘛，还是跟个小伙子一样啊！”钟好声好气地说，她的大腿冰凉凉软绵绵地靠在爸爸的大腿边上。

话是这么说，爸爸知道事情已经不一样了，在鬼门关上转了一圈他总得有些变了。那个黑着良心撅着屁儿跟婆娘们做爱的年代永远过去了。就跟钟师忠劝他的一样：“胜强，多的我也不说了，你也是个明白人，好自为之啊。”

从那天起，爸爸决定再也不乱来了：不然就跟钟馨郁睡，不然就跟妈妈睡，不然就在外头跟哪个婆娘睡一下。他收起心肠再也不去想那些装疯迷窍的事了，一天里头来几下那是真的来不起了！——二○○六年，过了四十岁的生，爸爸知道自己老了。

但是，当然了，想归想，说归说，做归做。偶尔，间或，少之又少的，遇到格外热情的客户或者小姐，硬要把三个人塞进一间房的，爸爸也不好意思扫人家的兴。那就打个包嘛。他一只手揽着一个偏偏倒倒进了房，五迷三道地乱戳一通，然后清早起来牵着鸡儿上茅房，滴滴答答，诅咒发誓：“再也不来了！龟儿子的！”可是，总在所难免，全豆瓣厂黑压压望过去，除了一个朱成稍微灵性点，其他都是闷猪儿，要谈生意，要找客户，要上超市，除了他薛胜强亲自上阵，还有哪个能来呢。有时候，爸爸坐在包房里头，一个念头钻到脑袋里，他才发现了这妖风邪气：小姐睡了再多次还是小姐，可是这男人啊，一起喝个两三瓶，嫖个一两回，就成了换过命的兄弟。他想到这个事情，又跟对门永安成辉超市的业务干了一杯，低头看着自己的裤裆，简直就要悲从中来了。正逢着斜路里来了个小姐，问爸爸：“老板，你怎么不高兴呢？”“唉！”爸爸一把抱过伊来，对着她白生生嫩泡泡的乳房就把脸杵下去，深吸了一口气，总算缓过来了，“啥子老板啊！你我两个都是三陪！今天互相陪好就是了！”

于是满屋的小姐笑了个满堂彩。那天晚上，他薛胜强又成了包房里的贾宝玉，私企界的苏东坡，几个小姐粘在他身边，端茶送水捏大腿，男人们就都羡慕他的神通广大，爸爸知道这摊生意跑不脱了，心情总算好了起来。至于小姐嘛，他暗地里挺了挺腰，觉得还余着二两软劲，“那就顺便打个包嘛”。

饶是美酒加咖啡，洗了伊的香水味，还有什么往事不要再提，一切已随风去——这些爸爸都是知道的。但当他走进两层高的豆瓣厂办公楼，办公室主任小曾伸着脑袋跟他说“段老师在你办公室等你”时，他还是心头一紧。他几步跨进总经理办公室了，端端看见段知明这张旧船票方方正正地坐在了他四五平方大的办公桌后面，手里翻着桌子上他的台历，他简直就气不打一处来了：“老子搅碎了几肝肺的豆瓣，操烂了多鸡巴的心肠，兢兢业业才坐到这个位子上，你倒好，一来就给我下了个屁股！”

“胜强，来了啊！”大伯倒是热情地站起来。

“哥，来得早啊！”爸爸笑嘻嘻地迎过去，“吃饭没的啊？”

“吃了吃了，早上去七仙桥吃了碗肥肠粉，还是那个味道啊！”大伯叹了口气，又重新坐回椅子上。

没奈何，爸爸只得在他对面的椅子上坐下来，两个人楚河汉界隔着一个大方桌，以往，他就坐在大伯的位子上，张开嘴巴来训坐在自己现在位子上的随便哪个倒了霉的。

“哎呀！”爸爸拍了拍桌子，“那个肥肠粉有什么吃头嘛，晚上我们去吃好的！飘香会馆嘛，那的生蚝可以！”

“胜强啊，”大伯倒是笑了，“你是喝着故乡水，不知故乡美，我这样一年到头都在外面飘的，想来想去的就是七仙桥肥肠粉的味道啊，你还记得不，以前逢场的时候早出门，走到七仙桥头去要一碗肥肠粉，泡一个刚打好的千层锅盔，不摆了！”

不摆了嘛，爸爸反正吃饱了一肚皮的软钉子，只有转头对着外面叫他的办公室主任小曾：“小曾，给我们泡两杯茶进来！”

“花毛峰！”他又补充。

两兄弟等着喝上一口热茶，总算可以说点正事了，趁着倒茶进来的时候，爸爸把办公室曾主任介绍给大伯，庄而重之地说了给奶奶办八十大寿的事，让他一定配合大伯的工作——就把段知明这个山芋丢给了不怕烫的。

热气腾腾的花毛峰倒是烫嘴，不过这个爸爸就习惯了。半青不黄的毛峰叶子搭着半黄不白的菊花，漂在烟不拉渣的玻璃杯子里，那是一个沁人心脾。三块钱一包的青花牌花毛峰，从爷爷喝到了爸爸嘴里，童叟无欺，绝不二价。这点倒是和幺五一条街上的幺妹们一样，来的就是客，喝的就是爷，图的不过是一个安心。爸爸飘飘荡荡地吹开茶叶子，咂了一口茶水，总算把心定下来了。

大伯倒也不说什么了，和曾主任说的那一嘴客气话还像鸡毛一样粘在他脸上，一时半会还冲不下去。

“哥，”爸爸倒是先开了口，他也懒得在心里骂人了，客客气气地，“难为你了，那么忙还想起回来给妈过生。”

“八十大寿嘛。”大伯说，“妈这一辈子也不容易，八十岁了啊，我们儿女肯定要尽点孝心的。”

“好快啊，”爸爸说，“一下子妈都八十了。”

“是啊。”大伯也不得不感叹，“要是爸还在，也都八十六还是八十七了？”

“八十六，”爸爸说，“要过了中秋才是八十七。”

过了中秋节，爷爷就是八十七了。爸爸想起这件事，竟然是满肚子的心酸。眼见着奶奶活到了八十，爷爷却再也活不到八十七了，以及八十六，八十五。

上一次见到大伯还是爷爷下葬的时候，一大家子人稀稀拉拉就去了三个：爸爸，大伯，还有刘星辰。姑姑倒是也回了镇上，不过在庆丰园陪奶奶，妈妈也是。姑爹本来说要回来，又临时有事没来成，小赵是个孕妇，自然更是惊动不得。按照奶奶的指示，一切从简，三个人还是戴了孝，由大伯捧着骨灰盒，被殡仪馆的人牵鸭子一样领着到清溪河边葬爷爷。那天是不是在下雨?肯定是在下雨，爸爸记得他皮鞋边上一圈都是稀泥。他们在棋盘一样的墓园里转到了一块方桌大的地上，满打满算也不可能有一个平方，立着一个偏偏倒倒的石头碑。爸爸当时就皱了眉毛，问大伯："哥，这坟怎么就这么点大？"——当时爷爷出了事，两兄弟是兵分了两路，爸爸料理医院和火葬场殡仪馆的烂摊子，大伯自告奋勇要去定坟冢，就让钟师忠带着他去了。

"胜强啊，"大伯的口气倒是和奶奶像了个十足十，"人死了就是灰，现在城里面都是直接买骨灰位，也就是这平乐镇还开地出来做墓园了，爸生前也不是个铺张的人，老人家死是喜丧，也就是个入土为安嘛，你说是不是，啊？"

刘星辰也昏头昏脑出来帮腔："小舅，还干干净净的，大家以后来上坟也方便。"

的确是干干净净的，三块大理石板子砌了一个屁股大的凼凼，把爷爷的骨灰盒往里面一放，上面再盖一块板子，还没等爸爸看清楚到底放平了没，殡仪馆的人就把水泥糊上去了，几铲子就糊好了，糊起灰面来煎个锅贴也就不过如此。也是大伯还想得起来，给这个师傅那个师傅点头哈腰地道了谢递了烟。

他们点了一个炮仗，热热闹闹绽了一地的红纸，然后点蜡烛烧香。

第一个磕头的也是大伯。那天天气的确是不好，地上雨水和着鞋子上的稀泥，还有那些炮渣渣，灰一坨红一坨的。大伯问殡仪馆的人："师傅，有没什么拿来垫一下啊？裤子弄脏了。"殡仪馆的人有备而来，拿出塑料布来垫了，大伯跪下去，规规矩矩磕了三个头。

然后轮到了爸爸。他走过去一脚把那张塑料布踢开，两个膝盖咚咚两响落到地上，脑门子往泥水里轰轰轰扎了三声。大伯说："哎呀胜强，你好好磕头嘛！你衣服不要啦！"

爸爸一句话不说爬起来，退了一步半，他屁股挨着隔壁邻居哪个鬼的碑，躬下身子把塑料布捡回来铺好了，给刘星辰说："来，星辰，给爷爷磕头。"

于是刘星辰也磕了头。本来这就算完事了，这个时候墓园的人走了过来，问他们收管理费。

"管理费？"大伯皱了眉毛，"你们怎么这样？国家单位可以乱收费吗？当时买坟地打碑的时候不是说得清清楚楚，没有别的钱了？"

殡仪馆的人解释："段哥，这个规矩是这样的，现在都要收管理费，按年份收的，每家都要交。"

"奇了怪了你们！"大伯也有了两分愠色，"我这辈子也算见识多了，这坟地还要收物管费真没听过！我当时交钱的时候你们怎么不说清楚呢！你们说清楚我们还不一定葬在你们这呢！"

"不是，段哥，"又是殡仪馆的人在说，"这哪家坟地都要收的。"

"好多钱嘛！"爸爸炸雷一样问了出来。

"一年五十元，交十年可以优惠一年。"墓园的人拿出一个收费单来，上面盖着方方正正的公章。

"你们怎么这样？"刘星辰拿过单子来看，"那这得交多久啊？"

"交交交！"爸爸一把把单子扯过来，"给你交一百年够不够！一万年！先给你交一百年，不够了来找我收！西门上春娟豆瓣厂来找我薛胜强收！”

“胜强！”大伯伸出左手来，稳稳地扒在爸爸的手膀子上，真是一只油光水滑的玉手啊，“这不是钱的问题，没这个道理的！”

“屁的道理！”爸爸第一回对着大伯发出了火，“交钱嘛！老子最喜欢交钱了！钱嘛，纸嘛！来来来，先交一百年！”

他真的去交了一百年的坟地管理费，优惠十年算九十年，每年五十，一共是四千五百元。清溪墓园管理处的人那天也算是开了眼界，他问爸爸：“老板，你刷卡嘛？”

“我给现钱！”爸爸说，他从口袋里掏出一个炸弹样的皮包来，活生生数出来四十五张红票子拍在桌子上，“现在老子给了钱，你们把坟给老子收拾好！”

“哎呀老板，那是肯定的嘛，肯定的！”管理处的人一边数钱，一边让手边的人给爸爸开收据。

于是爸爸拿着轻飘飘一张收据出得门来，大伯和刘星辰正在奥迪车边上等他，那天朱成没有来，爸爸自己开的车。

“胜强啊！你怎么回事啊！有钱也不能这样浪费啊！”大伯叹了口气。

爸爸没说话，钻进驾驶座，开着车一路转回了庆丰园。

回了奶奶家，自然是一团和气，没人敢提这一百年管理费的事，全忙着拍着老太太的背宽她的心。唐三姐整备了一桌子的菜，鸡鸭鱼肉，一样不少。本来高高兴兴地吃了饭，大家散了也就是了，谁知道那天奶奶也不知道吃错了什么药，从鸡肉炖得不烂数落到筷子没洗干净，接着说姑姑不求上进，电视台节目不让她再主持也没争取争取就算了：“莉珊啊，你说你这个小清高有什么意思？”然后说大伯这么多年也不娶个老婆，一个人晃晃荡荡到底要到什么时候啊——“知明，你这么混下去怎么对得起我，对得起你爸？我们全家为了培养你这个大学生，用了好多心啊，你读了那么多书的人，这还用我说吗？不孝有三，无后为大啊！你说，你难道这点道理都不懂了？”自然而然的，奶奶下一个就要说到爸爸身上了，大伯却发了火——反正那天是阴风邪气的，全家人挨个发火，排排坐吃果果——他把筷子往桌子上一放，昂着声音，一张白脸通红通红：“妈！我知道爸走了你心情不好，可是你有火不要对着我跟姐发啊！这么多年我们在外面，哪个容易了！爸走了我们都不好过，但你干啥把气拿给我们受呢！你也不想想你这脾气，爸他这辈子受了你好多的冤枉气，现在你不要又跑来我们身上发！”

妈妈倒还想打两句圆场，爸爸低头继续啃鸭子，头都没有抬。奶奶呢，大概是从来没想到居然还有人敢这么跟她说话，吓得一口饭没咽下去，鼓着眼睛盯着大伯，她哆哆嗦嗦地，张了张嘴皮：“疯了疯了！这家头已经疯了一个还不够，现在都疯了！”——就哭了起来。

奶奶一哭，满屋子人都乱了套，拿毛巾的拿毛巾，骂人的骂人，站起来走到客厅的得再走回来，一堂子人挤成了两堂子。

爸爸自顾自吃饱了饭，听着奶奶一边哭一边骂，骂爷爷，骂大伯，骂姑姑，也顺道骂了他几句，不痛不痒，从小到大，屁股都被打玉了，什么时候怕两句骂了。

这顿饭就这样散了，妈妈被留下来陪奶奶，爸爸下楼去送大伯和姑姑他们。也是刘星辰开车，姑姑坐在副驾驶座，大伯一个人孤孤单单坐在后面，低着头，把两只手都揣在衣服兜里面。

爸爸想了想，还是把皮包拿出来，把里面的钱扯出来递给大伯："哥，我问了老钟，买坟地和打碑的钱一共是两万，刚刚给了四千五，我身上也没带那么多钱，这里加上一万八，你先拿了，剩下两千我哪天到市里拿给你，或者你回来我拿给你。"

大伯抬起头来看着爸爸，爸爸这才看见他眼睛红了，他说："胜强，你把哥看成什么了，哥是个穷教书的，不像你老板有钱，但这点钱我还出得起！"

姑姑从前面回头过来，也不知道是在看爸爸还是在看大伯，刘星辰两只手都稳稳当当放在方向盘上，生怕一丢手车就垮了一样。

"哎呀哥，"爸爸不管三七二十一，把一摞钱从窗子里塞进去，钱掉到座位上，又乱翻翻地滚了几张下去，"我不是这个意思，我的钱你的钱还不都是家里的钱，你拿去，剩下两千下回我还给你！"

他们开着车走了，这一走就是两年多。这两年里，姑姑倒还回来了两次，大伯就打死都不回来了：电话还是打的，今天去电视台讲座，明天去爪哇国开会，热闹得很——人就没了踪影。

奶奶可能也明白了，那天是得罪了大伯，老是跟爸爸说："胜强啊，你想个什么办法劝劝你哥，让他好歹回来看看我啊。"

爸爸说："他是我哥，我怎么劝得动他啊。"

他心里就真是开骂了："龟儿子段知明你个卖屁儿的，有好大的脾气嘛，跟我发嘛！跟老太太怄气算个屌！"

那真是两年前的事了。爸爸忐忑了几天都没给大伯打电话，怕自己在心里骂顺了一张嘴出来就是骂人的话。谁知道他居然自己回来了，还滴溜溜开了辆越野车，人模人样地提了一手的礼。

“是哪个给你打的电话，你怎么想着要回来了？”爸爸最想问大伯的就是这句话，而不是什么岁月啊，人生啊，孝顺父母啊，礼敬邻里啊。

但是两弟兄谁也没把这话说出口，那两千元的旧账更是一笔勾销了，他们喝着一口花茶，抽着闲烟，摆着废话，等着墙壁上的钟走到十二点，好去吃中午饭。

还是奶奶说得好，全家人听她苦口婆心念了几十年，总算把真道理听进去了。

“逢人且说三分话，未可全抛一片心呐。”

吃了饭，爸爸要回办公室眯个午觉，大伯说他不困，让曾主任带着去看晒坝了，爸爸就总算过了个清静下午。

他拿着一个电话机，给钟馨郁打了两个电话，都不通。想了想，也就算了，点开了办公室的电脑，开始上网打麻将。

快到五点的时候，打电话来的是钟师忠，他问爸爸是不是大伯回来了，说有人早上在七仙桥的肥肠粉店看到了段知明。

“知明现在是著名教授哦！经常上电视的嘛！回来也不说一声！”钟师忠惊风火扯地说，“晚上出来嘛！吃起喝起！今天我请客嘛！”

“平时吃饭从来没看到你摸过包包，今天要出血了？”爸爸倒不跟钟师忠客气，张嘴就说了。

“哎呀！”钟打着哈哈，“胜强，你的哥就是我的哥嘛！”

爸爸也算随和，喝酒嘛就去嘛，好说歹说拉着大伯去了。钟师忠不知道发了什么邪财，居然请在王府饭店吃这顿饭。王府果然是有档次得很，屋顶上装着明晃晃的大镜子，吊着吊灯，把一桌子的人都照得红头花色的。

都多年没见了，酒自然是喝得高兴了，珍禽异兽也吃了一肚子。大家话着当年，说的都是大伯的风流倜傥，钟师忠说："知明啊，哪个说得好，平头菊花提虚劲，癞子光头最亡命，[1]你那个菊花头当年，不摆了！"大伯被他们吹得飘飘然，也脱了扭捏，找回了平乐镇第一超哥的风采。

吃了饭，钟师忠说还有节目，带着大家上了三楼。爸爸也是第一次来，原来王府饭店楼上是个夜总会。也的确是个高级的夜总会，小姐都长得水嫩粉白，穿得也是很有气质，走过来一排站起个个都像大学生。大家让大伯做主，点了五个小姐，开了两瓶洋酒，满屋子炸开了莺歌燕舞，烟雾缭绕。

爸爸躺在沙发上，左手边跟钟师忠划着拳，有一搭没一搭地摸着右手边小姐身上的肉，大伯坐在对面的沙发上，把腿上两个小姐逗得花枝乱颤。爸爸觉得有点恍惚，他忽然想到了那些八一年八二年，他还流着清口水跟着大伯满镇昏超的时候。

有一天他麻着胆子问他："哥，你是不是真的跟那个红幺妹好了啊？她不是个鸡的嘛。"

爸爸笑得捏了小姐一下，她娇声娇气地叫唤了一声，很是有点好听。

"龟儿子真的是老了啊！"爸爸想。

就在这个时候警报来了。钟师忠的电话响了。他接起来，是他老婆小姚——小姚是平乐医院的护士长，离了婚有两年，差点四十岁，人也算舒气，两个人被介绍得一下子对了眼，谈了两三

① "平头菊花提虚劲，癞子光头最亡命"是一句四川方言，意为"平头"和"菊花头"是十分潮流的，而"光头"是惹不起的。

个月朋友就把证扯了。这小姚其他都好，就是新官上任三把火，把钟师忠管得分外严实。

“啊！”钟师忠一边接电话，一边打手势让其他人安静，安静！“我在外面嘛，今天跟胜强和他哥吃饭，跟你说了的嘛！现在还在喝酒！”

“没去其他地方，”他一边给爸爸他们递着尴尬的颜色，一边拍着他身边的小姐，“就在吃饭的地方啊，不得去其他地方，哎呀，你怎么信不过我嘛！那我喊胜强跟你说嘛！”他马上就要把电话递给爸爸，爸爸也伸手准备去接，一个“嫂子”卡住喉咙上，甜蜜蜜地就要喊出口来。

“你不要跟胜强说？那你要跟谁说？”钟又把手缩回去了，“段老师？你怎么这样啊！段老师你认识吗？见过吗？电视上看到的也算见过？”

大伯倒是笑了，走过来主动从钟师忠手里把电话接过来：“嫂子啊！”

“哎呀嫂子你放心，我们还在吃饭呢，很久没见了，所以聊得久了点，我给你赔不是啊！我们一定把老钟平平安安地给你送回去！你别担心啊！一根头发都不会少！”大伯说，不但逻辑严密而且字正腔圆。

到底是上惯了电视的人，他几句话就安抚住了小姚，直接挂了电话。钟师忠感激地拿回手机来，说：“哎呀知明，我还怕你教授翻天的，不得帮我打掩护，谢谢啊！”

“老钟啊，你跟我说什么教授不教授，大家都是男人，都理解嘛！”大伯一屁股坐到爸爸他们中间来，两边五个小姐伺候着，唇红乳白，环肥燕瘦。

真是好多年了，第一次，爸爸又觉得大伯是个爷们了。他灌满杯子举起来，跟他说："兄弟！甩了！"

大伯也就灌满了自己的杯子，两个人真正干了一杯酒，然后又干了很多杯——这不是第一次了，爸爸当然知道，只要到了夜总会，酒瓶子喝成了空瓶子，母蚊子扑上了公蚊子，堂子上，桌子底下，铺盖窝里头，没什么不好说的。

他只是没想到，自己就是在这个地方把钟馨郁的事告诉了段知明。

第五章

二〇〇〇年应该就是个坎了。爸爸暗自思量，以前平乐镇可不是现在这个样子的。自从那一两年一过，又惊风火扯地来了〇三〇四〇五年，西街就再也不是西街的样子，南街也不是南街的样子了，十字口修了碉楼一样的天美百货，东街也变成了别的模样，北街呢——爸爸想起自己好多年都没踩到北街去过了。

以前邓家凉拌兔还在的时候，他和钟师忠他们几个还偶尔走到北门上去——就在北门第一个电线杆过去的那个小巷子里头，有个总是戴着红军帽的邓大爷，卖着平乐镇上首屈一指的凉拌兔丁——自从那个摊摊消失以后，爸爸怀疑世界上再也没有比那更好吃的凉拌兔丁了。那个时候，他们几个都还是年轻小伙子，青天白日走在街上就忽然想起来要吃凉拌兔丁，冲起去了邓大爷的摊子上——必须是上午啊，下午就没了——邓大爷呢，斜着嘴叼着一支纸烟，上面的烟灰已经吊了有半指长，慢悠悠地，他就站起来给他们拌兔丁，而爸爸他们几个就围着他的小推车，口水滴答地看着他叼着这根烟，空出手来把花生、大头菜、芹菜颗颗、芝麻、红油海椒、花椒面、白糖、醋，还有那抓心烧肺的兔丁都丢到那个大铝瓢里面去，哐哐哐哐——他手起筷子落地拌完了，抖出两根指头扯起塑料袋，拴起来递给爸爸，收了钱，找了钱。

最后才从嘴皮上抬起那根烟来，把上头快一指长的烟灰慢悠悠地抖到泥巴地上。

现在的平乐镇再也没有泥巴地了，电线杆好像也不见了。〇〇年或者〇一年吧，上头的人不知道发什么疯，说要整治镇容镇貌了，这就架起几个脚架子，提起几桶涂料，把四条街上临街房子的墙壁都涂得跟婆娘的脸一样白，接着几杆子赶走了这些摆摊摊的：凉拌兔丁的，卖红油大头菜和春春卷的，烤蛋烘糕的，制酱米酥的，打黄糖锅盔的，甚至，修剪刀磨菜刀的——呼啦啦地全从街面上散了个风卷残云。那些爸爸从小看到大的老脸门啊，走的走，逃的逃，剩下了几个也就是像缩头乌龟般坐到了牙缝大的门面里，隔着玻璃，戴着口罩，用塑料手套递出些残羹冷炙——那还吃个锤子吃！爸爸骂道。

饮食的滋味一变，镇上的风云就变了。那个时候爸爸还没有意识到。只是，有一天中午，他从豆瓣厂出来，准备去吃一碗查渣面，却发现面摊子关了门，就觉得一把心火烧得痛。他走在南街上，过了十字口，要回西街去，这才发现平乐镇全变了样：从小长到大的老柏树、老樟树给砍了去，二指宽的路面硬生生给阔成了三指宽，竖起两排殷蓝的铁栏杆，硬要分出机动车和非机动车道来。这样一来，开车的和骑车的都没法走了，摩托车更是横街乱窜——还不够，街沿上还装模作样地堆起了绿化带，不知道从哪个外地栽过来的秧子树，活几株来死几株，直叫人看着心烦。钢板厂关门大吉了，李裁缝的门面给移去了摊贩市场，取痣的焦医生丢了锦旗，所有的店招都统一换成了蓝地白字的，一眼看过去真分不出个雌雄公母。更可怕的是，街上走的人也变了，爸爸忽然发现，就在他没注意到的时候，满街走着的都是他不认识的人了：南街的朱豁皮、陈瘸子呢？西门的钟三哥、刘桩子呢？——街上走着些穿着衣裳、踩着鞋子的陌生人，一个个木头木脸地从爸爸脸面前过去了，招呼也不打一个。

就从那天起，爸爸很少走路了。当然了，另一个原因是，那一年他总算正式成了春娟豆瓣厂的一把手，有了座驾——进出他都在漆黑的奥迪车里，隔着窗子看着平乐镇街上的人，远看着他们的脸，近看着他们的屁股和腰杆，抽的是中华软包，喝的是茅台国酒，吃的是飘香王府，睡的是莺莺燕燕，事不关己，高高挂起，去了韶光，圆了肚皮。

一切都是二〇〇〇年的事，那一年真是个坎，爸爸翻过去了，再回头一看，四时风光都变了，变了啊！

自从爸爸的肚皮有点圆了以后，在妈妈的强烈要求下，有时候他也走路去上班，或者走路下班回家。“好歹还是锻炼一下身体嘛！”妈妈说，“你看下你那个肚皮哦！跟个孕妇一样！”“嘿！”爸爸靠在床头上，抓起妈妈的手放在自己的肚皮上搓了几下，“摸一下摸一下，有几个月了嘛！”“薛胜强，你简直是个死皮！”妈妈就白了爸爸一眼，把手抽回去，翻过去一页小说。

话虽如此，第二天，爸爸早上起了床，还是走路去上班了。和钟师忠他们连着喝了两天酒，爸爸真是觉得满肚油腻，头重脚轻了，他决定走两步，顺便绕到南门菜市场对面吃碗荞面。

街上还是那样，基本都是些不认识的人，偶尔闪过一两个熟脸门，大家也懒得打招呼了。爸爸平安无事地走了一路，忽然远远看见路边有个高高长长的背影。那人穿着一件卡其色的上装，背对着他，挺着背，没来由地露出一股英挺——就像是个解放军。爸爸心里想着。本来只是个念头，他也就是随便多看了一眼，却忽然发现这人偏偏不是别人，正是他的冤家对头段知明。爸爸在心头呃了一声，脚步就不停地穿到前头去给大伯打招呼。

“哥！”爸爸叫他。

大伯吓了一跳似的回过头来，看见爸爸：“胜强啊，你怎么跑到这来了？”

“嘿！”爸爸笑呵呵地从怀里递出烟来，“你来得我来不得啊？我走路去上班，顺路到前头吃碗荞面，你在这干什么呢？”

这景象爸爸不是没想过的，这么多年来，他孤魂野鬼一样地在平乐镇街道上飘，偶尔也会想起大伯来，想起镇上其他一条裤子穿大的弟兄们还偶尔就一碗肥肠粉吃个锅盔，甚至睡着同一个幺妹——这段知明呢，端端就没了音讯。于是他也就这么想过几回，如果段知明还在平乐镇上，满街鸡鸭鱼肉的人，多他一个不多，少他一个不少，但总算偏脑壳斜脚杆地就能撞见个一两回吧，撞见了，总要打个招呼吧，打个招呼，总要递根烟吧，递了烟就顺便点个火嘛，然后抽两口，说两句家常，约到哪天打麻将嘛。

不管嘛，爸爸就把烟递给了大伯，然后把火给他点了。大伯这才指了指路边乐宾广告的招牌，说：“我来这定一下寿辰的背景牌啊、条幅啊之类的。”

爸爸一看，这不就是高涛的广告铺么，他倒是笑了，问大伯：“你怎么找到这家来了？”

“哎呀，”大伯说，“老钟给我的名片，说这边老板他认得到，那都是熟人，说不定还能打点折扣嘛。”

“狗的钟师忠！”爸爸心里乐开了，这不就是平乐镇的规矩么，他琢磨着大伯确实是久久没喝上故乡的水了，水土不服啊，水土不服了。但爸爸也懒得多说——钟师忠要占他段知明的便宜，那就占嘛，反正又不是我薛胜强的便宜，要赚豆瓣厂的钱，那就赚嘛，反正也不是我薛胜强的钱。

“那你去看嘛，我去吃面了。”爸爸就转脚去吃他的荞面了。

“哎胜强，”大伯却有点扭扭捏捏地叫住了他，“我跟你一起去嘛，我也还没吃早饭，有点饿了。吃了面再来看，铺子又不得跑。”

爸爸心里是吃了一惊，乜了大伯一眼，吃就吃嘛，走嘛。看你有啥过场嘛。他们就一起去吃面了。

两弟兄肩并肩走在平乐镇南街上，从老城门口走到菜市场去，免不了说两句家常。“以前这不是有一家卖磁带的铺子的嘛？”问的是大伯。“早拆了，现在哪个还买磁带嘛。”答的是爸爸。“朱豁皮这几年去哪儿了？以前每天都在这摆烟摊啊。”大伯继续问着。“听说去城头给儿子带孙儿了。”爸爸说，“这朱豁皮也是倒霉，卖个烟把儿子供出息了，在永安城里头上班了，转眼这儿媳妇又闹了离婚，丢个娃娃不管了，老人家七老八十还要去带娃娃。”“是嘛？”大伯应了句。“怎么不是呢，所以说漂亮婆娘靠不住啊，那刘玉芬漂亮是漂亮，当年四朵金花嘛，朱程前追得白泡子翻嘛追到手了，结果呢，竹篮打水一场空！”他们前脚后脚踩进了荞面铺子，老板正在大铁锅上头打荞面，爸爸喊：“两碗荞面，加臊子！”

他们坐下来，爸爸抽了两双一次性筷子，掰开一双递给大伯。大伯却说：“哎呀胜强，我不用这个，这个不环保，也不干净。”说着去筷笼子里抽了一双乌漆抹黑的竹筷子。爸爸随他去了，把剩下那双还没掰开的筷子丢回筷笼子里，握着自己的筷子敲桌子。“哥啊，说起你以前跟刘玉芬那几个还算同级的同学嘛，她跟安琴同个办公室，关系还不错，这次回来要不要我帮你喊起大家聚一下？”爸爸问。

“不了，”大伯说，“大家都有自己的事，该联系的早就联系了，不联系的也就淡了，没什么好聚的。”

所以说你娃就是死眉烂眼的呢！爸爸在心里骂了他一句，盯着桌子上的醋瓶子。

“倒是安琴，还没看到她呢，她最近还好不？”大伯反而问了。

爸爸自然是做贼心虚了，特别是想着自己跟大伯说了钟馨郁的事，所以这话听起来就格外刺耳了。

“好！她有啥不好的嘛！单位工资拿起，铁饭碗端起，上班就是看会报纸，下班就去打会麻将，好得不能再好了。”爸爸咂咂嘴。

“亲家公也好嘛？”大伯又问。

不是大伯问，爸爸还真忘了有外爷这么一号人。“他嘛，前两年喜欢养花，听说最近迷上了照相，一万多两万买了个相机，我都舍不得用那么好的。”爸爸说。

“胜强啊，你说，”大伯一开口爸爸就知道了，他绝不是无端端地提起外爷来的，“亲家公的书法一向是出名的，这次妈过生，让他写个寿联好不好？”

爸爸再乜了大伯一眼，把他的那点小算盘看得清清楚楚，他哪是要陈修孝的字，不过是求陈修孝的名——永丰县的老民盟主委、三届政协副主席，也算是地方上人人敬重的先生了。“你要找他写，你就去找他写嘛！”爸爸说。外爷本来就嫌弃爸爸是个做生意的没文化，自从妈妈瞎了眼睛嫁给了他心里面就不安逸，话也不爱和他说两句。九六年那次他说要离婚，外爷更是气得动了肝火，差点没扁担给爸爸打上身：“你要离婚？你凭啥要跟我女儿离婚？你一个薛英娟的儿凭啥敢跟我陈修孝的女离婚？”——爸爸没敢把这事告诉奶奶，不过和外爷的走动就是少得不能再少了。

“我就是想我自己去找他老人家，不过还是先和你说一声。”老板把两碗喷香的荞面放上了桌，大伯客客气气地跟人家道了谢，拿起筷子开始和面，脸上扑了一层热雾。

爸爸也埋着头吃面，忽然发现大伯必定是要掘地三尺，把家里八竿子外九丈深十几年不联系的亲戚朋友关系全都拉出来各尽其用了，也不知道为什么，他喝下一口酸辣汤，背上反而打了个寒战。

“段知明这个白脸鸡儿，从小就打得鬼算盘！”他心里嘀咕。

说起这次给奶奶祝寿的事，大伯也不知道是吃错了什么药，真是要干一番大事的样子——他不但给奶奶夸下了海口，说要弄个平乐镇上空前绝后的寿席，也还真快马加鞭地做起了事。爸爸眼见着几百年没人管的晒坝给收拾了出来，晒缸子都给拖走了，几个保洁的先是拿着水管哗啦啦冲得坝子底朝天，上头攒了千年的豆瓣渣渣、狗屎酱酱都给冲了个一干二净——就这样还不算，大伯高标准严要求，保洁的就弓着腰杆撅着屁股，拿着刷子在晒坝上，从头刷到尾，从早刷到晚，倒也真有几分好看。但是味道就不好闻了，爸爸昨天下午从晒坝边上过了，一鼻子扑过来的气好像是哪个吃多了海椒的，拉下了几泡隔夜的陈屎——他捏着鼻子踩过去，不知为什么，竟然有些伤感。

“还有啊，胜强，哥还有一件事要跟你说。”大伯咂吧着嘴往面里加了点醋，继续说。爸爸埋着脑壳吃面，看都不想看他一眼：“就说嘛！段知明怎么会想转了要跟我吃面嘛，这个人真的是鬼毛病多，吃个面嘛都有这么多过场！他这才回来几天，地皮踩热了没啊？就开始装模作样地当起大哥来了！”

“你说嘛，哥。”爸爸吃下了嘴里头的面，还是搭了腔。

“你那个外面的事啊，你那天给我说的，你要好生处理了啊。”大伯语重心长地说。

爸爸真的是一股无名火就烧了起来，差点想把桌子都给他狗日的掀了。“关你屁事！自己回去找个婆娘睡嘛你！”他心里骂。

“哎呀，我懂。”他嘴里答应着。

“那天我看到就觉得有点不对，那个小钟跑到妈楼下头不是要闹事嘛？胜强啊，这个事可大可小，你要小心啊，你和安琴几十年风风雨雨都过了，不容易啊，你要稳住啊。”大伯没发觉爸爸心火烧到了房顶上，继续说。

“稳住嘛！我稳得起得很！哥你不要操心了！”爸爸喝了一口面汤。

“话不这么说，胜强啊，哥看得多了，我好多朋友，呼风唤雨的，都因为女人出了事。哥这么多年也没管你什么，这次回来，如果有什么要我帮忙的，一定不要不好意思给我开口，包括你外面的事，你不好处理，我去帮你处理，我自然有办法。”大伯说。

大伯这话一出口，爸爸倒不知道怎么回答了。“你要怎么处理嘛？”他倒是想问他，但是又觉得不妥当，没问出口。

“胜强，你听到没？别跟哥客气啊。有事千万开口。”大伯又说了一次。

“哎呀哥，我这么大的人了，我懂！你放心！”爸爸最后只有这么说——这倒是实话，他薛胜强这么大一个人了，走在平乐镇四条街上要横着走也没人敢叫他斜着走，这么多年了，不过就是养个二奶，还用得着别人管？“你要咋管嘛，你要不要来睡一管子嘛！”爸爸心头闷声说了句。

也真的是段知明日的怪，爸爸想，一碗荞面都能吃出几多愁绪。大伯打算盘一样把事都零零落落跟他说了遍，说完钟馨郁，又说奶奶，说姑姑，还说钟师忠。“钟师忠找我去给这边几个单位还有学校开讲座，你说我去不去呢？”他问。

“龟儿子的我就说嘛！”爸爸喝下了满口面汤，心头想，“感情再好，请吃饭请喝酒还可以，绝对没的平白无故请耍小姐的！钟师忠这娃又要扯红线，拿回扣嘛！”——当然，面子上他肯定不得扫钟的生意，就说：“你去嘛！哥，这有什么不能去的！你就是太低调了，墙里开花墙外香，都是家乡人，你就去随便说两句嘛！”

大伯呢，收了恭维，得了使命，吃完了面，做完了过场，抢着给了七元钱的面钱，说去看广告板的事了。

爸爸站在荞面铺子门口又点了一根烟，钟馨郁的事他本来没怎么想了，被大伯这么一说吧，抓起抓起还觉得有点痒了。他就拿起电话来，想了想，决定给钟馨郁拨个电话——自从给奶奶下了军令状，让钟馨郁搬回了她自己租的房子，几天了，她对爸爸不冷不热的，电话有一搭没一搭地接着，爸爸知道她肯定心里是不舒服的，婆娘嘛，哪个没个脾气。他思量着，这风头也快过了，人家好歹一个黄花大姑娘，等办完了奶奶的事，重新找个好地方给她安置下来算了——反正就是这么大回事，人嘛，总要睡点婆娘。爸爸好了疮疤忘了痛，眯着眼睛从电话本上拨出了老钟的电话。

今天钟馨郁倒是爽爽快快接了电话，她的声音听起来瓮声瓮气的，不知道是不是还没睡醒。

“薛哥。”她叫了爸爸一声，不知道为什么听起来期期艾艾的。

“啊，你这几天还好嘛？”爸爸问她。

“嗯，薛哥，你今天忙不忙？”她问。

“还可以，本来忙老太太的生日的事，但我哥回来管这个事了，我就闲了些。”爸爸说。

“那，今天你下班过来嘛？我有点事要给你说。”钟馨郁说。

“对嘛。”爸爸想，今天有肉吃了！总算心情舒畅了些，挂了电话。

他就舒舒畅畅地朝豆瓣厂走了，好歹去上个班。因为心情好了，路上，爸爸还给钟师忠打了个电话，说起来对不起钟师忠啊，钟馨郁占了他的位子，他就只有叫“小钟”了，幸好他也看不到，倒是爸爸每次打电话的时候都在心头很是有些内疚。

“老钟啊，”爸爸亲亲热热地招呼他，“你娃脑壳打得滑哦！”

“哎呀胜强，我又惹到你啦？洗涮我嘛！”钟师忠在电话对面打着哈哈。

“你介绍的‘朋友’给我哥做广告板子啊？”爸爸按下老钟自己的营生不表，只拿他前舅子的事洗涮他。

“哎呀！哎呀！”钟师忠连着呻唤了两声，“高涛好说歹说嘛，我就给他带个生意嘛。”

“我管你们的哦！”爸爸先表了态，“要怎么弄随便你，不过东西要做好啊！”

“那肯定嘛！肯定！”钟师忠连忙说。

说起说起都要挂电话了，老钟又想了一样，问：“对了胜强，小姚给你打电话说那个医生的事了没？她找到人了，你还是去看一下嘛，这事拖不得啊。”

“哎呀哎呀！”钟自然是好心好意的，但爸爸一听到就又心烦了，“我又不是奶娃娃，你不要管了，我懂我懂，你看我这手头这么大一堆事嘛，忙完再说！”

“胜强啊……”电话那边还想说。

“好了好了，就这样子，我到厂头了，不说了，你随时准备到，晚上出来喝酒啊！”爸爸躲命债一样挂了电话，两步路走进了豆瓣厂。

说起来不然就是今天早上出门忘了烧香，不然就是烧错了香，天王老子虾兵虾将都要往爸爸脑壳上管——他这头才刚刚按下心头的烦躁，走进了豆瓣厂，那头就看到办公室主任小曾踩烂了门槛一般杵在办公楼外面踮起个脚脚望，一看见他就连扑带爬地跑过来：“薛厂！薛厂你可算来了！陈老爷子在你办公室等你好久了！”

曾主任哭爹叫娘的，爸爸一下没反应过来是哪位陈老爷子。他还以为真是几百年不见的外爷来找他了，心里啐了声：“这人真的是念不得！”

曾主任又说：“陈老爷子一大清早就来了，等你好久了，气得不得了！”

爸爸心膛冰凉凉地：“平乐镇真是屁股样个地方，人人嘴巴还脸盆那么大，是哪个把医院里头的事给老爷子说了？”

“他什么事啊？”爸爸还是问了一句。

“唉，说来说去就是段老师这两天整晒坝的事嘛，陈老爷子不高兴了！”曾主任跺脚。

爸爸这才明白他说的是自己的师父陈修良。他心里的野火一下子就灭了，天大地大的事，师父和徒弟间，总还是没有什么不好说的事了。

他推开办公室门，看见陈修良坐在皮沙发上，面前的烟灰缸里枪杆子一样杵了一堆烟头，手里握着一杯花茶正喝着。

“师父！”爸爸亲亲热热叫了一声，走了进去。

要在晒坝上办奶奶的寿宴，陈修良肯定要发脾气，这本来应该在意料之中，甚至在计划之内才对。可是发生的事情太多了，自打爸爸一头在钟馨郁床上昏过去又在医院里面醒过来，他就觉得精神不够用——于是，等到火烧了眉毛，炭烤了屁股，陈修良差点要把烟锅巴杵到他心口上了，爸爸才忙里忙慌地跟他解释起事情的来龙去脉。

“哎呀师父你先不要发气嘛，听我跟你说嘛！”爸爸好声好气地把陈修良往沙发上按。

“这有啥说的？胜强啊胜强！你懂不懂豆瓣厂最重要的是啥子？是味道！味道从哪里来？从酱缸里头来啊，酱缸吸的都是晒坝的精华——现在你倒好，把晒坝都掀了，你还要不要豆瓣厂了！你是不是要气死我啊！”陈修良哆哆嗦嗦握着半支烟，好歹才杵回了烟灰缸。

这倒不是新鲜话，从进豆瓣厂第一天起，爸爸就听陈修良把这段话里外上下念了不下一千遍。

爸爸应该还记得吧，他第一次看见他的师父陈修良的情况。那天天气还不热，他们也不熟，陈舒舒气气地穿了一件汗衫，叼着烟坐在技术部的办公桌后面看一张报纸。应该是八三年，八四年，报纸上的社论迎头就是血红的“建设四个现代化”。奶奶亲自带着爸爸走进去了，客客气气地招呼陈修良：“陈师傅，我把娃娃带来了。”陈修良就跟没听见一样，看着报纸上剩下的几排字，等到他终于看完了，潇潇洒洒地把报纸一叠，烟一杵，站起来跟爸爸唱了个喏：“哎呀呀，小少爷好！”

奶奶说：“陈师傅你就是爱开玩笑，什么小少爷，这都什么年代了！今天起，娃娃就交给你了，不懂事，该骂骂，该打打。”

“不得骂不得骂，不得打不得打。”陈修良跟念经似的说。

“要打要打！要骂要骂！”奶奶真还跟他客气。

那是一个欢，爸爸眼看这两个人还真的是郎才女貌一样站起说了一回戏文——他也没仔细听，就是打个斜眼看着这位陈师傅。好歹跟着大伯超了半年社会，他掂量这陈修良也就是个瘟猪儿了，他看着他咿咿地跟奶奶把话说完了，绵绵地送伊出了门，转过头来看着爸爸，说：“小娃娃，去给我打瓶开水泡茶。”

开水瓶就放在墙角，爸爸走过去提起来，发现手里很是有些分量。他就掀开铝盖头，揭起木塞子，发现里面满瓶的水正腾腾冒着热气。“还有水的嘛。”爸爸说。

陈修良坐下来，又点了一根烟，抽了一口，说：“小娃娃，师父喊你打水，你就打水，懂不懂？”

爸爸就缩起屁股去把开水倒了，又打了一瓶回来。然后给陈修良泡茶——口诀是爷爷教的，爸爸几岁就烂熟了：一撮花毛峰，半缸鲜开水，盖子不忙盖，透口仙人气。但见叶儿漂，吕洞宾急得跳，但见叶儿落，何仙姑跑不脱。

陈修良咂了一口，皱起了眉毛，问爸爸："小娃娃，你这茶咋一股油腥味？"

爸爸心里就有点冒火了。妈妈说的："你不要看你爸现在脾气好了，笑眯眯地跟个菩萨一样，年轻时候脾气才怪的，两个不对就要摔酒瓶子！"——"哪来的油腥味啊？"他问。

陈修良想了一下，说："北门上七仙桥的肥肠粉味道哇？"

爸爸吓了一跳，中午饭他的确是吃了一碗七仙桥肥肠粉。

"没洗手就抓茶叶子？"陈修良睇了他一眼，"去倒了！洗了手重新泡！"

爸爸只有重新给陈修良泡了一杯茶，站在办公桌边上看他喝。陈修良指了指办公桌对面的藤椅，说："坐嘛！"

爸爸说："我站到，师父。"

陈修良只没想到爸爸是因为屁股被奶奶打得开了花，挪一下就痛一圈，哪里还敢挨板凳——他可能也有些感动吧，嘿嘿笑了一声，说："小娃娃啊，你不要觉得你一个少爷家跟着我是委屈了。我跟你说，这个豆瓣厂啊，最重要的是啥子？是味道！我陈修良其他不敢吹，这个味道没哪个比我懂！你妈这是为了你好啊，你跟着我学了，你就懂啥子是味道了，那不怕以后整不好豆瓣厂！"

"豆瓣厂跟我有啥关系。"爸爸闷声闷气地说。

"嘿！你这娃娃！怎么瓜兮兮的！豆瓣厂怎么跟你没关系

啊！你们年轻人都心比天高的，现在肯定看不起这个营生，你觉得你妈亏待你啊？我给你说，你妈那是维护你！现在你跟我学，学好了味道，生意就稳当了，生意稳当了，以后就都交给你管，你懂不懂？”

这是爸爸记忆里第一次吧，有人跟他说这么掏心掏肺的话。

跟着陈修良学手艺，从选二荆条海椒开始，到看黄豆发曲长毛，然后和豆瓣，搅豆瓣，晒豆瓣——这些都是次要的，主要的，还是给他打开水，泡茶，听他吹壳子，动不动被他吼两声，在脑门心上敲几下，哦对了，还有买烟——等爸爸学会了搅豆瓣以后，有一天下午，陈修良忽然想通了一样，招待爸爸抽了一根烟。

在抽烟这件事情上，爸爸觉得自己真的是无师自通。陈修良一招手他就过去了，顺起把烟夹在二指上，点个火，抽一口，这下就丢不下手了。那天是下午吧，天已经麻麻黑了，师徒两个也准备要收工了。陈修良看着爸爸的样子，忽然笑了。

“师父，你笑啥啊？”爸爸莫名其妙地问他，觉得鼻子里面刺痒刺痒的。

“胜强啊，现在你豆瓣搅得可以噢！”陈修良说。

“哪儿嘛，将就嘛。”爸爸讪讪地说。

陈修良也不说话，悠悠抽了一口烟，从鼻子里面喷出来，腾云驾雾地像个神仙。“胜强你这个娃娃啊，真的是闷头闷脑的，不过嘛，也对也对，吃得亏来打得堆。”

“师父，你说啥啊？”爸爸也从鼻子里狠狠喷了一口烟，狗日的真他妈爽快。

“就你娃这个秧鸡儿样子，一个豆瓣都要我教你才会搅，哪有本事把哪个婆娘的肚皮搞大啊，啊？”陈修良说。

爸爸不说话了，奶奶三令五申地说了：“不准跟外人提这件事了！”

“你见过光屁股婆娘长啥样没啊？”陈修良笑着问爸爸。

“老子见过了！老子前几天才睡了！”爸爸心头暗暗说。

“哎胜强，”陈修良夹着烟，指着爸爸，“过几天，师父请你去南门外头耍一圈嘛，啊？”

爸爸一下就懂了。人生第一次，他知道了什么是内疚的滋味——自己真鸡巴是个龟儿子，让师父白白抽了十三天的银杉！

当然了，爸爸最后也没好意思让陈修良请他去幺五一条街，他想起爷爷曾经跟他说：“菩萨门下不借钱，妓房里头不赊账。”——是这个意思吧？估计就是这个意思嘛！第二天早上，他恭恭敬敬地把一包牡丹递给陈修良，从此没再让老爷子断过烟——一直到现在，陈修良杵在烟灰缸里头的都还是爸爸几条几条拿给他的红塔山。

不过，陈修良可管不得他抽的是谁的烟，他火气上来了，先要骂个痛快再说：就把烟舞在手上，各种怪话说来就来，蔫口水配浓痰，都往爸爸脸上飙。

“师父啊师父，”爸爸唉声叹气地按着陈修良的膀子，“你听我说嘛！你听我说嘛！这晒坝不用都好多年了，现在曲房和发酵房都修得巴巴适适的，你也看过嘛，工人啊，机器啊，干干净净的，那晒坝本来就没用了，打扫出来，要给老太太过寿辰呐！八十大寿呐！”

“哪个跟你说的晒坝没用了？我还在那晒豆瓣呢！”陈修良咳嗽起来。这倒是实话，每年不论怎么样，他都还是要亲自卷起袖子晒几缸豆瓣的，爸爸呢，想着他打了这么多年的光棍，估计不搅豆瓣是过不下去，就随他去了。

“是是是，”爸爸说，“但这老太太过生也就下个星期的事嘛，这才四月份，我保证五月份之前把晒坝给你收拾出来晒豆瓣，你说对不对？”

“你把底子都揿了，还咋晒啊！你当我老了是闷的啊！”陈修良骂爸爸。

好多年了，爸爸看着陈修良的口水在他脸上喷，就想起来这都好多年了——可能真的是从二〇〇〇年开始吧，代厂长朱胜全在奶奶的劝说下退了休，爸爸终于坐正当了一把手，就再也没有人敢在他面前说一句冲头的话，更不要说被人这么秧鸡儿一样地骂了。奶奶管他还是管他，不过都是客客气气、有商有量的。“我们家里最讲的就是家教，轻轻说话不费力，一家人更要讲礼貌懂道理，哪个都不要乱发脾气。”她经常这么说——所以真是好多年了，爸爸想着，他在外头乱睡婆娘的时候，在妈妈或者奶奶面前扯谎连篇的时候，在桌子底下给人家递红纸包白信封的时候，甚至他自己骂得手下的人几个屁夹烂都不敢放的时候，也没有人会这么骂他了。

“哎呀师父，你不要气了嘛！我想办法嘛！”爸爸一边劝着陈修良，一边觉得自己也出了一口狗日的窝囊气。

整整一下午啊，这才折腾走了陈修良。按理说，爸爸应该筋疲力尽了。但就是怪得很，被这么一骂吧，他反而觉得雄风回来了：好像回到了十七八岁的时候，每天被骂得脑壳开了花，打得额头都青了——那不管，还是要钢起，抽几根烟，吃三碗饭，下了班，出了豆瓣厂，雄赳赳气昂昂地，捞起一杆枪就往南门外头跑。

“去钟馨郁那要好生弄一下。”爸爸心头喜滋滋地想。朱成还在外头办事情，爸爸也不等他回来送了，自己出了厂门，打了个出租车就往钟那赶。在车上，他又给大伯打了电话，说好晚上喝酒，顺便再说一下祝寿的事情。

“啊，就七点吧，”爸爸看了一下表，估计了一下时间，“七点半嘛，七点半！”

——挂电话前，他又改了口：“七点半到八点之间嘛！反正你们先吃到！我可能稍微晚个几分钟！差不多那个时候嘛！”

就到了当天晚上七点五十多，爸爸推开包房的门，发现人满满坐了一桌子。大伯在，钟师忠在，高涛也来了，高涛的两个小兄弟也青起个屁股坐在门口。还有几个婆娘，都漂漂亮亮、油光水滑的，要是平时，爸爸肯定要多看两眼了，不过他现在确实一点心情都没有。

钟师忠看见爸爸来了，率先起了哄：“胜强！你又来迟了啊？去哪儿啊？背到老的吃好的嘛！”

“哎呀！不要烦老子！”爸爸摆摆手，走到门正对的位子上一屁股坐下来，对服务员说：“小妹！给我开个可乐，冰的！”

“薛胜强，你娃不落教啊！来迟了不喝酒，还要喝可乐！”这下连高涛也要说他了。

“胜强，你怎么了？是不是有什么事啊？”还是大伯关心地问了他一句。

“撞鬼了！”爸爸骂了一句，眼见包房小姐弯着腰下来给他倒了一杯冰可乐，可乐噼噼啪啪地在杯子里咋呼着，溅了几颗出去，落在小姐白生生的胸膛上——就这个，爸爸也没心情看，端起杯子先灌了一嗓子。

唉，爸爸啊，爸爸他身在曹营心在汉，眼前花花绿绿滚的全是一个钟馨郁。她倒是在他心口上哭得红一团紫一团，一张脸花得跟唱戏的一样。“你早不想到你要哭啊？化啥妆嘛！”爸爸在心里想，不过他没敢说出来。他一双手拍着钟馨郁的背，一对眼睛抽空看着她绷得滚圆的牛仔裤——“今天又睡㞗不成了。”他想。

“我也去医院看了两次了，”钟馨郁一边哭，一边说，“还不敢给你说，我知道你最近忙，不想给你再添心烦的事了，但是我真的没想到嘛……”

“哎呀，没事没事，”爸爸说，“我想办法嘛。”——一个下午过来，回光返照一样，爸爸来来回回地把这句话说了恐怕有一百次。

“我想办法嘛。”爸爸说，眼睛看累了钟馨郁的屁股，就看看天花板。这间钟馨郁租来的房子，天花板上挂着个蔫头搭耳的三支吊灯，灯泡烂了一个，还有两个圆鼓鼓地亮着——爸爸没来由地想到自己下头那两个——“龟儿子的惹事嘛！”他在心头骂。

他真的是心不在焉了，确实心不在焉——明明这就是最需要他动脑壳的时候，他却想到了爷爷带他和大伯去看《列宁在一九一八》的那次，一个光秃秃的大坝子上密密麻麻站着人，把前面挡了个精光——那时候爸爸也就几岁吧，他只记得里面有一个人说：“看着我！看着我的眼睛！”

“在哪儿嘛！”爸爸倒是想看，却只看得到黑压压的一片屁股。

听说，爸爸在跟女人做爱的时候经常会想到这个场景。这个秘诀是红幺妹教给他的——有一天，他们办完了事，红幺妹用一只凉丝丝的手搭在爸爸汗涔涔的背上，跟他说：“小弟娃儿，你听我说嘛，这男人呐，有的时候就是有点快，这也不是啥毛病，你还小嘛，没关系。姐教你个办法保证见效。你啊，就尽量想点其他的事情，嗯……想下你上班啊，吃饭啊，骑自行车啊，啥都可以，就想点其他的事情就不得那么快了。”

爸爸虽然读不得书，可也算是个聪明人。他一下子就懂了。从此，他掌握了诀窍，再也没有半路漏过一滴油。每当他跟女人做爱的时候，听奶奶教训他的时候，跟兄弟们喝第三瓶第四瓶白酒的时候，在豆瓣厂厂房里埋起脑壳检查大豆发花的时候，他都喜欢想点其他的事，心不在焉的，似是而非的，反正最后交点货嘛，点个头嘛，碰个杯嘛，签个字嘛。

“就是先忍到嘛。”爸爸总结。

这一天，爸爸也忍了很久才把事说出来告诉大伯和钟师忠他们——等到吃了饭，碰了杯，开了第二瓶，等到婆娘都抱到了怀里头，该摸的也摸过了，要亲的也亲完了，等到连交杯酒都喝了，爸爸突然说：“老子戳脱了。”

“你怎么了嘛？”钟师忠真是心急了，以为他出了事，“一晚上了，你有事情就说嘛！好大的事还有弟兄些在嘛！”

大伯也不说话，看着爸爸。高涛也看着他。

全场的人都看着爸爸了，真有点以前奶奶检查他考试成绩的架势。爸爸这才发现自己考了个双百分，他又是骄傲，又怕其他人骂他作弊。

他遂自己端起杯子来把里头的酒喝了，要把勇气豪气和阳气都鸡巴喝出来。

“给你们说，”他宣布，“老子又把婆娘的肚皮搞大了。”

第六章

这只是平乐镇四月里一个平常的早上。这样的景象爸爸横竖看了四十多年，看得都会背了。树叶子鬼眉日眼地绿起来了，花乌七八糟开了一茬又一茬：黄澄澄的菜籽花开过了，红艳艳的杜鹃花又还开了，鼻子一吸，还似乎是个丰年的气味——就着这个味道，街道上摩肩接踵地都骚动了起来，出游的和赛歌的，打牌的和勾兑的，还有其他花样嘛。不管怎么说，整起一对是一对，弄垮一双算一双——现今的青年男女当然不一样了，爸爸站在豆瓣厂门口抽烟，看着对门街心花园边上有一对抱在一起，上上下下地，奶子屁股腰杆一通乱摸——“狗的，估计吃中午饭前都扯不开了！”他心头想——以前，以前哪有这样的好光景。以前的平乐镇，站在东门城墙边一嗓子就能喊响西门外。街上走的，街沿上蹲的，铺面里头坐的，个个都是情报员和侦察兵。一九八七年嘛，撑死八八年，他在西门周胖子的永辉饭店跟妈妈见了一面，吃了一顿饭，完了，爸爸说我送你回去嘛，两个人就一前一后地走了半条东街。他们走到县委家属院门口，然后爸爸打转身往回走——过了十字路口，碰到了钟师忠，他过来一巴掌就拍到爸爸肩膀上，痛得爸爸牙龈都呲出来了。

“你下手有点轻重嘛！”爸爸是这么吼的。

钟师忠可不客气："薛胜强你娃背到老的吃好的嘛！那头摆到一个席红珍，这头就开始打陈安琴的主意了？你娃落不落教哦！一根鸡儿两头开花？"

半句不开玩笑，就是这么快。这席红珍是爸爸当时的女朋友，当天，伊本来端端坐在北门土产公司门市部里头等到爸爸来接她吃夜饭，天还没黑就知道这事算是黄了。又等到爸爸铁了心要跟妈妈确定关系那天，也简单，两个人手拉着手在西街上走了几步——简直就是敲锣打鼓了，镇上只要不瞎不聋不哑不瓜的，都说：嘿！豆瓣厂的薛胜强跟粮食局的陈安琴好了的嘛！

爸爸抽了一口烟，眼见着街对面的又摸了小半个回合了，他倒也不嫉恨，只是心里头想："老子年轻的时候没赶上好时代啊！"——就把烟锅巴丢在地上，鞋底下头踩一踩，灭了。

他看了一下表，十一点过马上十二点了。他正想打个电话给朱成问一下他们走到哪儿了，就看见黑漆漆的奥迪车开过来了。爸爸理了理衬衣，挺了挺腰杆，瞅着车牌数了有两三遍，在那春光里候着，春风里迎着，等着车子扭扭捏捏地总算开到了跟前，他一步跨上去，扯开了沉甸甸的轿车门。

姑姑坐在车子里，也快五十岁的人了，说俏生生不是俏生生，说水灵灵也不是水灵灵，可看着就是让人眉眼心肝里一阵舒服。

"姐！路上辛苦了！"爸爸伸手去扶姑姑出来，眉花眼笑的。

"哎呀，"姑姑也笑了，一边笑一边钻出车来，"我辛苦什么呀，小朱才辛苦了，大清早就来接我。"

"哪有的事，应该的应该的！"朱成反正是灵性了，在前面热热闹闹地搭了腔。

"就是！应该的！应该的！都是哥说非要你回来不可，还弄得你跑这一趟！”爸爸说。

姑姑一边笑，一边摇头，看着爸爸，拍了拍他的手：“自己家里人，怎么说这些呢！”她说。

姑姑只是轻轻巧巧地拍了一拍，爸爸却觉得心头平地里涌出了万般委屈。好在他本来是个粗人，愁肠细雨的也从来不待细品味，两三口嚼烂了重新吞到肚皮里头，过几天出来无非一泡屎尿。

在爸爸心目中，厂里的事，街上的事，屋头的事，包括大伯的事，基本都可以是屁大的事——当然姑姑回来这事就绝对不是。

他迎着姑姑往厂里面走，一边走一边跟她讲豆瓣厂这几年的发展，这次给奶奶祝寿的前因后果，大伯回来以后他们两个办好的事，等等等等。

他们一直走到了办公楼下，爸爸才顾得上喘口气，他说：“姐，你先上去坐一下，哥等一下就回来，我们把妈喊起，先一起去吃了中午饭再说。”

他说了这句话，觉得它贴在喉咙上是热滚滚的——他倒是乐极了，忘记了，也亏姑姑想得起，问他：“安琴呢？一起来吗？”

爸爸这才好像想起来：西门外面，房子里头，还有妈妈这个人。他一拍大腿：“来！来！当然来，你回来了她肯定要来嘛！我给她打电话！”

也对。一家人里，现在而今眼目下，能让妈妈、爸爸、奶奶，心甘情愿安安静静坐在一张桌子上笑嘻嘻吃完一顿饭的，可能也就只有姑姑了。

让姑姑回来一趟是大伯的主意，爸爸一开始还很是反对。

“哥，你真的是有点异想天开，姐都不播音好多年了，你怎么想到让她来主持嘛！好累人啊！”爸爸摇着头摆着手跟大伯说。

“这肯定累是累了点，不过姐现在也没什么事啊，这好歹是妈的八十大寿，你说找个主持人来，除了她还有谁更合适，更有意义啊！”大伯坐在爸爸对面烧着一支烟，说。

“我不同意！这太折腾人了！”爸爸继续摇头。

“胜强啊，我知道你心疼姐，我也心疼姐啊。不过这事说起来也没那么难，何况，我跟姐说过了，她一口就答应了，她说这周末刚好点点也不用她带，她就回来一趟，看一下情况——她做了那么多年主持人，经验丰富得很，还能给我们不少建议呢，你说是不是？”大伯倒是很苦口婆心。

大伯自然在情在理了，电话也打过了，时间也定好了，爸爸没什么好说的了，只有在心里骂了两句奶奶：说一千道一万，都是她兴妖作怪要过什么生，弄得鸡飞狗跳的。

“唉！八十岁嘛！”他又劝了自己一句，就想通了。

“那好嘛，那我让朱成去接她。”爸爸说。

大伯说：“我也是这么想的。”

爸爸默默点起了烟来，烧心挠肺地抽了一口。

两个人坐在那抽烟，也没有人说话。正事说完了，该走的也不走，大伯就看着爸爸，看得他心惊肉跳，几乎就要泼烦了起来——自从前两天爸爸在酒桌上宣布了钟馨郁的事，大伯就动不动这么看着他，里里外外地看，看了一圈又一圈。

“哥，你有事你就说嘛！”忍不住的自然是爸爸。

大伯把烟杵灭了，叹了一口气。爸爸心都紧了，他劝大伯：“哥，你不要焦心嘛！我的事我自己会处理好的。”

“我知道，”大伯说，“胜强啊，你也大了，一个厂都管下来了，我还不知道你？就是这个事啊，终究不好啊！还是那句话，你想好，有事跟哥商量，你处理不过来，哥帮你处理！”

爸爸心头真是不服气：处理！要把娃娃处理了啊？要把钟馨郁处理了啊？还是要处理他薛胜强嘛！政策都说了，一对夫妻一个娃娃，他又没违反政策，又能多个娃娃，哪点不好嘛！他薛胜强又不是养不起！真的是，自从大伯一回来，平乐镇上就多了一个跟他添堵的人——本来只有奶奶。奶奶嘛，七十多八十岁了，一天到晚不出门，眼不见心不烦，啰唆个两句，每个月也就那么一两回，现在可好，进进出出多了个段知明，每天都要被他念个几次。“老子硬是霉得慌！”爸爸暗暗骂。

就说钟馨郁这个事情吧，本来是个好事，钟师忠啊，高涛啊，大小弟兄啊，甚至是朱成啊，一个个都跟他作揖道贺的：“胜强啊，你娃凶噢，男娃娃还是女娃娃嘛？有福气噢！”“薛哥，医院那边你不要担心，我给你处理好，保证弄得巴巴适适的！要不要保姆嘛？我认得到一个保姆，帮人家坐月子的，人心细，会带娃娃，我介绍给你嘛！”“那你还是多陪一下人家小嫂子噢，孕妇翻天的不一样了，嫂子那儿嘛，也没事，我说干脆五一节就先报个团，加起我们家头婆娘嘛，再找两个嘛，喊她们去新马泰耍一趟算了！”“嫂子也不是不懂道理，娃娃生出来了嘛就对了，白白嫩嫩的娃娃嘛，哪个跟娃娃过不去呢！——没事！没事！”“等到吃满月酒啊，薛厂，满月酒哦！”

就这么热热闹闹的，吹锣打鼓的，偏偏冷飕飕来了个段知明，看得爸爸心肠都翻出来了，然后凄凄切切地跟他说什么：“胜强啊！你啊！你说你怎么就惹了这么个事！唉！”

爸爸也不是不讲理的人，一开始，他想，大伯肯定是想到自己的陈年往事嘛，肠子都揪紧了，说两句就说两句嘛，遇到这么一个阴阳怪气的哥，还能怎么办？——都是四十几岁的人了，社会上吃得溜转了，夜总会里也一起唱过歌，喝过酒，耍过小姐了——一句话，都是男人嘛，有什么不能理解的？何况，有多鸡巴大个事嘛，用钟师忠的话说："小学生都懂，小蝌蚪找妈妈嘛！"

话虽如此，这天下午，爸爸真不想跟大伯坐在一起了。一跟他坐在一起总有一股幽怨之气，也不知道哪个上辈子欠了他几钱银子，如此这般，再被他看上一会，说上两句，就是铁打的汉子也开始觉得天要塌了，事情要糟糕了，心就慌了，屁股就痒了，算了算了，惹不起躲得起，爸爸脚板一抬，走尿了，找人喝酒去了。

姑姑回平乐镇之前的事，就是这样。

哦还没说完。爸爸被大伯气得两步路走出了豆瓣厂，站在门口给钟师忠打电话，顺便站将住看起镇上的春光来。反正就是四月间，天是四月份的天，地是四月份的地，满地开的长的爬的飞的都是四月份的花草虫蝶。爸爸动着心弦，钟师忠接起了电话。

"走！喝酒！"爸爸说。

日上三竿，白日青天。钟师忠很是有点无可奈何，在电话里骂爸爸："薛胜强！都以为像你是当老板的啊？等于老子不上班？这才几点嘛！"

"喝不喝嘛！"爸爸根本不跟他废话。

"喝嘛！陈老三那？"钟说。

"对嘛。"爸爸挂了电话。

爸爸心平气和地往陈老三的铺子上走，一边走一边想着这多年的兄弟就是不一样啊，话不多说，酒不少喝，越交越顺心，越喝越赶口。不过也真的是奇了怪了，多年的婆娘怎么就越看越不顺眼呢？

先润了两口枸杞酒，爸爸忍不住跟钟师忠说了：“你说这陈安琴，年轻的时候啊，虽然比不上她们粮食局的刘玉芬，不过也漂漂亮亮，舒舒气气的，这才几年啊，怎么就这样了？”

钟师忠跷着二郎腿，把纸烟烧在二指上，翻着眼皮跟爸爸说：“胜强，你真的是嘴吃刁了！心耍野了！没个好歹了！我话先给你说前头，你外头那家是外头那家，要生娃娃也是要生娃娃。陈安琴，我们北门上的女娃娃，你欺负不得啊！你要是欺负了她，我跟你没完啊！”

爸爸吓了一跳，还以为大伯上了钟师忠的身，但他转念一想，也知道钟是话丑理端，说的都是硬通货。他就说：“我懂，还能为了外面的床拆了家里的房嘛！”

钟师忠弹了弹烟灰，点了点头，和爸爸碰了个杯。

两个老弟兄懒洋洋地在下午喝着枸杞酒，咂着油酥花生，品着中华烟，爸爸想起来他认识钟师忠也有二十多年了，说起来还都是因为姑姑。

可能是八一年，或者八二年。爸爸和大伯都还在学校里头读书，钟师忠已经在纸厂上班了，每个月领着香喷喷的国家工资，说着一口普通话。当然，平乐镇这一方水土，横竖就是四条街，管你是天上走的，地上爬的，总之都是要在街上超的。西门神仙桥边上的电线杆下，有人用火砖砌了三个乒乓台，每天下午或者吃了夜饭以后，镇上的青年总是在这里打堆。

爸爸惊讶地发现自己还记得清清楚楚，那天吃了晚饭，是姑姑说要去打球，大伯说他也要去，爸爸也想跟着去，他们就一起去了。去得当然晚了，三个球台子早就一个不剩了，他们站在旁边，军黄或者中山蓝衣服的青年男女们惊风火扯地扣着球。姑姑说：“算了，回去吧，看样子今天打不了了。”爸爸是想去给姑姑抢个台子的，但那个时候他还太小，初中刚刚毕业，大伯上高中，唯一一个刚刚参加工作的姑姑又偏偏是个女的——他们都准备走了，忽然听见有人叫他们：“过来我们这打嘛！三刀下！”

这个人就是钟师忠。而大伯和爸爸就是从这里起家，先后成了平乐镇上的超哥的。

他们熟了以后，钟有一次终于问大伯：“知明，你们姐耍朋友没啊？”

大伯白了他一眼，说：“耍了！都要结婚了！”

好多年了，爸爸也是厚道，从来不跟钟师忠提这件事情，钟也假装不记得了。他先是没追到姑姑，然后又跟去上了大学的大伯变得很疏远了，只留下了一个憨痴痴的爸爸在平乐镇，没奈何，两个人就这样金汤不换，两肋插刀，做起了一起偷鸡摸狗打牌嫖妓的兄弟。

说到以前的事，他们最多就嘲笑一下爸爸和红幺妹的艳史，或者掂量着自己的肚皮感叹：“老子年轻的时候好瘦哦！”

不对，只说过一次。九三年吧，纸厂关了张，钟师忠失了业，在东西南北街上野鬼一样地飘，一回去高洋就对着他丢铝瓢。“胜强，老子真的觉得活起没意思了！”有一天喝酒的时候，他跟爸爸说。

“你放哪门屁啊！”爸爸急火火地，“天大地大的，满街都是婆娘，你疯了啊！”

“哎呀胜强，你不懂啊，没票子，心头慌啊！婆娘娃娃没着落啊！”钟叹了口气。

“票子嘛，我有！你慌啥？嫂子，娃娃，你的就是我的，你怕啥！”爸爸拍着心口。

钟师忠反而不领情，一个巴掌拍到爸爸后脑袋，疼得钻心。“薛胜强！啥子都是你的！就是你嫂子和我娃娃不可能是你的！懂不懂！”

爸爸这才反应过来自己说错了话，他一边讨饶一边笑起来，钟师忠也笑了起来，两个人笑得咳得简直要断了气。

就是这一天，对的就是这一天，爸爸说，他和钟师忠掏心掏肺地说到了以前镇上的事，说到了八一年，八二年，八三年，八四年。

最后，钟师忠那个龟儿子啊，哭得满脸都是眼流花儿！爸爸说。其实爸爸也哭了，眼睛一红，鼻子一紧，马尿水就飙出来了。

他们哭了一会，又笑起来，喝酒喝酒，然后又说到两句话不对，哭了。

当然了，事已至此，他们哪个都狗日的不得承认了。

但爸爸还是跟钟师忠说了。酒喝到合适了，他说：“明天我姐要回来，我哥出的主意，让她给老太太主持八十大寿。”

“不得哦！这么高规格啊！”钟师忠说。

“我有个事情想问你。”爸爸沉吟了一会，还是出了声。

“啊。”

“你说，娃娃的事，我要不要给我姐说呢？反正我哥也知道了。”爸爸说。

“你瓜的啊？你为啥要跟她说？你要不要去登个报纸嘛？”钟师忠很是吃惊。

“你听我说嘛，”爸爸静下心来把想了一路的事给钟说清楚，“这么大个娃娃，要是生下来，肯定还是个大事，现在安琴蒙在鼓里，总有一天要听人家说的，肯定要闹嘛，一个家里面，就只有我姐的话她听得进去了，我就想，不如我现在给我姐说了，她也好有个准备。”

钟师忠这才糖水浇心肺地明白过来，爸爸对这个娃娃是真的上了心，想得远了。而全天下其他人可能不懂薛胜强，他钟师忠却是懂的：他就是要这个娃娃，其他不管了。

“那你说嘛。”钟点头，“你们家做事稳当的也就是你姐了。”

八〇年八一年，我们镇上的人说起西门外豆瓣厂的段家人，个个都要在心里摇个脑壳。“这一家人不好惹啊！”——春娟豆瓣厂的薛英娟刚刚重整旗鼓当回了厂长，那自然是个铮铮的铁娘子。就说薛家早些年被弄得倒肠烂渣，祖上的基业充了公，薛老厂长七十多八十岁了也被拉出来剃了阴阳头，女婿发配到砖窑上去，薛英娟呢，硬生生从一厂之长被贬成了厂工，每天翻曲是她，守晒厂是她，洗茅房喂猪食还是她——就是个汉子也不一定吃得消啊！但她硬是熬过来了，眼睁睁地一步步地，最后在县委领导的支持下坐回了一把手的位置——“鬼知道怎么回事！反正这婆娘乾坤里不简单！不要惹啊！”——这是第一个不好惹。数下来然后是段家大哥段知明，这是第二个不好惹。说起来他小时候还甩着一双大小手满街跑，哪个人随便拿他的手逗一下他就要哭，转眼就是十七八岁的大小伙子了。都懂嘛，这个是薛英娟的心头宝，养起来很是费了一番心力：春蚕吐丝啊，蜡炬也成了灰。小伙子呢，也不负母亲的期望，读得书，打得架，长得也俊俏，大少爷当得也出手大方，满街被婆娘追着跑，弟兄朋友都给他面子。刚刚过年前，有个不长眼睛的在台球厅惹到了跟他一起耍的一个女子，年都没过完，就在南门城墙边挨了一顿黑打。还有跟到他屁股后头转的薛胜强，看起来闷呆呆的，也是惹不得，这娃娃其他不说，就是听他哥的话，拳头还真硬得很。至于一个在粮站上班的薛莉珊，还有在县志办坐板凳的段贤骏，这两个人倒低眉顺眼的没什么过场，不过这家人的面子是在了，也没人要去惹。

你说嘛，等到这家人端端要嫁女儿了——女婿还是在省政府上班的——这该是多大的排场！就薛英娟那铁娘子的脾气，说不得！段家嘛，屁大个事都要当打了个响雷，何况这个！西门一环路边的聚友园，八十年代平乐镇最洋气的馆子，坐满了整整八十桌！少说都是八九十元一桌的规格！桌桌摆着红塔山和五粮液——至于什么“三转一响”，那更是不在话下，薛厂长说了：“国产我们还不要，都是日本货！”——全镇的父老乡亲摩肩接踵啊，吃个油腻，看个稀奇。薛莉珊本来也是水灵灵的大姑娘，稍微一打扮更是红头花色了，女婿果然是城里面的，“部队里头领导的娃娃”，长得那叫一个英挺俊朗，“简直就像《庐山恋》里那个男主角”——很多年了，这还是平乐镇人对姑爹的印象。

唯一不同意的可能就是爸爸了。他记得清清楚楚，婚是五一劳动节那天结的，好端端放了一天假，就这么没了！起早贪黑啊，人里来汗里去，迎来送往，劳动嘛！——这也就罢了，偏偏奶奶从来就是兴妖作怪，还要让他和大伯跟着新郎新娘别朵红花在衣服上。那哪是一朵花，简直是一把敌人的尖刀插在爸爸的心口上！他也是有名有姓的人了，在平乐一中更是没人不认识的，居然端端戴了朵花在门口迎客，简直羞死了先人。反正嘛，爸爸想起那天来，心头都夹着一股莫名其妙的愤懑，看什么都没一样顺眼的：奶奶爷爷？妖精妖怪。山珍海味？猪油炒菜！吉普车上下来的姐夫？长得简直像个国民党。大伯带着一个周小芹，人前还算规规矩矩，却总是窸窸窣窣的，两只耗子一样聚在一起打地道——全是这样，一堂子的人都歪瓜裂枣乌七八糟，放起了炮来也是龟儿子干咂咂的，没个味道。

爸爸眼睁睁地看着姑姑穿着一件红旗袍，披了个白坎肩，一张脸红扑扑的，笑得脸上露出了酒窝，跟着姑爹一桌一桌地敬酒去——爸爸就跟在他们后面，手上捧个酒瓶子给这一对新人倒酒。他们走到一桌子前面，都是平乐镇上的老乡亲，张幺婶带着儿子和媳妇，朱豁皮和他的婆娘，边上还单吊了个陈修良——这算是老辈子，然后朱程前，钟师忠几个年轻后生坐了半扇桌子。一桌子呼啦啦站起来，姑爹举起杯子来，说：“各位长辈，各位朋友，谢谢！谢谢！”然后把杯子往嘴边一举，干了。他倒是以为自己精灵了，但哪骗得过我们平乐镇的二流子，钟师忠眼尖得很，马上说：“妹夫，你杯子里面哪有酒啊！胜强！你怎么这么不维护你姐夫啊！满起满起！”姑爹得个理亏，爸爸就走上去给他满上满满一杯酒。我们的父老乡亲这才满意了。“莉珊也要喝啊！”大人们说。姑姑自然要喝，喝了多少桌了还要喝——她是规规矩矩这个叔叔那个阿姨一个个名字叫过去，喊了朱程前，也喊了钟师忠，然后谢了大家，端起杯子来，仰着脖子喝下去了。

好多年了，爸爸还是中邪一样记得姑姑结婚喝那杯酒的样子。这辈子就那一天了，他觉得姑姑也不知道是在跟哪个拼命，仰着脖子，抬起腕子，一灌下去就是一满杯——爸爸眼见着她莲藕般的脖子连着两片莲花样的耳朵瓣子，白生生了一会，然后成了粉嘟嘟的，最后就是红赭赭的了。毕竟是一家人，爸爸还是心痛的。再倒的时候他多了个心眼，都给姑爹倒得满满的，给姑姑就只倒半杯——半杯也是八十桌席啊，还有好多是省城里面来的，当兵的，那都是土匪出身的！他们到了这样的一桌，眼见姑爹跟他们拍膀子笑着，喝下去了一杯，然后自然就是起哄要新娘子喝酒。姑姑规规矩矩地喝了。城里来的人可能也是觉得她长得漂亮，喝了还不够，就有一个不要脸的起哄，说："刘瞿康，给你的新娘子亲个嘴嘛！"——这话一说，满桌人都炸开了锅，我们镇上的人，有竖着耳朵听到了的，都傻了眼。父老乡亲们一辈子老实巴交，只有在外国电影里才见过这阵仗。姑姑一张脸烧得通红，一句话都说不出来。也不知道为什么，爸爸就是觉得她要哭了，狗日的，管你面前的是哪路神仙，总之你就是欺负了我们段家屋头的人嘛！毕竟还是十几岁的娃娃，他一下子血就上了头顶，一把挤到桌子边上，跟城里的人说："你们不要说怪话欺我姐！五讲四美的嘛！"

现在的爸爸是不会承认自己说过这种傻话了。有人跟他提到"五讲四美"的事，他就把手一摆，说："哎呀！龟儿子才说过！你们编些事来说我嘛！吃饱了！"

他有没有说过只有天知道了。反正这就是那天的一顿饭。一顿吃成了三顿那么长，上了白果炖鸡，上了卤鸭子，上了甜烧白——"还有没的甜烧白？""没的了没的了！"上了泡菜——"有泡菜再吃一碗饭嘛！"饿死鬼们吃饱了饭，酒虫子些涨满了酒，打纸牌的打纸牌，搓麻将的搓麻将，好不热闹——我们镇上的人好久了都还要念叨吃的那一顿饭："那天简直吃饱了！吃胀了！"

最后姑姑真是喝醉了，红了一张脸，坐了桌子边上好歹吃两口剩菜，姑爹陪他朋友继续喝酒，爸爸就陪着她吃饭，满桌子地给她找出两口肉来。“胜强，你也吃点吧。”姑姑说。“我不饿，姐。”爸爸说。“知明呢？”姑姑一边吃饭，还一边不忘记大伯。

爸爸左右堂子看了一圈，人都不在这了，大伯也不在。

“他可能跟妈他们在一起吧。”爸爸说。

姑姑点头“嗯”了一声，埋着头继续扒碗里的饭，爸爸给她舀了一碗鸡汤，递给她让她喝。

姑姑不知道为什么红了眼睛，端着那碗鸡汤，喝一口眼泪就掉下来了。

“姐，你怎么哭了！你不要哭嘛！今天你大喜日子的嘛！”

“嗯，好，好。”姑姑应着。

一时之间，爸爸也不知道说什么，他想了又想，说：“姐，你不要担心，有我和哥在，如果姐夫欺负你了，你就给我们说，你两个弟娃给他雄起！”

姑姑被爸爸的话逗得笑起来了。好多年了，她有时候讲到这件事，还说：“胜强这个人啊，从小就这样，一心都是家里的人啊。”

爸爸不敢反驳姑姑的话，姑姑这么说，他就摸着脑壳笑一笑。那时候小嘛，哪个没说过提劲打靶点的话呢。

姑姑呢，好歹比爸爸大了七八岁，懂事得多了。当时她就跟爸爸说了：“胜强啊，你可不要这么想，姐嫁了你姐夫，就要跟他好好过。严格来说，我本来就不是段家的人，以后就更不是了。过几年，你啊，知明啊，也都要自己成家的，到那个时候你就知道了，总归是各人自扫门前雪啊。”

本来吧，从来都没有过这样的情况，但姑姑说这话的时候，爸爸真觉得她像极了奶奶。

就是这么鬼迷心窍的，爸爸想了一遭姑姑结婚那天的事，心里真有些不是滋味。至于为什么不是滋味，他倒没细琢磨，就喝酒嘛，两口喝多了什么怪都要日出来的——后来一想，这算是那天倒霉事情些的起因。

就说这和钟师忠喝起酒来了，一般而言不到半夜是收拾不到的。今天也没有什么例外。他们喝了枸杞酒，又各自再打了三两稗子酒，再就着鲜海椒拌了半个猪脑壳——爸爸眯着眼睛，把脚放在桌子上，喝两口酒，吃一片猪脑壳，就算是天王老子也不能让他挪了这个窝窝。

真是天作孽啊鬼晓得，爸爸和钟师忠居然在陈老三的偏偏铺子上喝了个烂醉——爸爸之后总结才发现真的是那样的，可能真的是他冥冥中觉得要出事了，那天下午才喝得那么高兴：又喝了半斤稗子，高涛开起车来接他们去吃夜饭，身边还是跟着那几个小弟兄。脸都绯红了，爸爸拍着他说：“小高！我，我又要当爸了！我高兴啊！来喝一杯！”——嘴里说着一杯，手头挨着干了三四杯。

“狗日的！咋喝那么醉嘛！”第二天早上，爸爸醒来了，自己先忍不住就骂了自己一句——你以为呢！喝了酒嘛，没什么事干不出来的。妈妈说：“你爸那个人从来就是那样，喝了两口酒，就觉得自己可以飞了！要成仙了！兜不到的要不完！”

根据他的回忆，那天下午起，他干的荒唐事基本有这么几件：

一是要给大伯找对象的事情。先是钟师忠嘛，悠悠地说起大伯来。说大伯回来这几天，在平乐镇很是出了些风头。“知明这个人啊，教授翻天，名声在外，这么多年怎么就一直墙内开花墙外香呢？不行不行，不能这么低调，现在都讲究炒作，一定要给他好好炒作一下！我给他张罗的嘛，平乐一二三中挨着作了三场报告，文化局、教育局也马上要作了，好几个企业也想他去了——你看我给他一弄，他好红嘛！”钟师忠咂着指拇乐滋滋的，脸上还飞着红霞。“你就勾兑他嘛！”爸爸说也不想说，骂也不想骂，从鼻子里哼了一句。

“嘿！”钟打了个哈哈，“这算什么勾兑！你要说勾兑，前天我妈还在问，说你哥是不是还没结婚，还想给他介绍朋友的。”

这倒算是个正经事。爸爸当时居然觉得。他坐在床上，酒钻眉心地回忆起，当时自己就琢磨起来了：段知明年轻时候也算是个铁铮铮的汉子，怎么越大就越阴阳怪气的——说起来肯定跟没婆娘这件事有关——当然，不是说他连个女人都找不到了（段家人这点本事还是从来有的）。但说一千道一万，屋里面没个婆娘坐到，总不合适。爸爸还去掐着手指一算，这才发现大伯都四十三四十四的人了，这么一想啊，真的！硬是给他吓出了一身冷汗：日子过得太鸡巴快了！再这样下去，说个不好听的，真连个养老送终的伴都没了！

钟师忠看着爸爸的脸色变了，知道自己已经把话递到了他的心头，他就接着说：“你说，要不要给他提一下？我毕竟是外人，也不熟知明的脾气，他学历高名声又大，不知道哪样的才看得上，不过我妈提了两三个，都还真是不错的，不然，接触一下？”

爸爸没说话。“原来是这样！”他当时心头还就豁然开朗了：不管怎么说，段知明总是亲生弟兄，总是自己的哥，一个窝里的一家人，你说他也不容易，眼见着弟娃家里守着一个，外面开着一房，还又孵出了一个蛋！——“你说他怎么不每天唉声叹气，看我不顺眼嘛！”——爸爸一拍大腿，忍不住张大嘴巴叹了口气，吓了钟师忠一跳，他说：“师忠，你说得对！这事还是你考虑到了，我居然都没想到！唉！我哥这事啊，还真是棘手，我们要给他想个办法啊！”

——这是第一桩荒唐事。

第二件事是他给钟馨郁打了个电话。那是夜饭里吃酒吃到一半，爸爸肯定是已经去吐了一回了。他反正记得自己嘴里面酸咂咂的，听到高涛在说：“胜强你那位小嫂子，哪时间领出来给我们认一下嘛，这不然哪天走到路上看到了都不给个招呼也不好！”钟师忠说：“高涛你才跟个婆娘一样的！看啥嘛看！有屁的好看的！”

都是酒话，爸爸居然就毛了。他拍起桌子差点把盘子里头的骨头渣渣都舞到钟师忠脑壳上去：“不好看？钟师忠你再给老子说一句！我薛胜强的婆娘不好看？！我啥时候睡过不好看的婆娘了？啊？你说！你说！”

“你得行！好看的都遭你睡过了嘛！”钟师忠也不含糊，甩了他一个锤子。

爸爸两只手按在额头上，想起自己居然就跟钟师忠吵了起来。你一句我一句的，锤子鸡巴满天飞。钟师忠说：“薛胜强，老子真的看不起你！你以为你好了不起啊！青勾子娃娃一个，老子看到你长大的，你现在居然在老子面前提劲打靶，你不就是有几个臭钱嘛！你要是没那几个臭钱，哪个婆娘要跟你睡！你想得美！”

爸爸被他气得昏了头——肯定是气得昏了头，他居然就给钟馨郁打了个电话。

钟馨郁好像已经睡了，接起电话来，声音迷迷糊糊的，说："薛哥？"

"小钟！我给你说！我今天，问你一句话！你要老实跟我说！"爸爸对着电话吼。

"薛哥，你怎么了？什么事啊？怎么了？"钟馨郁吓了一跳，觉也醒了。

"小钟啊！今天薛哥也喝多了，我就，问你一句，你，要老老实实跟我说！"爸爸把口水喷在电话上。

"你说嘛薛哥，有什么事你好生说嘛！"钟馨郁吓得声音都抖了。

"你说，你跟我这么久了，我，有没亏待过你？"爸爸问她。

"薛哥，你说的什么话啊，你当然没亏待过我，薛哥，你不要听人家乱说话啊！"钟馨郁期期艾艾地回爸爸。

他们反正又说了几句，可能也没说了，爸爸反正就是喝醉了嘛，当着满包房服务员小姐和小兄弟的面，他大声武气地问："小钟，你说！你爱不爱我！你今天，跟我说清楚！"

——这跟"五讲四美"也差屎不多了。爸爸决定自己不得承认说过这句话。

好个钟馨郁，说起来也跟了爸爸一年多两年了，知道他肯定是喝醉了，她就放软了声音，跟他说："薛哥，我怎么不爱你呢，我爱你嘛。"

"就是！"爸爸吼着，"我也爱你！你等到，我把，电话给老钟，你给他，说清楚了，你爱我！啥子，我薛胜强的婆娘，跟到我都是，因为我有钱，放你妈的，狗屁！你跟他说清楚，你爱我！"

他就把电话递给了钟师忠，电话半路上没抓稳，掉到了桌子上，爸爸也一屁股摔到了板凳下头。

这是第二桩荒唐事。爸爸摸着屁股想。

第三件事呢就更荒唐了。爸爸从床上坐起来，看着空落落的寝室，叹了一口气——不是荒唐，简直是头大了。

“这下真的戳脱了！”他想。

本来屁事都没的。高涛他们送他回家的时候，按理说，爸爸的酒已经醒了大半——这么多年了，弟兄们都懂得：先吃点醒酒的，走两步夜路，吹几口冷风，基本上就回了半个魂，然后就回去睡瞌睡嘛。

爸爸拿着钥匙对着门，吸了一口气，好不容易端端正正对好了，正要杵进去，门就啪嗒开了。门后面冷飕飕站了一个妈妈，黑着一张脸：她也老大不小了，徐娘半老，四分之三老也可以说了，大半夜的，塌着头发，穿了件睡衣，还斜着个眼睛，真像个赤面罗刹。

爸爸被她一吓，酒又醒了些。哎呀，好歹堆出个笑脸来：“安琴！”他嬉皮笑脸地扑过去，就要把嘴皮往妈妈脸上杵。

“薛胜强！你发酒疯嘛！”妈妈一点不给他好脸色，把他扯进来，一把甩在沙发上。爸爸就跟个口袋一样掉上去，塌下来，偏着脑袋，哎哟了几声。

“为人不做亏心事，半夜不怕鬼敲门。”这句话是奶奶教爸爸的。她说完了，又补充，“胜强啊，不要嫌妈啰唆，妈给你说的话都是道理啊，这天下啊，没有不透风的墙，为人一定要光明正大啊。”

奶奶说这话的时候其实已经晚了，当时爸爸想：“哎呀我的妈，你现在说有屁用！”——那一年，也就是二〇〇〇年，他跟妈妈结婚十二年，当上了刚刚改制的春娟豆瓣有限公司的一把手——那一年他当然还不至于包二奶，但是在外头经常或不经常睡觉的婆娘这个那个的也整了好多回了。说句公道话，怪不得爸爸：自己的婆娘遭其他人睡了，心里头总是不安逸，总要在外面整点事。妈妈也知道：为了一家人和和美美嘛，也就是睁只眼闭只眼。

“这事情真是忍不了啊，这是原则问题啊。”妈妈后来说。

“龟儿子的还真被段知明那个乌鸦嘴说准了。”妈妈不知道怎么就听说了钟馨郁怀娃娃的事。春风伴着春雨，新仇夹着旧恨，这下一脑壳都给盖在了爸爸喝醉的老脸门上。

话肯定是越说越难听。妈妈问爸爸：“薛胜强！这个家你还要不要了？你是不是不要了！”

妈妈问爸爸：“你今天给我说清楚，我当年就是鬼迷了心窍，不听我爸的，硬是要嫁给你，哪知道你是这么个人！这么多年我也受够你这个人了！你要去跟那个姓钟的婆娘过，我不得拦着你！”

妈妈的眼泪扑哧哧地往外掉：“我这辈子就错在没听我爸的话，你们这家人真的没一个好相处的。你说你妈，这么多年她无非就是逮着我一个把柄，就没给过我半个好脸色看，连兴兴也跟着我受罪——我也就忍了。那你呢？她咋看不到你每天在外面搞些啥呢？丑事闹到县医院去了还好意思来劝我——劝嘛劝嘛，反正不管她怎么劝我，今天这口气我是没法咽下去了。你爱跟哪个过去跟哪个过，收拾起你的东西给我搬出去！我给你当了这么多年保姆也当够了！你简直欺人太甚了！我不说你还当我好欺负了！你不想过，我们就离了，我也图个清静！”

妈妈一屁股坐在爸爸对面的沙发上，砸了烟灰缸，是不是还有一个花瓶，不然就是茶盅盅嘛——爸爸看着客厅里面满地的玻璃碴碴，回忆着当时的场景，灰头耷耳地进厨房去找扫把出来扫地。

妈妈一边砸东西，一边哭，一边骂。爸爸躺在沙发上，看着这光景，只觉得自己这么多年，白揣着一屁股的钱，居然娶了一个泼妇。

“哎呀！不过就不过了！你要离就离！”他说出来了。

“薛胜强你狗日的这张嘴啊！”爸爸自己骂了自己一句，差点踩到一片玻璃。

这就是第三件荒唐事。爸爸捡起那片玻璃碴碴来，丢到垃圾桶里，发出一声脆响。

脑壳痛啊。脑壳痛得钻心啊。“狗日的这事咋这么快就捅到陈安琴那去了呢？”一开始爸爸还没想明白，不过马上就懒得去想了——比起眼前的事，这事还算个屌：婆娘跑了！婆娘跑了也要找回来嘛，肚皮里头的娃娃揣起了总不能不要嘛，爸爸一心二用三用，四五六七用着，盘算着妈妈能去哪里，以及什么时候才会回家。

结果他的电话响起来了，上面亮闪闪的是“段知明”的名字。爸爸没好气地接起来，大伯问他朱成出门了没，他才想起待会要去厂里面等姑姑。

他把桌子也擦了，扫干净了满地的玻璃碴碴，走出门去，四月里的天，等着姑姑回到平乐镇上来。

第七章

爸爸打电话给妈妈，电话响了十几二十下还是没人接。这本来也是很平常的情景。婆娘些嘛，毕竟不像男人，电话都贴身带着：炸弹一样别在裤腰带上或者打心锤锤般揣在兜兜里。好像是钟师忠抱怨的吧：“婆娘些的手机啊，有了等于没的！随时都隔得几丈远：丢在包包里头，包包丢在哪个沙发桌子上，你给她们打个电话，十回里头有九回都听不到！干脆别个传呼机嘛！用手机简直是浪费！”——情况基本属实。这么多年，爸爸也早就习惯了。再者，他一般都不给妈妈打电话。屁股大一个平乐镇，一个星期就是七天，一天就是二十四个钟头——妈妈在哪里，干什么，他就算不问也是跟白面上的芝麻样一清二楚的。

妈妈在粮食局上了二十年的班，以前在门市部，后来坐了办公室。办公室坐起舒服啊：早上十点过慢悠悠地去了，泡杯茶，椅子上一坐，打毛线，嗑瓜子，看会小说，打会电脑，都随便，不然就跟办公室的同事聊点家长里短，国家大事。同办公室的张永清、刘玉芬还有曾凡贵，也都处了多年了，都是街坊邻居长大的，更没什么过场，说起话来不过嘴皮碰舌头。到了十二点正好肚皮有点饿了，就到食堂里头吃中午饭，五块钱的工作餐，两荤三素一汤随便吃，鸡鸭鱼肉不缺，有时候还有生猛河鲜来改善生活。吃了饭，筷子碗一甩，自然有人来收拾。然后出去街上散个步吧，三三两两约起去看双鞋子吧，工会活动室的真皮沙发上去打个盹吧，两点过三点再回办公室消磨个个把小时吧，就下班了。

四点钟，妈妈钻进她的红色丰田车里，慢悠悠开到菜市场去买菜，然后回家做饭。有时候爸爸回来吃饭，有时候爸爸不回来吃饭。吃了饭，把碗洗了，就到床上去看电视，一边看，一边打会毛线，或者磨磨蹭蹭看几页小说，十点半差不多也就洗了睡了。

这样的日子，其他人不说，就连爸爸也羡慕。有一天他从外面跟客户吃饭回来，不说了，满身那一个腌臜气！见得妈妈海棠春睡般躺在床上看一本书，就忍不住说："安琴啊，我们两个换一下嘛，你的日子真的过得舒服啊！"妈妈倒笑了，抬起脚来踢了爸爸一脚："你来嘛！看一下你过得下来过不下来！三天不准你出去喝酒，看你过得下来不！"爸爸便一把捉着了伊的脚，一屁股坐下来，满是酒气的嘴钻过去就往她脸上贴，你来我往地说："那你一个星期不打麻将嘛！我就不喝酒！"

这可不行。打麻将是妈妈这辈子的一件大事。周六下午一点，准时约起，这是雷打不动的。此外，偶尔，间或，有空的话，周一周二晚上嘛，周三周四下午嘛，星期天吃了夜饭嘛——都可以。我们镇上的好多婆娘（不包括妈妈）那是真正靠麻将过日子的：张三姐，刘五妹，喊做一桌坐下来，输了满桌的是惨妇，端了三家的是赢妇，婆娘们抬起白膀子卯起劲来可都小看不得，黑起屁儿不打个一天一夜绝对不下桌子，斗转星移间，惨妇翻身成了赢妇，赢妇转眼沦做了惨妇，风云也变了颜色——哪个的手机响了？"哪个的啊？不是我的！"反正是绝对没有人下桌子接电话的。

所以啊，包括爸爸在内的丈夫们都是明白的。婆娘不接电话是可以理解的。婆娘不接电话，说明正在长城底下忙大事，那就自己摸个脑壳再回包房里头去跟弟兄们喝两杯酒，摸摸小姐们的小手——等到领导完事了，一个电话打来了，“警报响了啊，警报了啊！”——便收拾旧山河去麻将馆接领导，然后月黑风高的，月朗星稀的，夫妻双双把家还了。

爸爸站在豆瓣厂办公楼下，回想着两口子往昔的好时光，等着妈妈哟把那电话接起来。电话都响了二十多声了，就是没见有人接，他也只好忍着想叹的那一口气，把电话揣回裤子兜兜里，走上楼去见姑姑了。

办公室主任小曾今天算是跑得快的了。爸爸刚刚踩进办公室门就看见姑姑已经好端端地捧着一杯茶喝了起来，一边喝，一边拿着一份刚刚印好的豆瓣厂宣传资料翻着看。

“姐，这个资料还做得可以啊？找一中郑老师写的宣传词，都说写得好。”爸爸说。

“嗯，挺好的。”姑姑回了声，把宣传册放回了茶几上，“怎么样，安琴说中午来吗？”

“噢！”爸爸像是刚刚才想起来似的，“她没接电话！肯定又是人机分离了嘛！没事，我们就先去吃，不等她，等她待会看到了自己给我们回电话！”

“你昨天没跟她说我要来么？”姑姑问。

“昨天晚上我回去得晚了，她都睡了，我就没跟她说。”爸爸一边说一边坐下来，他下意识想摸出烟来抽一口，又觉得不好意思当着姑姑的面抽烟，把指拇揣在口袋里头又拿了出来。

“你和安琴还好吧？”姑姑问爸爸。

“哎呀！老夫老妻了！就是那个样子嘛！安琴那个人你也知道嘛！”爸爸打了个哈哈。

姑姑却不放过爸爸，哪壶不开提哪壶：“你们结婚马上就二十年了吧？”她说。

爸爸掐指一算，可不是：八八年元旦节，妈妈刚刚满二十岁跟他结婚的，这一翻年过去就是二十年了。

“是啊，二十年了！”管他妈的，爸爸好歹叹了一口气。

姑姑笑了一下，端起茶杯子来喝了一口花茶。爸爸看着她的样子，总是觉得她眉宇间有一股忧郁。是是是，他也不是不懂，自己的这个想法纯属盐水鸭蛋吃多了，管的哪门子闲事——平乐镇东西南北四条街上随便扯出一个人来问问薛莉珊，没有一个人不说她福气好的。平常人家一个粮食局的女职工，嫁了个在省委里工作的老公，搬到了永安城里去——“不得了啊！到底是薛英娟的女！会折腾嘛！”——眼皮子一眨，人家就去大学里面读了研究生，眼皮子一眨，人家就去电视台当了主持人！“上了电视！啊！你说这平乐镇哪家人几辈子出了这么有出息的女娃娃！上得了电视！你说你好有福气嘛薛厂长！”街坊里头，邻居里面，不乏有人在马路上遇到了奶奶就这么惊风火扯地跟她叫唤两句。奶奶呢，笑吟吟撅着一个红花脸，欠着身来摆摆手，连声说：“哎呀哎呀！没出息得很！没出息得很！我都经常教育她，不要骄傲自满，要懂得学习，要懂得进步，要懂得谦虚！”——这都是早几年的事了，一九九九年，过了四十一岁，姑姑退了下来，培训培训播音员，看看稿子，策划策划演出——总之没在电视上再看到她了。也好嘛，镇上的人自然有他们的达观，说了："莉珊总归是电视台的人！"——"电视台的人！"那是几辈子的风光啊。

"姐，你呢？你最近还好嘛？"爸爸不敢说其他的，只有问了一句。

姑姑就又笑了一下，把茶杯子放下来了。她慢悠悠地对爸爸说："胜强啊，有件事我回来也是想跟你说一说。这事也不是坏事，早晚大家都得知道，不过我怕妈知道了又要大惊小怪，我想我就先跟你说一下，让你有个心理准备，我和你大哥前天把离婚书签了。"

咕咚咚地，爸爸心头就跟囫囵吞下了个汤圆，哽得筋扯筋扯地痛，好像昨天晚上的酒还没吐干净一样，滚着红油臊子的味道漫到了鼻子下头。他还没说什么，姑姑就接着往下说："这事我跟知明提了一下，他也说了，这日子过成这样了，离了也好，我也算图个清静了。这不，我就跟他说，你们不嫌弃我，我就回来给妈的八十大寿出份力，也让她高兴高兴！"姑姑一边说一边甩着手腕子，看着爸爸笑了起来。

这一下爸爸才算明白了事情的起承转合和前因后果，他心里第一个想的自然是大伯："龟儿子段知明，你真的是把老子当闷猪儿在整哦！"还有一些其他的怪话。

然后他又想到了姑爹，想到了他那副金丝边眼镜后头那张面白面白的窝囊脸。"刘瞿康！你走路不要遭老子碰到！这辈子都不要踩到平乐镇的地界上来！"然后是更多的怪话。

对着姑姑，爸爸当然就不敢骂怪话了，一句话都不敢骂，脸也不敢黑。好不容易，他终于说出了一句话，说的是："那，妈过生怎么办？”

话还没说完爸爸就想给自己一个耳巴子。幸好，姑姑也没生气，她又把茶杯端起来，说：“这你也别担心，我也跟知明说了，这事肯定不能让妈知道，她的八十大寿，你大哥也是一定要来的，还有刘星辰他们，一个都不会少。”

“那这事你给刘星辰说了吗？他怎么办呢？”爸爸又昏头昏脑地说了这么一句。

这句话也是真真好笑了。刘星辰怎么办？他一个二十多岁的小伙子，娶了亲，生了娃娃，省广电局的金饭碗端起，两室两厅的房子也解决了，小汽车开起——不知道要羡煞了多少刚刚出社会的愣头小娃娃，还需要怎么办嘛。

姑姑果然笑了，说：“他有家有室了，他爸的事他也早就知道了，劝了他爸两次，他爸不听他就睁只眼闭只眼了，我跟他说我们要离婚，他还挺支持的，人家说——‘妈，你和爸既然没有什么感情了，早点离了是好，这个年代离婚也不是什么大事，只要你们觉得幸福，我都支持！’”

爸爸总算找回了点笑意，这倒真是刘星辰那个小崽儿说出来的话。这娃娃生出来没断过粮，没缺过食，青口白牙，没吃过半天的苦，妈老汉都要离婚了，说出来的话还跟弹琴一样，咿咿呀呀像个婆娘——“都是学到那个刘瞿康！”他心里断定，“我们二十多岁的时候哪像这样啊！”爸爸不免这么想。

爸爸二十五六岁的时候，在豆瓣厂已经有快十年的工龄了。晒坝那当然是不去翻了，被分配到销售部当了经理。奶奶说：“胜强啊，销售部是锻炼人的，你要好好做啊！吃得苦中苦，方为人上人，妈相信你一定可以做一番事业出来。”

龟儿子的事业，爸爸在销售部上班一个月，就领悟过来奶奶的话纯属鸡巴乱扯。销售部说穿了就是喝酒嘛：喝酒嘛，干杯嘛，各位哥老官都是我过命的弟兄，你有啥问题解决不到我都给你解决嘛！要红包给你发，要小姐给你发，拼了老命当三陪嘛！那几年，爸爸算是懂得了什么叫作披星戴月，每天就是在平乐镇周围几个县市跑来跑去，跑得鞋底穿了几双，吐得床铺烂了几床，狠狠肥了一身膘，眼见着肚皮像孕妇的一样，跟着业绩一起长了出来。豆瓣厂上下倒是服了，薛胜强真是有本事，不是吃软饭的啊，代厂长朱胜全的椅子坐得更加不稳当了。爸爸也是飘飘然了，觉得自己天上飞的，地上跑的，黑白两道超的，没有搞不定的——然后就出了“韦唯”那个事，真是一夜之间，他忽然懂得了人间的沧桑。

他还记得自己第二天回家去——那时候他们还住在豆瓣厂后面的老房子——妈妈也没起疑心，以为他又去崇宁县出差谈业务了。

回家的时候已经接近中午了，妈妈正在院子里面晾被单。爸爸记得她那天穿了一件青地白花花的连衣裙，一双象牙白的凉鞋，举着手要把被单甩到晾衣绳上面去，白生生的腋窝里映出黑绒绒的毛，看得爸爸心里暖洋洋的。他两步赶过去，从妈妈手里抢过被单来，说：“安琴，你放到，我来嘛！”

“你怎么这个时候回来了？”妈妈吃了一惊，然后抬起手来摸了摸爸爸的头发，“昨天晚上是不是又跟客户喝酒了，脸色怎么这么不好？你吃早饭了吗？炉子上还有油条，你去吃两根吧？要不要睡一下？兴兴哭了一晚上刚刚睡着了，你也去睡一下嘛。”

爸爸和妈妈肩并肩把床单晾上了，他鼻子里面是白猫洗衣粉香喷喷的味道，妈妈脸颊上飞起的是两朵粉墩墩的红霞，爸爸心里翻江倒海地想了一通，最后只有骂了自己一句狗日的，伸手过去就一把揽住了妈妈的腰杆——妈妈的腰杆像是一坨奶油，才挨着他的手就要化了。

“胜强！大白天的，娃娃还在。”她有些不好意思，推着爸爸。

爸爸才不管这么多，抱到妈妈就往屋头走。他把嘴贴在妈妈湿漉漉的耳朵边上说“娃娃睡了的嘛”，一边伸手过去抓妈妈白馒头般的乳房。

当时的情况就是这样。十几年以后爸爸想起来，还是觉得下头两个卵蛋抖了一抖：东风吹，战鼓擂，那甜腻腻的杏花雨也沾衣欲滴了，他才发现自己的鸡儿居然还跟死了一样。

往事不堪回首啊！那一个多星期他真的是生不如死，行尸走肉。妈妈倒是小心翼翼地不去提那档子事，温温柔柔地：“胜强啊，你还是不要工作太拼命了，要注意身体，少喝酒，多休息啊！”上茅房的时候，爸爸也偷偷把东西捏在手里面掂量，心头想：不得哦！看起来好生生的啊，我做了啥过恶事啊？我都还没三十岁，就把鸡儿用烂了？还是那个大嘴巴婆娘下头有病？

他左思右想，前思后想，越想越觉得那里坠着千金的重担，越发立不起来。“你说我要不要去找个医生看一下哦？”他最后跑去跟钟师忠说。

钟师忠好歹是大了爸爸八九岁，他皱着眉毛听爸爸把事情的前因后果说完了，沉吟了一会，说：“胜强啊，你先不要着急，今天晚上跟我去幺五一条街看一下呢？”

“幺五一条街？”爸爸从鼻子里头喷出一口酸气，“我现在去幺五一条街？”

“不管嘛！你跟我去嘛！”钟师忠说，拍了拍爸爸的手。

他们就去了。找了一家新开的夜总会，黑洞洞的包房里面闪着银光，一股冲鼻子的装修味道。一打啤酒开开，小吃、水果来起，卡拉OK点燃，两个小姐过来嘛——爸爸他们一个人捏着一个话筒，搂着一个小姐，唱了《在希望的田野上》《敖包相会》，还有《甜蜜蜜》，最后当然少不了《亚洲雄风》。

可不就正是这样么："我们亚洲，山是高昂的头。"——那天晚上，爸爸终于雄起了。其实从头到尾他都没看清楚小姐长什么样子，只记得她屁股有点大，他呢，便狠狠地捏着那个屁股跟小姐做爱，伊轻一声重一声地哎哟哎哟叫唤着，一声声都刚刚好打在《亚洲雄风》的拍子上，所以爸爸脑壳里头一直响着这首歌，就跟打了鸡血一样来了两回。

“狗日的钟师忠真的是有点鬼脑筋。”这下爸爸好了。通透了。畅快了。想明白了。从幺五一条街上走出来，在平乐镇弯弯的月亮下面，他清清楚楚地看到了那条路就在脚下，直端端地通到妈妈的床上——他两步就跨回去了，按住妈妈，跟她舒舒服服地大干了一场。

这就是爸爸和妈妈年轻时候的爱情故事啊。“龟儿子的，这么多年都过了，总不得这次还真的整戳脱了，离了嘛？”爸爸看着姑姑坐在自己眼前的沙发上，原先想要跟她说的话自然是半句都不敢说出来了，摸了摸心上的老皇历，只觉得两边额头边上的太阳穴跳得抖抖索索的。

上下两撇，先管肚皮。眼看中午到了还没妈妈的消息，一家人决定去吃毛肚火锅。奶奶本来是不喜欢吃火锅的，她总是说："这辈子都跟豆瓣打交道了，平常啊还是吃点清淡的。"可姑姑爱吃辣，就算白水煮个萝卜也要打二两干辣椒面做个蘸水才下得了嘴。大伯就提议："去吃火锅嘛，也好久没吃了。"

于是就去了。朱成从豆瓣厂载着爸爸和姑姑，大伯开车去庆丰园接来了奶奶，在南门老城墙边的继承毛肚火锅店点了个鸳鸯锅。一家人齐崭崭地坐下来，倒了豆奶，开了啤酒，奶奶这才像忽然想起来了，问："安琴呢？"

其他人都不说话，只有爸爸说："她要上班的嘛。"

奶奶本来在白锅里面捞午餐肉，这下肉也不捞了，把筷子放到油碟碗上，说："胜强，你骗你妈老了？陈安琴那个班是个什么班，还真能走不开人了？平时就算了，姐姐回来也不出来了？哪门子的小姐脾气啊？"

奶奶说这话吧，也不算全对：妈妈怎么说也是三十九四十岁的人了，算到哪儿也算不到小姐名下——不管嘛，反正就是这么个意思。奶奶轻轻说完了，也不多言语，重新把筷子拿起来，端端正正在白浪里夹起一片午餐肉，油碟里蘸了蘸，斯斯文文地吃了。

一桌没半个人出声。爸爸满心里油锅样翻着怪话。最后还是大伯开口了，他说："妈啊，你胃口还好吗？要不要吃片黄喉啊？"

"不吃不吃！黄喉我才咬不动呢！"奶奶摆摆筷子，盯着满桌子的菜检查，"给我下点香菇圆子嘛。"

"哎！好！"大伯站起来，往白锅里哗啦啦地倒下了大半盘香菇圆子，"这个软，妈吃这个。"

爸爸忍不住看了他一眼，喝了一口啤酒。

姑姑呢，谁都没看，端端正正地坐着，把筷子上那片毛肚安安心心地杵在红滚滚的汤水里面——烫毛肚真是个学问，有人说夹着筷子数十八下就烫好，也有说是十五下，总而言之，因为怕把毛肚烫老了，姑姑一双眼睛仔仔细细地盯着它。

“没有外人在也好。”终于，奶奶叹了一口气，“我们一家人也好说点体己话。”

先说大伯。大伯八面玲珑，里外开花：寿宴的事情是稳稳当当地办起来了，晒坝收拾得亮亮澄澄，流程也定出来了，永安大学中文系的朱教授特为了“春娟豆瓣”赋一篇，曹家巷的毛笔字尹老师誊了一遍，县城里的各界名流请八位来做了八副寿联，还有，广告厂那边，做了九米多宽四米多高的喷画布拉网架，那是平乐镇最气派的，四十八个易拉宝广告架把会场围得巴巴适适，还有还有，到时候啊，三十八面横幅要从西街神仙桥一路拉到豆瓣厂门口的，还有还有还有，来的客人每个人都有一个礼品袋，里面呢，宣传册、豆瓣、签字笔、笔记本，还有印着春娟豆瓣厂介绍的面巾纸一样也不少——大伯说得兴起，拿着筷子来当起毛笔在桌子上指点着江山，爸爸却免不了在心里哼了两哼：“高涛，你娃下手狠啊，不熟不杀不肥不咬哇？这单赚够了吃一年啊？”奶奶也问了：“知明啊，那这得花多少钱啊？”“哎呀妈，这是多大的事啊，效果一定要好，钱嘛不重要！”大伯摆摆手接着往下说，“演出嘛，市里来了个专门承包大型演出的演艺公司——人家本来是不接这种小活动的，都是朋友才帮我们做的。歌星明星肯定要有几个，灯光音响效果都是专业的，主持嘛，就让姐姐来主持，这样也更有意义了！——总之，妈你放心，你这个寿啊，我保准你过得不一般！”

大伯自然是说得好啊说得妙，说得呱呱叫。爸爸听了也不得不服：要说拍老太太马屁，段知明真是天下第一的人才，从小到大，没哪一回跑脱了——奶奶果然笑起来了，脸上的皱纹团成了一朵花，对爸爸说："胜强啊，你听你哥说的，你说这样好不好？"

"好！好！太好了！"爸爸遂抖擞精神，挺起腰杆来拍着桌子唱了个好，惹得邻桌的人也看了这边一眼。

姑姑也忍不住笑了出来，奶奶就看了她一眼，慢悠悠地说到了她头上："莉珊，说起来妈还真要谢谢你，你自己一个家里里外外要忙的事肯定不少，还愿意回来出这份力，妈真的很感动啊。"

"妈，你别这么说，知明和胜强才是辛苦了，我做这点是应该的。"姑姑说，"主要是您要把这个生日过得开开心心。"

"开心！开心！"奶奶好像已经看到了当天的盛况，"这些热闹嘛，当然好，不过那是做给外人看到，主要是一家人都能回来团团圆圆的，这我才真高兴啊！从你爸走了以后，家里就没这么聚过了，他要是知道了也会高兴的。"

那可未必，爸爸心里思量着。要是爷爷还在，多半也就是坐在会场边上跟着陈修良一起抽两根烟，看着台上这个唱过去那个唱过去。陈修良说："段贤骏，你娃这辈子好福气啊！"爷爷呢，可能也就是吐一口烟出来，摆一摆脑壳的事——还能说什么呢？人都死了就只有随和点，反正随便你们说嘛，你们要说他高兴，他就高兴嘛，有福气，就有福气嘛。

话说到了这，不知怎么就说起了爷爷来。自从他这一去两年多了，奶奶反而时不时提起他来。有时候她跟爸爸说起想添两件新衣裳，就说："胜强啊，本来我也不想买什么衣服了，都这把年纪了还买什么衣服？我早些年那些好衣服啊，多得穿不完。可是我就想到你爸了，你爸要是还在，肯定也愿意我过得舒舒服服的，吃好，穿好，我就想啊，添两件衣服，你爸也高兴。”有时候她吃了一口烧白，也说：“胜强，你还记得这烧白吗？你爸最爱吃了。本来我也不喜欢吃这东西，油腻得很，可是想到你爸，就忍不住多吃两口，也算是帮他吃了。”有时候她跟爸爸说要努力工作，就说：“今年豆瓣厂的业绩还不错，明年你还要更努力啊胜强，其他不说，你要想想你爸，这也是你爸的遗愿啊，他肯定希望豆瓣厂红红火火的。”爸爸心头想：“我爸才不管豆瓣厂不豆瓣厂的事呢！”不过他也就乖乖听着奶奶的话，反正她的心总是好的，道理总是有的。

这不，就说今天吧，在这饭桌子上对着三个儿女，奶奶又悠悠说起了爷爷：“你们说，你爸和我这辈子也真是有缘分，不然他一个大学生，我一个小学没毕业的，怎么就能走到一起了呢……你爸年轻的时候那真是帅啊，我们镇上都不知道多少人喜欢他……我们风风雨雨这么多年过来了，生了你们三个也个个都成了材，虽然他走得早了，留下我一个人孤零零的……有时候啊我坐在房子里头真是不想活了，觉得我命苦啊，这么个生离死别，但我知道如果你爸还在呢，肯定也想我好好活着。唉，我就过下去嘛，多过一天是一天，不是为了我自己，是为了你爸啊。”

这些话爸爸本来就听得会背了，更不要说今天心正烦，姑姑呢，自然也有她的心事。也就大伯还听个新鲜，应着奶奶的话，说什么：“妈，你别这么说，你要好好啊，照顾好自己的身体，吃好穿好啊，你想想你的福气，好日子还在后头呢。”

“说得好说得好，继续说继续说。”爸爸在心头搭了句话，自己呢，就埋着头安安心心地往红锅里面下鱼丸，下肥牛肉，下兔腰，下鸭血，下黄喉，下耗儿鱼，全部都下下去！——爸爸儿乎要忘了人世间的烦恼，流汤滴水地等着要吃个嘴满肚儿翻，然后他裤子包包里的手机就震动了起来。

打电话来的是妈妈。爸爸一看到“安琴”这两个字眼皮就跳了一下。他连忙站起来，说“我接个电话”，走出了包间。

爸爸站在街沿上接妈妈的电话，街道上开过去一辆又一辆小汽车。爸爸听得妈妈在电话里面说：“你酒醒了？给我打电话什么事啊？”

妈妈的声音里面没有一丝异样。但是，面对狡猾的敌人，爸爸还是决定先继续把脑壳清丝严缝地埋在草堆堆里，他拆炸弹似的说：“今天姐回来了，说喊你一起吃饭，还有妈和大哥，都在问你呢。”

“哎呀！”妈妈叹息了一声，很是遗憾的声音，“我刚刚手机放在办公桌上去隔壁办公室了，没听见。那你们吃完了没啊？要不要我现在过来？”

爸爸看见对面街上开过来一辆银粉银粉的奥拓车，他从来没有见过这个颜色的奥拓。

“胜强，不然我现在过来？”妈妈又轻言细语地问了一遍。

“啊？”爸爸这才回过神来，确定这一切不是幻觉，“算了算了，都要吃完了，你就不要跑这趟了。”他好歹把这句话七零八落地说完了。

“这是你妈狗日的在扯哪门子精怪啊？”他心里直犯着嘀咕，又看见一辆车开过去了。

“那好吧，那姐今天晚上还在不？我们晚上一起吃饭？”妈妈殷勤地问。

“她应该下午就回去了，我下午一点让朱成送她回去，她晚上还要带点点。”爸爸说。

“哎呀！”真心诚意地，妈妈叹了一口气，“那好吧，那晚上你回来吃饭不？我今天早点去买菜，你要不要吃卤肥肠？我给你买点。”

“你真的要给我吃卤肥肠？”爸爸一边想，一边稍稍抬了抬脑壳，天上的是十二点过的太阳，亮得像个一百二十瓦的灯泡，没见掉下半个林妹妹来。他说：“肥肠好吃，那就吃肥肠嘛！”

他们继续说着家常话。晚饭的事情解决了，妈妈接着说到单位上有个人要娶儿媳妇，周末要去喝个喜酒。“不是好熟的人，不过也多年同事了，你说红包包好多呢？”她问。“随便嘛!你在管钱的嘛。我又不管这些。”爸爸大大方方地说。然后，又说了明天要去给车子作保养的事，以及顺便要去永安市买点东西的事，等等等等。

两口子欢欢喜喜地说了一通。直到爸爸的肚皮响起来，他这才说：“那我先进去了，妈他们还在，晚上我回来吃饭嘛。”

于是他挂了电话，站在街沿边上，看着小汽车嘀嘀嘀地开过去了一辆又开过去了一辆，如梦似幻。正好比他昨天晚上发了一个梦颠，一觉醒来，青面獠牙的母夜叉又变成了娇娇俏俏的崔莺莺。他抬起脚来要走，却又鬼压床一般想起了妈妈正儿八经还是个崔莺莺时候的事情来：

也就是一九八七年。爸爸这头才想通了，跟席红珍一刀两断和妈妈耍起了朋友，总算讨到了奶奶一个高兴，那边却得罪了未来岳父陈修孝。爸爸是没亲耳听到过，不过屁股大个平乐镇，弯弯转转他就听到人家在说，这陈修孝也不顾一把老脸，舞着鸡毛掸子把自己的女追到了县委家属院的院坝里头，一边打一边骂："你这女子是鬼迷心窍，不想好了！他们那家人哪惹得？那家头都是啥样的人？你还敢嫁到那家去？你想得美！我给你说，只要我今天还有一口气在，你就不要想嫁给姓薛的那家人。我从小到大教你的道理都教到哪去了？你读的书都白读了？要嫁给一个卖豆瓣的？"——反正基本上就是这些话。

爸爸年年轻轻长着一个实心眼，听了算了，在路边上一边等妈妈一边想："我跟陈安琴这事可能要黄哦！"哪知道妈妈还是来了，大热天里穿了一件长袖白衬衫，规规矩矩搭了条的确良裤子，像个街道办主任。爸爸看见她那个样子觉得真是欢，忍不住笑了，说："陈安琴，我们要去看电影，不是要去上课！"妈妈看了爸爸一眼，说："走嘛。"——他们就去看电影了。看的是刘晓庆演的《芙蓉镇》，看完电影走出来，路边有人在卖冰糕。爸爸说："我们吃冰糕嘛，你觉不觉得有点热？"

他们一个人拿着一根冰糕，一口一口吃，爸爸又说："你真的有点欢，这么热的天穿个长袖子，你不热啊！"妈妈还是没说话，拿着冰糕一下子红了眼睛。爸爸吓了一跳，这才把脑壳转过来，他把妈妈的手扯过来，拉起袖子来一看：果然，青青紫紫的全是鸡毛掸子印子。

就在那一天爸爸觉得自己肯定要把这个女子娶回家。他们站在老影剧院的围墙边上像电影里面那样亲了一回嘴。

爸爸就站在街沿上，嘴边还回着油辣辣的火锅香，揪着心口来把思路熨平了，想："管她的，反正这事她不提了老子也不提，她要吵架嘛老子就认错，不扯脱了离婚就对！"——他一打定主意，就觉得肚皮踏踏实实地饿了，便收拾起心肠，准备转回去安安心心地吃一顿火锅。

想得美——爸爸才走进去，就看见姑姑喝完了一碗红薯稀饭，奶奶呢，一边让服务员打包桌子上面的剩菜，一边跟他说："胜强，你电话打完啦？不吃了嘛？你送我回去吧？你哥要带你姐去看场地。"

"我没打这么久的电话嘛，他们怎么就吃完了？"爸爸心里琢磨着，看见大伯滴溜溜地从收银台边上走回来了，甩着手里面的发票，一边走一边说："不贵！真是不贵！现在平乐镇吃饭还这么便宜！这一顿才两百多块钱！"

他倒是唱戏一样，其他人都没有理他，连奶奶也木着一张脸，看着玻璃外面。

没人接话大伯就不说了，他把发票按在桌子上，用筷子刮了刮没中奖就把它折起来放进了口袋里。

爸爸看了姑姑一眼，姑姑也看了他一眼。他包着满肚皮的话，饿得贴了个心肝，没想到这顿饭就这么完了。

他们走出去，大伯跳过去扶奶奶，姑姑就走在爸爸身边，她细声细气地，总算给爸爸了个交代，是说："唉，你说你哥啊，妈刚刚一问他个人问题的事，两个人就又吵起来了。"

按理说这事爸爸应该站在大伯这边，但是他正饿得鬼起火，看着他的背影，心里骂："段知明，你不是会说的嘛！咋碰到这事就说不来话了！"

他摆摆手送走了这个神仙，软着肚皮给朱成打电话。朱成没有接起第一个电话，爸爸又打了一个他才接了。

爸爸就交代了事情。朱成在那边赶紧答应着，"马上过来马上过来"。爸爸知道他肯定也正在饭桌上，可有什么办法呢，领导发了话，皇上要摆驾，只能丢了筷子和香喷喷的白米饭，屁颠屁颠地出门来——“同是天涯沦落人呐！”爸爸摸了摸自己还软耷耷的肚皮，挂了电话。

“把妈送回去再跟朱成去吃二两红油水饺算了。”他心里盘算。

也是不容易啊，千算万算爸爸没有算到，这一头想下去就过了一个多小时。终于，等到他听完了奶奶的唠叨，出了她的家门，肚皮已经软得走起来都要抖三抖了。爸爸一屁股顿到车子的后座上，把背舒舒展展地一展，搜肠刮肚地叹了一口气，听到朱成在前面问：“薛厂，回厂头啊？”

他这才说：“先不回去，去小谢那吃红油水饺嘛，中午没吃饱，你也吃点？”

朱成就打转了方向盘往东门开。这家馆子在东门外面快到灵岩寺的地方了，还地地道道是家苍蝇馆子。爸爸带钟师忠去吃过一次，钟很是不以为然：“胜强啊，你娃真的是有钱人的毛病，吃多了！开半天的车来吃这个？到我屋头我给你下面吃，绝对比这个好吃！”

朱成可能也不懂，不过他好就好在一个听话。爸爸说往东开，他绝对不得往西开，爸爸不说话，他绝对不得张嘴皮，爸爸说要抽烟了，他马上按下窗子找打火机给他。基本上，爸爸屁股抬一抬，朱成就知道他要放屁——这是真本事啊。不要说外面的莺莺燕燕了，钟馨郁做不到，跟他过了二十多年的妈妈也不一定做得到。“朱成这个娃娃真的懂事啊！”爸爸时时想起也忍不住感叹——想当年奶奶跟朱胜全提了退休的事，他也说了一个要求，说儿子退伍回来了希望给安排个工作。奶奶自然是通情达理的，就说“那让他来开厂里面那个桑塔纳吧！”——就这样子，这么多年了，朱成跟着爸爸闷声低头，边看边学，酒场上面挡酒，妓房外头送钱，两肋上也插了十几二十把刀；又帮着他屋里的红旗骗着，外头的彩旗哄着，哪头没有放平过？

爸爸问他：“小钟那边的事办好了没？”

他就规规矩矩地说：“房子租下来了，新修的小区，电梯公寓，家具家电全配，明天下午搬家公司的人去给她搬家。”

爸爸点了点头，继续问：“保姆呢？你上次说的那个保姆愿意来不？”

“打电话说了，我跟她说一个月一千五，她高兴得很，说下个星期就上来帮忙。”朱成一边回答，一边在一个红灯前面稳稳当当地停下来，“薛厂，我就跟你说嘛，一千五肯定够了，你还说两千，用不到那么多。”

“不管嘛！”爸爸说，“我反正每个月给你两千，多的算你的。”

“不行不行！没这个道理啊薛厂！”朱成赶紧转过头来，看着爸爸摆摆手。

“哎呀！你不啰唆了！我说了算！”爸爸没跟他多说，把窗子按下来，点了一根烟。

车子发动了，继续往前开。爸爸把烟抽进去，转了一圈又吐出来，脑壳皮麻麻的。他眯着眼睛，专心致志地去想那碗小谢饭馆的水饺，想着它淋上红澄澄的红油，撒起白瓷瓷的熟芝麻，再飘点细沙沙的白砂糖，那是何等的神仙滋味啊。

啊！爸爸就又叹了一口气。有时候他是真的累了，也就想着：过两年把厂交出去，在家头安安心心地，种点花，吃了夜饭出去散个步，就这样子算了。

想得美——先奶奶这一关就过不了。一走到奶奶屋头去她就说：“胜强你陪我说会话。”爸爸呢，也就坐下了，听奶奶说话。奶奶就开始说，一家人大大小小，里里外外，抹平了细细地说：“你哥啊，这次回来真是出力了，你呢，就给他帮着点，不要让他太累了。姐姐呢，愿意做点事我也觉得很欣慰，到底还是自己的女儿好，盼媳妇呢就怎么都盼不到了。厂里面今年的订货怎么样？最近厂房里面要多看着啊，我们豆瓣厂还是要讲个品质，不是说现在名声出去了，产品质量就下降了。你啊，就不要每天出去晃，什么钟师忠啊，少跟他们一起混，人家是吃公家饭的，我们是自己做生意的，比不得。再说，你这些朋友没一个上样的，找你出去还不是就要你给钱？胜强啊，你这么大的人了，还这么瓜？妈早就跟你说过了，君子之交淡如水，何况这种朋友对你有什么帮助？近墨者黑，近朱者赤啊，你要交朋友，有帮助的才是真朋友啊。你懂不懂？”爸爸火烧眉毛，肚皮又饿，明明清楚得罪了奶奶的是大伯，还是只有受这个冤枉气，他把烟拿出来想点，奶奶又说：“你这么大年龄了，注意身体，不要每天抽烟喝酒，早晚要出事！等到出事了，你又要让我去给你收拾烂摊子。你妈现在老了，八十岁了，收拾不动了，你要自己懂事啊！”

“我懂事，我懂事。”爸爸就把烟揣了回去——总而言之，基本上就是这个调性。本来早上出门的时候，他是憋了一肚皮的话想跟奶奶说——钟馨郁的事暂时不能提（总要等娃娃生出了看是男是女再做打算），姑姑的事当然是要瞒着，至于妈妈的事，他就真有点想问奶奶了：到底自己晕倒那次她给她灌了什么迷魂汤？——本来爸爸揣着这些事情，鼓囊囊地送奶奶回了家，结果被她几句话就戳得漏了气，蔫在沙发上，撑着点头的劲挨了半个多小时，总算逃到阳关道来，一口气爬上车，哪还有那抓贼的胆，只剩下个吃饺子的心了！

就去吃水饺嘛。小谢这家店说起来还是爷爷带着爸爸找到的。那时候爸爸还没搬出豆瓣厂后面的院子，和妈妈，还有爷爷奶奶四个，一家人一锅端，隔壁邻声地住着。走路去上班两三分钟，下班回去再说走曹家巷绕个路也就最多五分钟嘛，有时候，爸爸和妈妈两句话没说对，也会憋得慌了，就蹲在院子门口的花台背后抽烟。有一天，都要吃夜饭的时候了，爷爷甩着皮鞋从院子里走出来，刚好就碰到蹲着抽烟的爸爸。

爸爸记得那个时候是冬天了，人穿得厚，六点过天就麻麻黑了。他赶忙摁灭了烟锅巴，喊爷爷："爸！你去哪儿啊？"爷爷回头过来，看到了爸爸，他说："胜强，你下班了怎么在这？怎么不回去？"爸爸也不好说他在抽烟，只有说："我在这耍！"爷爷笑了，说："你还好耍的！走嘛，跟我去吃水饺，吃不吃？"爸爸马上就知道他和奶奶肯定也吵嘴了，他站起来从花台后面走过去，说："那走嘛！"

他们就去吃了小谢饭馆的红油水饺，坐三轮去的，所以路上用的时间更久。爷爷呵着一嘴的白气，看着平乐镇从西街到东街都隐隐淹得黑灰黑灰了，路灯一路接一路地亮了。他拿出一包天下秀来，先递给了爸爸一根。"抽烟嘛。"他说。

爸爸吃了一惊，他当然是五六年的老烟民了，但还从来不敢在爷爷奶奶面前抽烟，爷爷也从来没有给他发过烟。

不管嘛，爸爸就把烟接过来了，还拿出打火机来给爷爷点烟。然后又给自己点了。

那天馆子里没几桌人，但有一桌工人喝着酒，吃着凉拌猪脑壳，闹哄哄的。一个白生生的老板娘给他们端来了两碗红油水饺，烈烈的海椒油上撒着香香的熟芝麻，麻辣里头回着白糖甜，一口咬下去饱实实的肉馅就混着油汤流出来，滚烫烫湿漉漉地缠在舌头上。他们一个人吃了三两水饺，又叫了一盘酥花生，喝了二两泡酒。天都黑得发油了，爷爷看着外面叹了一口气。

“小谢，结账！”他最后把老板娘喊过来，把钱递到了她笋尖一般的手里面。

爸爸就站起来跟着爷爷走出去，走了大概十分钟走到二环路边上，看到了一个三轮车，就喊住它坐回了家。

两爷子真像是出了一趟远门，站在院子里，两家人窗户上的灯隔着几米远。爸爸说：“爸，我先送你回去嘛。”

“不了不了，你赶紧回去，安琴肯定着急了，我自己回去。”爷爷说。

真是那滚滚长江东逝的水，爸爸心欠欠地明白过来，这男人啊，随便怎么跟婆娘吵得天塌了一半，房子拆了半边，还不是要蔫皮皮乖咪咪地回到大海里头去。

那一天，他和爷爷出了东门，吃了水饺，做了过场，就各自回家看各人的婆娘了，而在剩下来的几十年里也都将是这样。

第八章

过了两天，钟馨郁喜气洋洋地搬了新家，爸爸去她那跟她吃了个开伙饭。新房子贴着鹅黄色的墙纸，挂着花边边的窗帘，收拾得很是舒服。桌子上头的菜都是爸爸喜欢的，桌子旁边还端端正正坐了一个眉清目秀的钟馨郁，喝一口啤酒，摸一摸小手，难免地，一股幸福的感觉涌上了爸爸的心间，他就这样说起了给娃娃取名字的事情来。

“薛哥，是男是女都还没个影子，怎么取嘛！”钟馨郁说。

“没关系嘛，都取一个放到嘛！”爸爸摆了摆手，喝光了杯子里面的酒，夹了一筷子酱肉丝。

钟馨郁自然不清楚段家的情况，不过爸爸就再熟悉不过了。家里面的人，从这一辈起，除了姑姑是个女的不说，其他人的名字都是有讲究的——全是爷爷的大手笔。

就算奶奶也不得不说：“就说这个写文章啊，你爸还真有点本事，给你们几个的名字都取得别致，不俗气。”

抓起心口说，一开始爸爸还真没觉得有什么别致的。他念一念“薛胜强”这三个字，觉得真是土得化渣流油了。“嘿！你不懂！”爷爷嘴皮上叼着烟，把爸爸带进房去看。

“你念一下呢，胜强。”爷爷指着墙上。

那时候他们还住在瓦房里面，墙面不过刮了个腻子，滚了个白漆，时间一久就像婆娘脸上打厚了粉，磕磕绊绊掉下来不少墙皮，难看得很。爷爷也懒得管，反正乱七八糟挂着他的各种玩意，爸爸在世界地图边上看到了爷爷指给他看的那幅字。

“你念呢，胜强，字都认得到嘛？”爷爷问。

爸爸还小，初中没毕业。他麻着胆子看了一看，发现自己还是认得这些字的，就念了：“知人者智，自知者明。胜人者有力，自胜者强。”

“哎！”爷爷舒舒服服地叹了一声，“这就对了！自胜者强啊，胜强！”

爸爸心里就稍微平衡了：老子的名字原来是有典故的！

等到了小辈子那里，老爷子更是做了功课：“这个名字，啊，你们说好不好。李白的诗，李白，那是好大的诗人啊！俱怀逸兴壮思飞，欲上青天揽日月，就叫作段逸兴！”他摇头晃脑地问爸爸和妈妈。

“好，听起来真是个有文化的人。”妈妈赶紧说。

奶奶也很满意：“这名字真正脱俗了，就说嘛，我们家就算是个孙女也不能像其他那些女的咿咿呀呀红呀柳呀的俗气。这个好，欲上青天揽日月，这多有出息！”

也是一时，后来伊就改了口，跟爸爸抱怨：“你说你爸取的啥名字？李白李白，李白那就是个疯疯癫癫的人，写的诗也是疯疯癫癫的，这名字能跟他取么？段逸兴，就是段高兴嘛，平白无故有啥好高兴的？弄得兴兴得了这疯病，你说你爸给取的好名字！这下是其他人看到我们的笑话觉得高兴了！”

爷爷当然不知道这一段，只还是得意。就说刘星辰他管不到了——嫁出去的女菜板上的肉，随便亲家宰割——但也私底下跟爸爸说：“你说亲家那家人还是省里面的大官，取的这是个什么名字？哪比得上我取的？”

“肯定嘛，肯定嘛。”爸爸嚼着花生，和他碰了一碰酒杯。

世事难料。转眼间，爷爷咕咕叮里个咚地滚到了黄泉路下，转眼间，爸爸就捏着酒杯子抓着脑壳皮，想起了给娃娃取名字的事。按照家里的规矩（这规矩也是笑人），一边一个地来，这个娃娃自然就该轮到姓薛了，是女娃娃呢，当然也不错，不过，要是个男娃娃就更好了。“你说叫薛腾龙好不好？多有气势！”爸爸说。

钟馨郁转了转眼睛，要笑也没笑。她在心里抓了个思量，最后说：“这名字也不是不好，不过，我听老家的人说，小娃娃的名字里面啊，最好不要有龙啊，凤啊——这些都是天上的神仙，没那个福气的哪能随便取，弄不好反而被克了，小娃娃嘛，名字还是普通点，普普通通才长得平平安安。”

爸爸就笑了，他想这女子长得倒是柳眉细腰，心里面却也真的踏踏实实。他就一把把她的肩膀抱过来，闻到她头发上喷香喷香。他说：“哎呀！我薛胜强的娃娃怎么可能没福气！我看这个名字不错！你就不要操这个心了！倒是才搬过来缺东西不？缺东西就跟我说，跟朱成说也一样，你也知道，我最近真的有点忙，老太太要过生，我哥回来了，现在我姐也回来了，你有事就给朱成打电话，喊他带你去买东西，我都交代他了。想买什么就买什么，啊？”

“好。薛哥你不要担心了，我自己会照顾自己的，你先把家里的事忙了。”钟馨郁抬起头，靠着爸爸的肩膀，小鸟依人地笑了个媚态横生，弄得爸爸心上痒酥酥的。

说句公道话，也不是说爸爸就故意要对不起妈妈了——哪个喜欢没事找事跟屋头的婆娘搞地道战呢？——但他真的是打从心里喜欢钟馨郁这个女子：农村里来的，小时候也算吃过苦，待人接物都让人舒服。不像妈妈，毕竟县委大院里面出生的女儿，多而不少的，总有点高高在上的味道。到了结婚的时候，外爷陈修孝还是给他黑着一张脸："薛胜强，我们安琴是家里头独生的女儿，真的是宝贝了又宝贝啊，今天交给了你，你可要好生对她啊，她没吃过苦，你多让到她，都成家了，你要更懂事啊！"

"这女子真的懂事啊，懂事。"爸爸捧着钟馨郁的白玉脸，端详了一番，埋头下去亲在她的嘴上，那是一个芳香扑鼻，绕指销魂呐。

四十多年过去了，爸爸依然生活在永丰县的县城平乐镇上，对它的熟悉程度超过了这里任何一个曾经和他睡过觉的婆娘。从夏天走到了冬天，从春天变成了秋天，路今天修宽了明天又变窄了，铺子今天开张了明天又转让了，这些都不能影响爸爸不时地想起他在这些街道上打群架诈金花赌台球喝啤酒的故事，以及在这些寻常巷落里他的老相好们。

从南街走到西街，从东街走到北街，没有一处不勾起他的回忆：南街老城墙边的台球厅拆了，变成了一家吃冷锅串串的大排档，而爸爸去那喝夜啤酒的时候又怎么能不想起"韦唯"来呢；幺五一条街现在变得气派多了，夜总会亮晶晶地开了几个，红幺妹当然退休了好些年，但爸爸每次把脸埋到外地小姐们的乳房里面去的时候还是能闻到她的味道；东门夜市边上魁星楼里住着白勇军的老婆邓娟，夏天逛夜市的时候爸爸也会在人堆汗臭里怀念起和她厮混的滋味，他们两个人一滚到床上了，半句话都不说，扯下对方的裤儿只顾发那一肚子的鸟气；县医院的护士肖静姝现在嫁了儿科的朱副主任，也早就是护士长了，只是，当爸爸喉咙发着炎去吊盐水，当她黑着脸把针尖尖戳进他手背上的时候，他又怎么能不浑身一抖，想起当年在护士宿舍里掰开的那双白嫩滑手的大腿；还有北门土产公司的席红珍，听说去年提前退休了，而土产公司的铺面也早就被个体户承包卖起了电动自行车，就算是这样，爸爸也没有办法不在路过那里的时候想起她，想起自己第一个正儿八经的女朋友，想起她尖下巴细眼睛里的娇媚，一把把自己推到床上再一屁股坐上来的风骚；还有……太多了，太多了。

对爸爸来说，跟妈妈结婚是一个坎，四十岁上来是一个坎，跟钟馨郁好了又是一个坎，不知道从什么时候开始，他洗心革面，变成了一个专情致志的好人。有名有姓的老情人旧姘头，分的分，断的断，除了极其偶尔地去一下夜总会，就再也没了其他的野食——“养兵千日用兵一时啊！”等到爸爸从钟馨郁家回来，路过了千里马电动自行车店，终于忍不住感叹起来。

谁能想到，爸爸也能落到今日这般田地：一个妈妈，阴阳怪气地笑得甜蜜蜜来发恶心，弄得他没了掏枪亮剑的心情；一个钟馨郁，口口声声说什么怀孕前三个月不能行房，也不管他是不是子弹都上了膛。两头捞了空，方圆儿里更没半只能抱的佛脚，留得他大白天的在街道上捞着个烧心挠肺穷痨恶瞎的鸡儿，就如那绿头苍蝇失了翅膀，翠衣黄鹂没了声响。

也是天无绝人之路，都说平乐镇街上走两步要遇到三个熟人，果然不假。爸爸正在这边彷徨，却见着斜路里来了一个刘玉芬。说起来和妈妈同着办公室，又是大伯的老同学，经常听到名字在念，却也很有两个月没撞见伊的玉尊了。他自然打起了个笑脸，喊她："刘美女！"

刘玉芬穿着条桃红色的碎花裙子，在北街上一走分外打眼，她转过头来看见爸爸，只愣了一秒钟就笑得眉花眼笑的了："哎呀！胜强，好久没看到你了！"

"是好久了！"爸爸问她，"你下班啦？"

"没，这才吃了午饭，说走出来逛一下街嘛。"刘说。

爸爸跟她说一说话，看一看她，才觉得真是岁月不饶人啊：这些婆娘些转眼间老的老，肥的肥，黄的黄，蔫的蔫，都随雨打风吹去了。

当然了，话总不能这么说。"刘美女越来越漂亮了嘛！"爸爸笑呵呵的。

"哎呀！"刘玉芬又笑起来了，"哪比得上你啊，你看你们安琴把你打扮得，越来越人才了！"

这招太灵验了。伊一把妈妈拿出来供起，爸爸就连嘴上揩个油的心情都没了。"安琴呢？不跟你一起出来？"他规规矩矩地问。

"安琴啊，"刘玉芬摇摇头，"她最近都不爱逛商店，每天啊闷声不响愁眉苦脸，是不是你跟她吵嘴啦？"

这婆娘真不懂什么是客气。爸爸心里面咂了咂，也不好表现，就说："哎呀，老夫老妻，吵两句嘛，哪会放心上！"

"胜强啊，"刘玉芬像是把笑贴在了脸皮上，"我们认得到二十多三十年了，我和安琴一个办公室也有十五年了，你们俩的事就跟我自己的事一样，看到安琴难过，我也跟着难受啊。你们现在不懂，有些事呢，拐个弯弯就没了，你看看我，一个人孤儿寡母，像什么样子！”

“你看起来倒是红头花色的呢！”爸爸没把这话说出来，被她一席话粘在脸门上，只有笑嘻嘻地说：“是是是。”

他倒想走了，这婆娘却不放他走。大马路上两个人站作一处，继续闲话家常。这刘玉芬肯定是离了婚闲得慌了，话多得二十箩筐都装不完，说完了妈妈，又说奶奶过生，然后问大伯是不是回来了，又探询他每天在做什么，等等等等。

爸爸说：“他每天比我还忙一样，不见个人！”

刘就眯笑眯笑地说：“忙了好，忙了好，说明受欢迎嘛！”

“哎呀，啥啊，我看他就瞎忙，该做的不做，该操心的不操心。”爸爸嘴里面念着，心里想着其他的事。

刘玉芬却像是明白他在想什么一样，说：“哎呀！你就不要担心了，你哥的事啊，他比哪个都清楚！你放心！”

“等于你又懂完了！”爸爸心里念了一句——嘴面上当然还是什么也不好说，他笑了一下：“刘美女，不说了，我要赶紧回厂里头去了，最近给老太太祝寿的事，忙得很，改天约了耍！”

两个人终于没在路边上站出一个坑坑，爸爸脱出身来，提一提裤腰带，挥手打车去了豆瓣厂。

厂里头倒是热闹得很，锣鼓喧天地赶走了爸爸的失落。说了没的？大前天，大伯陪姑姑来看场地，看一看看一看，也不知道是谁的主意——“肯定是段知明那个兴妖作怪的嘛！”——说把厂里面的员工找来自己排个节目：配乐朗诵《春娟豆瓣赋》。这还不止，姑姑同意留下来帮着排练这个节目。两个人还给爸爸封了口：“不要给妈说啊，要给她一个惊喜。”——头一天，爸爸也去晒坝里头看了个稀奇：营业部的，会计部的，曲房里面的工人，销售部的，甚至食堂里面两个帮工的，都自告奋勇来参加选拔，站在临时台子上，操着椒盐普通话大声武气地念，“平乐古都，先秦立郡，山灵溪清，乐乎乡民，千里饮食，冠在春娟……”爸爸还奇怪什么时候厂里面的人这么假积极了，一打听，才知道是大伯说了：大家多参与，选上了发两百块钱。爸爸气不打一处来，转屁股走了：真的是败家公子，钱不是钱！到了下午，办公室曾主任又来找他签单，还是寿宴（现在叫“春娟豆瓣庆”）的单，眼睛都没眨又要支八千元，爸爸反正只有签了——发给这些蛤蟆唱歌嘛！哄老太君高兴嘛！“等于他们平时不拿工资啊？”他还是跟朱成抱怨。

“哎呀薛厂，”朱成倒是会开导他，“你就让大家热闹热闹，有这个活动，厂里面的人都多高兴的，也提高工作积极性嘛。”

“算了嘛，我们厂头的人，一个二个皇帝老爷一样，混吃等喝的，他们哪天有工作积极性了，我跟到他们姓！”爸爸点了一根烟。

“是有点，是有点。哎呀，薛厂你不要气嘛。”朱成应着。

不气嘛。奶奶早就教过了：“他人气我我不气，我的心中有主意。”爸爸下了出租车往厂里面走，看见行道两边的花台里已经插上了印着广告的彩旗，便高兴起来。“还算这段知明不是只会花钱，都还好看！”他想。

他又走进去，穿过晒坝回办公室。马上就是五月了，天气渐渐开始热起来，大下午的太阳白花花地晒着，姑姑还站在台子前面扯着喉咙，一个字一个字地教选出来的那十个人念书。爸爸就走过去叫她："姐，这么大的太阳，你们不要在这晒，去会议室练嘛。"

"没事胜强，我怕他们不是专业的，到时候怯场，所以就先在大场子上练练。"姑姑手里卷着一个笔记本，专心致志地看着台上。

爸爸不懂这些事，说不知道怎么说，就问："那你们喝水没的？有没水？喊小曾去买两箱水嘛！"

"有的，有的。"姑姑指了指放在舞台下面的一箱矿泉水。

"大哥呢？"爸爸四处看了看，平时这个时候，大伯肯定是像蜜蜂一样忙碌着，生怕哪个忘记了这都是他的功劳。

"他今天中午吃了饭就上街了，说有点事。"姑姑这才抬起头来看了爸爸一眼，爸爸看见她额头上亮晶晶地挂了好几颗汗珠。

爸爸又是心疼，又是无名火冒。"你把姐留下来是帮你做事的啊段知明！"他心里骂大伯。

就是大前天嘛，他还口口声声地跟爸爸说："胜强啊，我也不是想姐累，不过她和大哥的情况你也听说了，我想她留着散散心也好，平乐镇有家里人，又有这么多老朋友，也有个照顾。"爸爸觉得他说得的确有道理，他真心实意地点了点头："那姐要住就住嘛，房间开好了，她想住好久都没问题。"

"这个白脸鸡儿真的是说得比唱得好听，一拍屁股跑了，留下姐一个人在太阳坝下面排节目！"爸爸好说歹说让姑姑他们挪进了会议室排练，一路骂着大伯回了自己办公室。

这一回，爸爸是真的气不过了，喝了半盅茶也不下火，他拿起电话来打给大伯。

电话响了二十多声，就是没人接，爸爸想不过，又重新打了一次，还是没人接。他心不在焉地从笔筒里面抽了一支签字笔出来，肝精火旺地在手上来回转，盘算着这大伯到底是去了哪里。

“不想看到你呢你每天都在我面前杵起，要找你了呢你又钻到哪去了嘛！”爸爸看着那支漆黑的签字笔转得圆溜溜的，心里想着。

倒不是爸爸今天就特别思念大伯了，他啊，纯粹是在怄他自己的气。还有那个龟儿子的钟师忠嘛！脑门芯杵倒了，一天到晚鬼迷了心窍。爸爸继续转着笔，扭起眉心来想：“喝酒说的话嘛，说了就算了嘛，你怎么就当真了！”

人家钟师忠说得倒轻巧：“胜强！这事不怪我啊，你说得真真切切的，我哪能知道你哪句是说起耍的哪句是真的，我老老实实的，回去就跟我妈说了，我妈呢就上心了，马上联系了一个。姓王，以前我们纸厂一起长大的，这个女的啊真的不错，不然我也不好意思介绍给知明了。三十三岁，漂漂亮亮的，没结过婚，脾气也好，自己开了个美容院，有房子有车，绝对配得起知明。你一定要管这个事啊，不然我妈下不来台，要给我打上身的！”

爸爸真的是没好气，这么多年朋友了，他当然知道钟是装起个闷猪儿要来骑老虎了，只有说：“钟师忠你五十多岁的人了，你妈还打你啊？”

“哎呀胜强，你就不要洗涮我了。你就给知明说一声，大家出来吃个饭，交个朋友，有啥关系？人家女方都同意了，你说不去真的不好说的！”钟师忠几乎是苦苦哀求了。

早就说了，爸爸真是个善心的人，被钟师忠这么一磨，又想到这大伯每天形孤影单越来越阴阳怪气也不是个办法。于是乎，第二天天大亮，爸爸去他的情妇钟馨郁那吃了顿便饭，就马不停蹄地来豆瓣厂找大伯了。

爸爸又给大伯打了个电话——钟师忠说了，好事拖不得，正好又是周末，今天晚饭前给他扯回消①最好——他正听着那电话里一声声“嘟嘟”像哪双纤纤手在扯他的命肝心，大伯接起了电话。

大伯先是咳嗽了一声，他的声音在爸爸听来是格外假惺惺，还温温柔柔的：“胜强啊，你给我打电话呢？抱歉抱歉，我刚刚没听到。”

“哎呀！”爸爸不管三七二十一，先叹了一声，“你在哪儿啊？给你电话都打烂了！”

“我，我在北门这边。”大伯说。

“北门？我刚刚才从北门过来呢，没看到你呢。你在北门干啥啊？”爸爸问他。

“有点事嘛，有点事，”大伯说，“你呢？你找我什么事情啊胜强？”

“噢，这样子的，钟师忠说的，今天晚上一起吃饭。”爸爸轻描淡写地说，说来是自己的亲弟兄，但他真是摸不透大伯这个闷葫芦，决定先把他骗上船再说。

“又吃饭啊？我想今天自己随便吃了回去宾馆电脑上做点事，我自己工作上还有事。”大伯说。

爸爸这才想起大伯这一来快两个星期了，也不在大学里面教课。“你说现在的教育水不水！”他心里暗暗下了这么个结论。

所以嘛，大学里头学出来的怎么能比得上爸爸这种酒里泡来

① 扯回消，意为告知反馈的消息，类似于回个话儿。

刀尖上滚的超哥，他马上说：“哎呀！哥，你难得回来，人家钟师忠都订好包间了。这样，你就来吃饭，吃了饭，你就回去做你的事，绝没有第二摊！”

“那就只吃饭啊？不喝酒那些，我今天真的要回去做事。”大伯强调。

“对对对，只吃饭，晚上六点半鱼跃庄，不要晚了啊。”爸爸嘴上答应得恳恳切切，心里自然是打个哈哈：只吃饭？不喝酒？平乐镇上几十年，他薛胜强还没读过这本书！

这头点住了卖油郎，那头爸爸马上给钟师忠打电话扯了回消：“说好了！六点半，鱼跃庄，不见不散！”

末了，他还不忘再提醒他：“我没跟我哥哥说是相亲的事啊，不然他肯定不得来。你懂嘛？”

钟和爸爸的关系就真是左手摸右手了，他马上说：“我懂，我懂，没问题。”

到此为止，爸爸总算是定下来这件大事，做了钟师忠的人情，请了大伯的夜饭。安安心心地，他把笔插回笔筒里面，喝了一口清花茶。

从前西门上有这么两个，一个秦结巴，一个段小手。说秦结巴吃刀削面——清早从菜市场门口过了，面馆的老板说：“老秦，下碗面吃啊？”秦结巴就站住了，看着老板，说：“下，下，下……”老板呢，手里面抓起的是面团子就哗哗往锅里面削，才听到秦结巴说：“下，下午，来，来吃。”说段小手看电影——上头正在放电影，他看到隔壁女娃娃漂亮，就过去摸人家，东摸摸来西搞搞，女的自然就发气了，一把捏到那只手，转过来说："哪家的娃娃没人管……哎呀，你是个大人的嘛！"

这两个故事未必是真的，但凡是西门长大的都听得会背了，所以偶尔无聊得很了，还是拿出来又要讲一下。说秦结巴吃面，高潮是所有人都一齐说："下午来吃！"说段小手看电影呢，大家就都笑哈哈地喊："你是个大人的嘛！"——基本是这样的情况，我们镇上的人的确是淳朴老实的，听了再多年的老笑话也不嫌烦。

爸爸以前是气的。哪个敢当着他的面说段小手的笑话，那真是皮痒得来要讨打了。后来，大伯读了大学，几个月不回来，半年不回来，两年都没个人影了，他也就觉得无所谓了。偶尔人家说到这个笑话，他也跟着哈哈笑一下，笑一笑嘛，不伤和气。

如此这般，等到爸爸坐在鱼跃园包五里面，陪着一个钟师忠，对着个柳眉弯弯的王艳丹，自然觉得这陈年的玩笑已经无伤大雅了。反正大伯人还没来，王艳丹跟他们寒暄了两句，还是忍不住问了："薛哥，你不要说我俗气，我听人家说，你哥的手好像有点问题？"

也罢了，爸爸思量着本来是要说对象的，肯定逃不过这个问题，他就大大方方帮大伯承认了，还说了这个笑话来解嘲一番，末了，补充："这个故事说明了，我哥嘛，那只手小是小了点，不过还是灵活得很的。"

王艳丹果然笑得弯了腰，似乎放下了顾虑。她喝了口杯子里面的红白茶，说："薛哥，你才是幽默的，段老师年轻时候那么风流啊？"

"哎呀！我哥真的还是帅，年轻的时候那肯定风流嘛！哪个年轻的时候不风流呢？你说呢？"爸爸看着这个婆娘脸上的皮绷得跟白缎子一样亮闪闪的，心里想：“开美容院的就是会保养些。”

王艳丹笑吟吟地不接爸爸的招，说：“薛哥你说笑了，你们镇上的娃娃才是风流。我们厂里面长大的，没见过世面，从来就胆小得很！”

“这倒是啊艳丹，我就觉得你以前说话细声细气地跟蚊子一样，两句话不对就要哭，现在好了，长大了大方多了！”钟师忠拿出来老大哥的架势。

“钟哥啊，你就不要说我了，我这都三十多岁的人了还没嫁出去，老都老了，还说什么大不大！”王艳丹软声软气地说。爸爸呢，听到说大不大，下意识地，就瞟了她的胸部一眼：“有。”他迅速下了判断。

大伯还没来，不过包房里话已经说得热气腾腾了。爸爸手心摸脚心地仔细琢磨着这件事，觉得大伯和这个婆娘倒很有可能成事。真的，这婆娘不错：大方漂亮，性格开朗，人也聪明得体，又已经对大伯有了一些好感——“这样都拿不下他段知明，我不信了！”他心想。

想完他的手机响了，正是大伯。他刚刚停了车，正在往这边走。“你们在哪个包房啊？”他问。

“我来接你我来接你！”爸爸赶紧站起来，给钟使了个眼色，推开门走了出去。

后来爸爸总结：“见过不解风情的，没见过段知明这么不解风情的！”说完还不解气，他又加了一句：“狗日的！”——这样才算数了。

见仁见智嘛，说大伯不解风情，他也倒还是风度翩翩。爸爸看见他远远地走过来，穿了一件说不出是蓝还是灰的细条子衬衣，一条麻色的裤子，那个脸膛，那个风度，真要找些人来才比得起。他看见了爸爸，挥了挥右手，小步跑了过来。

“胜强啊，不好意思不好意思，等久了等久了！”他抱歉地说。

大伯马上就要往饭店里面走，爸爸一把拉住了他，跟他说：“哥，你先不要进去，我有点事要给你说。”

大伯就站住了，看着爸爸，心都捏紧了的表情，问他：“怎么啦，胜强，你出什么事了？”

爸爸一肚子没好气，心头骂他：“你咒老子嘛！老子出屁的事！”

骂归骂，他还是轻言细语把里头的阵势给大伯解释了一通，钟师忠啊，钟老太太的热心肠啊，王艳丹的一表人才啊，他本人的不好推脱啊，等等。“反正你就进去吃顿饭，大家认识一下，就当交个朋友嘛！”

爸爸自以为吧，自己是情理周全，声色俱备，这卖油郎站都站到了花牌坊下，万万没有打转身的道理，哪知道大伯硬是沉下来脸，说：“胜强！你这样做就不对了！这么大的事你应该先给我商量啊！这不妥当，不妥当！我还是先走了。”

他还当真就转身要走，爸爸赶紧一把拉着他，两兄弟僵持在鱼跃庄门口，外头里头进出了歪瓜裂枣好几个人。“哥！你都来了，不要为难我嘛！进去嘛！这拉拉扯扯不好看！”爸爸说。

“你不要拉着我，我真的要回去了，这不行！”大伯丝毫不让步。

哀其不幸，怒其不争，爸爸急红了眼，差点就要骂他：“你当年在红幺妹那有没这么扭扭捏捏的呢！你还是个男人！”

幸好，他还没骂出口，钟师忠这鬼精灵正打这当口上窜了出来，一把拉着大伯：“哎！知明来啦！走走！进去！站在门口干啥！”

两个拉一个，大伯没了奈何，加上也不好意思在外人面前难堪，总算走进了包房。

好嘛，这样也就对了。爸爸心里面想，这段知明也是个男人，你看这美美俏俏的娇娘子端端坐在你面前，不说长久了，宴席上总能做个亲热吧，没问题了嘛，搞定了嘛。

“搞得定个屁！”后来他说起来的时候忍不住又骂了一句怪话。

大伯先是客客气气地坐下来，王家娘子呢，见他果然是长得一表人才，文质彬彬，眼睛都亮了，一口一个“段老师”叫得甜蜜蜜，还递过一双白玉玉的手来给他倒红白茶。

哪知道大伯说：“我自己来我自己来！”半路劫了人家的茶壶，给自己倒了满满一杯茶，一口灌下去了，正是：喝了这碗砍头水，干干净净来就义。

这下，王也看出了他的扭捏，好在她是个有涵养的人，笑了一个坐下来，跟钟师忠说：“钟哥，我们上菜了啊？”

为了避免尴尬，大家都决定努力先吃饱肚皮。大骨汤，白鱼头，红辣椒，绿花椒，热滚滚的汤锅煮起来，搅动了内中的黄鳝脑花肉圆子，土豆香菇方笋片——倒是热闹了，桌子边上的人也总要找些话头来聊吧。

郎君不急媒子跳，爸爸可算见识了钟师忠舌灿莲花的本领，一张本来纹丝不动的桌子硬是被他说得飞转转了。先说大伯。说他当年在镇上的时候那是义气本事，老钟我就算虚长几岁也是不得不服。高考状元这个没人不知道的，不多说了嘛。现在永安大学数学系的教授嘛，数学！那是好高智商的东西啊！电视上经常上节目，对不对？事业有成，真是事业有成啊——这是真辛苦，这么多年光是扑在事业上了。再说王艳丹。说她以前纸厂子弟校如假包换的校花，学习成绩也是前几名，说她当年啊让多少小伙子断送了卿卿性命，说这个女子也是孝顺嘛，二十岁，老汉得了肝硬化，一把把的钱就丢进去，大专没读毕业硬是出来工作了，也是拼事业嘛，现在你看，三十出头，开着那么大一个美容院，房子两套，车子也有，人还这么漂亮，又单纯，真是不容易啊。

钟师忠真是说得好来说得妙，说得王艳丹连声娇呼“钟哥，你不要瞎吹牛了，人家段老师听了笑话了！没有的事”，说得爸爸眼睁睁就又吹完了一瓶啤酒，最后是说得估计连他自己都想离婚再娶了。大伯呢，仔仔细细听他说完了，笑起来，搭话说：“这么说，小王你这么多年都是自己一个人奋斗过来，那真是不容易啊。”

满桌人都以为他终于来了兴致，王艳丹说：“也没有，你不要听钟哥的，反正就踏踏实实做事嘛。”

“那你现在那个美容院，规模不小吧？”大伯却仔仔细细问起来，和颜悦色，像个找学生谈话的教导主任。

“段知明，你不得噢！人家好生生一个漂亮女子，你调查人家身家干啥？你有本事要倒插门？有你这样泡妞的嘛！”爸爸在一边看着不好插话，心里干着急起来。

他不说话，大伯倒真是调查起身家来：“美容院有上下两层，员工三十多个了，这一项少说也是上百万了，然后房子呢，有两套是吧？地方在哪儿呀？嗯嗯，地方都不错，那这么算起来照现在的市价怎么也得一百五十万吧。还有车子，开的什么车子？好车好车，没五十万下不来吧？那你炒股票炒不炒呢？哦，没那个习惯，也对也对，好好。”

王艳丹自然是莫名其妙，一边回大伯的话，一边看着钟师忠求救。钟师忠呢，刚刚吹牛吹过了头，收也收不回来，不知道大伯这是要跳什么大仙，难道书读多了的人谈个对象就这样？怪不得这么多年都没着落。爸爸呢，反正就在心头骂怪话嘛，恨不得把自己的老脸门埋到火锅里头烫来吃了。

“那，小王，”大伯做完了过场，坐正了，给自己舀了一碗雪白的鱼汤，撒了点葱花，拿勺子一下一下地搅着，终于像是要说些人话的样子，“真不好意思，初次见面就问了你这么多，不过我想我们既然都这么大的人了，也是诚诚恳恳想要来认识当朋友的，所以就不多说什么花巧，大家互相多了解是最实在的。”

王艳丹说：“段老师，你说得对，是应该相互多了解，没关系，你想问什么尽管问。”

“我倒真是还有一个问题，”大伯用勺子舀起一勺鱼汤，放到嘴边上，吹了吹，喝了，“这个问题可能有点不礼貌，我是个读书人，可能真是有点迂腐了，想到就问了，希望你不要介意。”

“哎呀哥！你都说不礼貌，你就不要问了嘛！你问那么多干啥！”爸爸终于插了一句话。

“没事没事，”王艳丹赶紧摆摆手，“段老师你问嘛，没什么不能问的。”

好一个大伯，他便放下碗来，放下勺子来，把两只手端端正正放在桌子上，放好了，问：“我就想问一下你，小王你一个纸厂职工家庭出生，大专没毕业在理发店打工的，不投机倒把炒股票，也没中过什么大奖，现在三十出头就有了这样的身家，当然，我相信你是有能力的，不过，我怎么也算不通这笔账。我就好奇，你的钱都是从哪里来的？你要说美容美发能赚这么多，我还真没法相信。”

爸爸发誓，当时，他自己的耳根子都一下子红穿了！

一个包房没人说得出话来，锅里大鱼头倒是翻得欢。

王艳丹的眼睛一下子就红了，但终于没把眼泪水流出来。她把筷子放下来，吸了一口气。看见她那个样子，爸爸恨不得世界上根本就没有段知明这个阴阳怪气的人：“你个龟儿子的！你好意思是我薛胜强的亲弟兄！”他心里骂。

“段老师，我听出来了，今天你来吃这顿饭，根本就不是诚心来的。我本来不知道这个情况，也没想那么多，只是想大家交个朋友也好。现在，既然你没这个心，那我还是先走了。”颤着个声音，王艳丹好歹把话说完了，她一秒钟都没多留，站起来拿了包包就走出去了。

“艳丹！艳丹！”钟师忠赶紧站起来追出去，他真是个厚道的人了，也忍不住回头看了大伯一眼，说：“知明！你是教授翻天的，看不起嘛，就算了！何必要这样子！”

两个人，两甩门，走了个干干净净。留下爸爸一个人跟大伯关在包房里，他说，他当时是把拳头捏得跟石头一样了，放在自己硬邦邦的膝盖头上。

回想起来，这样的情况爸爸这辈子碰到的就是这么几次：奶奶把他丢到晒坝上搅豆瓣是一次，发现妈妈给他戴了绿帽子是一次，爷爷下葬那天在庆丰园吃饭是一次，还有现在也算是一次了。

每次到了这样的时候，爸爸都要问自己："怎么办？狗日的怎么办？"是干脆就拳头一捏，桌子一掀，门一甩走了，管你们惊呼呐喊地去收拾烂摊子，还是一屁股把砂锅坐穿了，既来之则安之，听一听，看一看，看你们这些妖精十八怪的人还要装哪门子的怪，换言之——当然爸爸是不承认这个说法的——就是忍呢？

爸爸诅咒发誓，这一次，他自己是真的抬起了半个屁股，举起了一个拳头，马上就要当着大伯的面砸到桌子面上，管它什么锅碗瓢盆，叮叮当当，总之："段知明你有毛病啊！你拆老子的台不是这种拆法嘛！"

他看着大伯。大伯一身行头干干净净，右手手腕上的钢表亮闪闪，但脑壳一埋，脖子上的皮也终究开始松垮垮地皱起来了。最后，爸爸硬生生吞下了这口浓痰，把一口冰冷的啤酒灌下去，说："哥啊，不是我说你，你今天说话真的有点过分了，人家一个女娃子，何必这么让人下不来台呢。"

大伯不说话，他拿起桌子上自己的啤酒，喝了一口，叹了一口气。

爸爸耳朵里听到了这口辛酸气，心里面一下子就翻倒倒的，他忍不住说："哥，你说你这么多年了，知识分子嘛，眼光高，都想自己的事业，不过我，妈，还有姐啊，你说我们哪个不担心你，你真的还是应该安心成个家，有个老婆，有个娃娃。"

大伯张了张嘴皮，又张了张嘴皮，他终于张开了嘴皮，说："胜强，你说得简单，你是最小的，又聪明能干，从小到大你都跟在妈身边，处处有妈心疼，出了事有妈管，没吃过什么苦，要风得风要雨得雨的。我呢，我十几岁被撵出了门，什么都靠自己，我的难处你哪懂啊，我的难处……唉，有个老婆，成个家，你以为我不想？唉！”

真真你个稀奇了！爸爸听着大伯说出这番话来，想笑一声呢又卡在喉咙上，想气呢又觉得荒唐，他只有又倒了一杯啤酒，灌了半杯，说：“哥，你这话说得真有点笑人呢！我没吃过苦？你那是去读大学了，你弟娃儿我呢，我天天在晒坝上翻缸子，洗坛子，挨板子，妈好久管过我啊？”

当局者迷，旁观者清。事情变成了这个样子，还是妈妈看得清楚些，妈妈说：“你说你爸他们两弟兄也是绝配了：一个你爸，闷呆呆的没长心；一个你大伯，那个心思啊弯弯曲曲的蚂蚁都爬不出来。我一个女的看到他们都觉得好笑，你说这两个人这么多年到底是在跟哪个怄气嘛！”

爸爸也不得不承认妈妈说得对。他说：“这么多年了，我跟我哥怄了这么多年的气，到底为了哪个嘛！”

那是一九八三年的事了。本来呢，爸爸和大伯是在一起打群架当超哥的好弟兄，甚至先后跟红幺妹睡了觉。转眼间，哥哥背着铺盖，提着开水瓶去永安城上大学了，弟弟呢，就霉头霉脸地在仓库里头搬豆瓣，一个不对就要被陈修良打上头，他就想：“唉！算了嘛！哪个喊我读不得书呢，比不得我哥，我又考不起大学，就只有做活路嘛，挨打嘛。”

滴溜溜过去了二十多年，爸爸埋着脑壳气汹汹地一挑豆瓣走到了底，然后才这么开天辟地第一回，从大伯段知明的嘴里听到了这些妖精十八怪的话：

“胜强啊！”大伯也一口喝了半杯啤酒下去，“你还说妈不管你？这个家头她最维护的就是你了！你看看现在这个家，厂里面，家里面，哪样不是你在管，这些哪样不是你的？我有什么？姐有什么？你说妈怎么不管你啊？”

这下，爸爸瞠目结舌，一句话都说不出来。他薛胜强安安心心守在平乐镇屁股大一块地上，管着指拇大的一个春娟豆瓣厂，最多有两口酒喝，有几个婆娘睡，就这样，他还占了什么便宜？把哪个打到了？

他眼见着大伯气呼呼地把剩下那半杯啤酒也喝了，终究还是想起来要不服气了，说：“厂还不是家头的，又不是我的，你们想管，都可以回来管嘛。”

“你以为呢？”大伯拿起手边的啤酒瓶子倒酒，没酒了，他就拿过爸爸面前的酒瓶子来给自己满上了，接着说，“那个时候，周小芹怀了娃娃。我在妈面前跪了一晚上，我说我不读书了，我去厂里面工作，我挣钱，我就想跟她结婚，把娃娃生下来。你知道妈怎么说？”

爸爸从来就没听过还有这么一段。他盯着大伯，看着他眼睛里面红红的，眼睛边上长着苍蝇腿一样的皱纹。

你说奶奶怎么说？奶奶她说话从来就是轻言细语的，这叫作有理不在声高。教育家里几个孩子，倔的倔，痴的痴，浑的浑，一碗水还要端平了，那是真的不容易啊。她跟大伯说：“知明，你二十岁满没的？就要结婚了？你可以养家了？你想去厂里面工作？妈老实给你说，你这个情况，就不要想这些了。”她指了指大伯那只左手：“你啊，你也不是不懂事，从小到大，这个镇上的人怎么笑我们的？你还想留在豆瓣厂做事？这个厂啊，以后能靠的就是胜强了。你呢，你的出路就是读书，你唯一的出路就是走出去，只有这样，你才能不被人家笑，我们这家人才能不被人家笑。”奶奶稍微停了停，看了看大伯，叹了一口气，接着说：“至于周小芹这个事，你太年轻了，根本不知道这些事的后果，妈也年轻过，年轻的时候哪个不犯点错误呢——过去了我也不想再多骂你了，响鼓不用重槌，这件事你就不要再提了，就当是个教训，妈会给你处理。仅此一次，下不为例。你就好好读书，好好考出去。今年考不上明年再考，明年考不上后年再考，没有第二条路，你懂不懂？没有第二条路了。”

至少有一件事爸爸是确定的，那就是大伯真是个读书的料。奶奶说的话这么多年了，他还记得清清楚楚，一字不漏。至于爸爸自己，老实说，他早就忘了事情的具体过程了，基本上他就是被奶奶、爷爷、周家圣挨个打了几顿板子，他呢，声嘶力竭地骂了几句怪话，吐了几口口水，也就算尿了。而大伯当时是什么情况，在干什么，他真的记不清楚了，就觉得他每天都在屋里面看书，做卷子，复习高考。

他还心欠欠地想：“我哥就是不一样，打架打了，耍朋友耍了，该考试还是要复习，一样都不耽误。”

鬼大爷的！爸爸坐在板凳上听大伯说这些事，听得烧心挠肺地想抽烟。桌子中间的鱼头锅早就关了火，清风哑静的，锅面上的油结在一起，把下面的海椒和没吃完的鱼肉埋了个严严实实。爸爸实在忍不住了，就拿出烟来点了，狠狠抽了一口，吐出来，飘得包房里面刷白刷白的。隔着烟，他能看见大伯红着一双眼睛，嘴巴一张一闭地说这些话，说他自己，说奶奶，说他这双手，说他的老相好周小芹，说他孤苦伶仃地过的这么多年。

大伯说：“胜强，我真是羡慕你啊，从小就羡慕你。爸和你最亲，妈也最维护你，这么大一个家业，里里外外都是你的，厂是你的，再多的遗产也肯定是留给你的那份最多——我不是说就是钱的事了，这归根结底还是个感情的事，对不对？你看我，从小就要受气。妈妈每次口口声声骂爸弄坏了我的手，你说，”他摆摆手，“她哪儿是骂爸啊，她是骂给我听，骂我是个残废。我哪能像你啊胜强，想做什么做什么。在这个家里，我从小就知道要听话，要懂事，要好好读书，要讨爸妈欢心，不然，我还有什么？你看你，小时候你读书读不好妈也不说你，长大了你出再大的事妈都给你收拾到。你现在的日子这么风风光光，钱用不完，哪样不顺心？在外头养了一个，妈还要帮你把安琴哄到。我呢，我一个穷教书先生，万事都靠自己，也无非就是个人问题还没解决嘛——这难道是我愿意？你说我对周小芹……”他眼睛红通通的，吸了吸鼻子，“我这辈子，这辈子都对不起周小芹这个人，我能拿什么脸面去跟其他人结婚？这件事难道妈就没责任？要不是她……她现在对我什么态度？好像我没结婚是犯了天大的恶事，说起来就要跟我发脾气。胜强，老实说，我知道我今天对小王是过分了一点，你和老钟都是好心好意的，”大伯抬起右手来抹了一把眼睛，端起酒杯喝了一口，“可是，结婚这个事我再也不想被哪个安排了，你说我和周小芹……”他说不下去了，把酒杯子放在桌子上，只顾拿手抹眼睛。

爸爸也不知道自己是吓着了还是惊着了，大伯的话在他耳朵边上飘一飘，真像是仙山上的佛音。多余的他也没听细致，想明白，反正就是这么个意思——原来这么多年，段知明的阴阳怪气，哀哀怨怨，是这么回事!

一时之间，爸爸只是觉得胸口里面心揪揪地像有一百一千只蚂蚁在咬，眼见着大伯的眼睛红起红起就像是油碟里的海椒，他就从桌子上拿起一叠餐巾纸，伸手过去递给了他。

爸爸心里后悔得要死。什么王艳丹、钟师忠，这些人气跑了都算个屁！“老子真的是个闷墩儿哦！”他骂自己。

在一万件事情里头，他最后悔的还是买了那两包花椒，最后悔的还是自己在金叶宾馆的大堂里面，亲手把那两包花椒像炸弹一样递到了大伯的手里。

他想说：“哥啊，我对不起你啊，我不该给你买花椒，周小芹这事过了就过了，她也过得好好的，你就不要愧疚了。”他想说：“哥啊，这些事你咋会一个人憋这么多年也不说，你是怄妈的气，那你说你跟我说一句半句也好啊，你就说想要啥嘛。现在我管家了，我都给你做主，你不要气了，都过去了，现在还是要好好生生把日子过下去，你看你都是大学教授了，好了不起啊！”他想说：“是我不懂事，我该跟你说了再喊你来吃今天的饭，是我不对。”他觉得自己还应该说：“哥，你不要气妈，她话是这么说了，但她真的还是维护你的，你没听过她在我面前都是怎么夸你的，说起来啊，那脸都要笑开花。”

但爸爸什么都没有说出来，他就抽着闷烟听大伯说，抽了一根又抽一根，抽得包房里面都跟发了火警一样了。大伯终于说累了，不想说了，说也说不下去了。

“哥，喝酒嘛。”爸爸从地上的箱子里头拿出了一瓶啤酒，开了，给大伯倒了满满一杯，又给自己倒上了。

大伯口干舌燥的，咕噜噜喝了。爸爸也喝了，然后又倒满了这两个酒杯。

第九章

事情都是一步一步来的。起先的时候，爸爸黄瓜刚起了蒂蒂，在街上碰到南门操扁褂的青年子弟也要抖三抖，心里惊叹："南街的！"才过了几年不到，跟南街的打过了架，爸爸在面馆子里撞见北街办商的外地人，穿得舒舒气气的，吃碗面都要加两份臊子，"好有钱哦！"他就想。又等到他参加了工作，有了臊子钱，烟钱，甚至婆娘钱，他就羡慕起东门的官家子弟来：县政府后头，县医院边上，挨着干休所和县委家属院，进进出出都有黑黢黢的红旗小轿车。"听说里头的人家家都有电话机！"钟师忠告诉他。很快地，他跟妈妈耍起了朋友，进进出出着未来岳父陈修孝的家——也就不过是那么回事了。

对爸爸来说，平乐镇里里外外终于成了一副手板心心：大拇指扳到二拇指，后花园立着三匹马，两个童儿打一打，隔壁子的王婆婆再说点闲话，也就完了。一九九五年，爸爸马上满三十岁，基本上是这么个情况：豆瓣厂里是个厂长助理，实实在在的二把手了，代厂长朱胜全要退休也就是几年里的事；黑白两道上都是从小耍到大的朋友，一个个成了副主任、大队长和小舵爷了，可以签单了，说话也有声音了；走到外面他高高长长的，身材还有，肚皮没的，脸门不差，出手又大方，没哪个婆娘不想贴一下；家里娃娃上了小学，算是阶段性脱手了，一个老婆皮白腰杆细，入得厨房，也出得厅堂，再加上还有老丈人这个硬关系在，没有哪个弟兄不羡慕，说薛胜强真的会找婆娘。

于是，那一年里，春天一来，满城开的都是红艳艳的杜鹃花，唱的都是火辣辣的老情歌，爸爸走在平乐镇街上，忍不住是春风拂面，春意如酥啊。

但事情都是一步步来的。先是钟师忠，有次喝酒的时候问他："最近安琴还好嘛？""好啊！"爸爸随口就说，"她就那样子嘛，没事去美容院里头洗个脸，吹个头发，过得舒服哦。"然后有几次，也是在外面吃饭的时候，有人说："薛胜强，你最近要注意到哦！""注意啥？"爸爸转头问了一句。人家没接，他就忘了。后来呢，他自己都开始觉得有点不对头了。具体是哪儿不对他也说不清楚。似乎，隐约，有那么一点感觉，妈妈跟他说话啊，一起吃饭啊，甚至做爱的时候啊，都有那么一点奇奇怪怪的。"龟儿子的，难道是外头的哪个婆娘被她发现了？——那都是搞起耍的嘛！"爸爸抓着脑壳想。他决定还是先观察一段时间，不要自乱阵脚落入了敌人的圈套——这么又过了半个多月，奶奶把他喊回去，跟他说："胜强，最近你和陈安琴是不是有什么问题啊？"

爸爸心里面铛地吃了个铁秤砣，想："陈安琴这个婆娘还阴毒的！一句话没跟我说就跑来告御状了！"

他正想抹两爪灰面，抵死不认这个账。哪知道奶奶也是见过世面了，端端正正地坐在单人沙发上，斜对着爸爸，轻言细语地说："我听人家说，陈安琴好像有外遇了。"一边说，一边仔仔细细地看着爸爸。

爸爸说：“妈你听哪个乱说！陈安琴那女子哪有这个胆！”

奶奶就说：“那反正我是听到说了，对方是哪个人家也指名道姓地告诉我了，不然我也不敢跟你说，你不相信你就回去问她嘛。”

事实证明，妈妈和奶奶之间的不愉快就是从这个时候开始的。妈妈说：“你奶奶那个人就是不安好心，一天到晚阴阳怪气的，我和你爸两口子的事，她硬要来插一脚，就是想看我下不到台嘛！”

妈妈倒是忘了。其实，最后帮她说好话的人里面，钟师忠是一个，姑姑是一个，奶奶更是有一份的。爸爸已经是血红了眼睛，扯哑了喉咙，却硬是被这些人拉了回来。奶奶她看在眼里，痛在心里，苦口婆心地跟他说：“胜强，吃一堑长一智，你现在懂妈跟你说的道理了嘛，人心隔肚皮啊。所以做人千万不要骄傲自满，你觉得你好了，要不完了，其他人呢都不会安逸你，等到看你摔了跟头，他们就全部都在心里头拍巴巴掌。所以，万事都要低调，要谦虚，这就是做人的道理啊。”

爸爸学会了。从此以后，人家说：“薛胜强你现在豆瓣厂超得好哦！”他说：“哎呀！高级打工仔，资深三陪，累得要死！尿钱没的！”人家说：“薛胜强你娃娃长好大了！”他说：“哎呀！光长个子不长心，成绩差得很！”街坊邻居看到妈妈大包小包买菜回去了，就说：“伙食开得好哦薛胜强。”爸爸说：“好啥啊好，随便吃点，烂菜叶子！”弟兄们酒桌子喝起来，也起哄：“薛哥，大嫂子贤惠，小嫂子漂亮，你真的是好本事哦！两头都摆得平。”爸爸也要长叹一口气，说：“我是没法了，遇到了，还能怎么办嘛，累啊！”

其他人呢，眼睛在看，心头在念。也就只有钟师忠跟他说：“薛胜强，你娃啥时候学起这么虚伪哦，不要在我面前来这一套啊！”

多的不说了，钟师忠这个人的确是自己这辈子知心过命的朋友，这道理爸爸还是懂的。就说大伯这头把相亲闹得鸡飞蛋打了，他也没有多余计较：第二天早上，爸爸一个电话打过去，人家就愉愉快快地接起来了，道了声安好，然后龟儿子瓜娃子地一鼓气骂了过来。爸爸呢，自然是口不住地说抱歉，钟师忠就说：“你给我道歉干啥？你哥呢？你哥搞出这么个事，把人家小王气成啥样就不说了。昨天回来我这脑壳都被我妈骂烂了，你说搞啥搞！”

“哎呀！师忠！”听他这么一骂，爸爸的心反而放下了大半，难逢难有好声好气地说，“你又不是不知道我哥那个人，读书都读瓜了，你就不要跟他计较了！他也不是坏心，也不是针对哪个，不过这个人就是迂腐子嘛！”

“迂腐子？”钟师忠更没好气，“你问下他拿人家高涛回扣的时候怎么那么专业呢？胜强我给你说，你也不用来帮他说好话，帮他道歉，这个事不关你的事，你就不要瞎操心了。我怄你哥这个气是怄定了，至于你我两个，该怎么的还怎么的，没你的事！”

钟这话一出来，你要说爸爸心里面没有哽下一团灰面去，那是假的。真的是遇得到来鬼缠身了，他只有自己在心口里面哼了一哼：“这段知明！”

另一方面呢，当着外人的面，话怎么都要绷起。爸爸就张嘴说：“哎呀！他做这么多事辛苦了嘛，吃点回扣也是辛苦钱，与人发财，自己发财。他再不对，也是我的哥，有啥办法呢。你都说了嘛，我哥就是你哥，一家人，不多怄气了，改天我上门来给你妈赔礼道歉，包你满意！”

连钟师忠都一下被爸爸说笑了，他在电话那边咂巴着嘴巴：“薛胜强！你娃真的是红嘴皮子蘸香油，会说得很！到时候再说嘛！再说嘛。”

“哎！我说来就来，你说个时间，你说个时间我就来！”开玩笑，江湖儿女袍哥人家，打架不打架，场子先扯圆。

这事算就这么过了，他挂了电话，漱了口，到饭厅去跟妈妈吃了早饭。妈妈说：“胜强，你昨天又喝多了，你还记得到不？还是哥送你回来的，你也好意思！”

爸爸也不生气，拿起油条来咬了一口：“哎呀，偶尔喝多一回嘛！”

“偶尔？”妈妈哼了他一声。

他们继续吃早饭，说着些两口子早上要说的话：今天的夜饭，明天的中午饭，再找个时间跟姑姑大伯一起吃顿饭。爸爸眼看着妈妈从他下巴底下把刚刚露了底的饭碗拿走，转身到厨房去给他添稀饭，忍不住起了恻隐之心：“这陈安琴才是欢！”他想，“就真的不提小钟那头的事了。可以！可以！我薛胜强真鸡巴有福气，有这样一个老婆！”

等到妈妈走出来了，把一碗煮得白绒绒的白稀饭放在他面前，他忍不住说：“等妈这过生的事忙完了，我们再出去哪里旅游一下嘛？港澳？还是新马泰？给你买点东西嘛。”

妈妈就也噗的一下笑了，说：“薛胜强，你中奖了？今天这么高兴？吃个早饭吃得笑眯了，还要带我去新马泰？”

“嘿！”爸爸呵的一声出来，一口下去了大半碗稀饭，“等于我高兴还不对了？”他把甜丝丝的稀饭吞到蔫扁扁的肚皮里头，又想起了其他人的疾苦：“后天晚上吃饭，不要在姐面前提她离婚的事啊。”

妈妈就说：“哎呀你说了几百次了，我怎么会说嘛？什么事说得什么事说不得，难道我还不清楚？”

“也千万不要跟妈说啊。”爸爸又叮嘱了一遍。

那天早上的情况就是这样。爸爸齐刷刷顺当当地把要做的事理了一遍，比得上顺水来打个翻身过龙门，眼见着奶奶的寿宴数着指拇就要到了，他丢下碗筷揣起手机，决定去厂里头颂扬颂扬春风，指点指点江山。

还是妈妈心疼他，她后来提起来就忍不住叹一口气，说：“你爸这个人啊，就是耿直。你不要看他凶神恶煞的，心啊只有那么好了，又一根肠子，觉得哪个对了就对完了，跟哪个好了就好上天了，咋不吃亏嘛！”

公说公有理，婆说婆有理。妈妈这么看，爸爸可不一定觉得。他打了个车去豆瓣厂，在车上想了一回大伯吃回扣的事，要是以往，他肯定又要骂一阵怪话，但现在时日却不一样了，爸爸想：“嘿！我哥还可以噢！学会吃回扣了！会做生意，会做生意！”他心里想，把手放在膝盖上拍了个巴巴掌，“对的！高涛这娃还以为找到冤大头了哇！真以为我薛胜强的哥是瓜的啊，钱都拿给你挣了，才怪！”

他早就说过了，钱嘛，纸嘛，花着豆瓣厂的钱，长了自己人的志气，真是让人格外高兴。

“这事不能让妈知道了。”爸爸给了车钱，走出出租车，最后想起来。

其他人不了解爸爸的，往往以为他这个豆瓣厂厂长当起来都是祖上保佑的——那就是大错特错了。归根结底，爸爸青黄瓜一根爬起来，在平乐镇这么吃得开，还是主要因为他吃得亏。

而这个全靠着奶奶从小培养出来的。

他，大伯，姑姑，都是困难时期长起来的人。六八年六九年，爷爷在窑上，奶奶正被斗得帽儿翻，吃不饱是经常的事，饿起肚皮来流的口水都是青花亮色的。中午还有干饭吃，晚上只有喝稀饭：红苕皮皮，萝卜片片，和着两爪米，丢下水去就要煮出来脸盆大一锅稀饭，奶奶说了预备起，他们三个就排着队去打稀饭。大伯先打：大伯打得仔细，铝勺子慢慢探下去，沿着锅底走一圈，再巴着锅边斜着手缓缓地提上来，最后一定要在锅口口上停会，让里面的米汤都淅淅沥沥地流下去了，这才“啪”一声把这勺红苕稀饭打到自己的饭碗里面，端到桌子边上吃。爸爸再打：爸爸打得爽快，一勺子下去，一勺子起来，“哗啦”浇到碗里头，再“哗啦”又是一瓢，然后把碗端到嘴边上，一边喝一边走回饭桌去。姑姑总是最后打，她就打得斯文了：把勺子放下去，就跟在井里面打水一样，放下去差不多到底了，但又绝对不会挨着底，虚虚地一勺舀起来，慢慢沿着碗边上倒进碗里，就转过去走了。

奶奶说：“莉珊，多打点吃，你吃那点哪够？”

“给知明和胜强吃嘛。”姑姑说，“男娃娃容易饿。”

一家人围着桌子吃饭，爸爸呼噜噜喝了两大碗米汤，饱了一泡尿的工夫就饿了。还小嘛，哪懂大人的辛酸，就跟奶奶喊：

“妈！我饿了。”

奶奶说：“唉，妈有啥办法，早点睡了，等到明天再说。”

爸爸也是饿慌了，嚷嚷：“为啥每次哥都比我吃得多！为啥都是哥先打饭！”

大伯和姑姑不说话，眼看奶奶正了颜色，把爸爸领到了寝室里面去用尺子打他的手板心心，一边打，一边说：“胜强，你知道不知道妈今天为什么打你？你看到姐姐多懂事，怎么不知道向姐姐学习？一家人要互相帮助，要拧成一团，要吃得亏，才打得堆。你看看我们镇上，哪个现在不欺负我们家，不吐我们家口水，你还不维护自己家的人，跟你哥计较什么？那是哥！懂不懂？那如果有一天，妈也跟你计较了，爸也跟你计较了，姐也跟你计较了，你说，这还是一家人吗？”

爸爸也刚刚三岁多吧，似是而非地听着，只觉得自己手板心火烧烧地烫——也是吃了痛，终于长了记性。长大了以后他才记住了：“吃得亏，打得堆。”

他觉得，这大约是奶奶教给他的第一个道理。

比如他走进豆瓣厂，正看见办公室曾主任在办公楼下跟裱字的周师傅结账。一张春娟赋，八副寿联，立轴全绫地裱好了，一共要收五百六十元。曾主任说：“周师傅，街坊邻居的，就收个整数嘛！”“要不得要不得，”周师傅连连摆手，“你看我用的啥料子啊，你看下工，我还自己给你送过来，这价少不了了！”曾主任看了看周师傅身后停的面包车，沉吟了一下，说：“那少十元钱总要少吧，就五百五嘛！”——两个人正在计较，爸爸走过去解了围：“小曾，给钱！给钱！这都是辛苦钱，你跟人家讲啥价嘛！”

周师傅眼见来了正主子，眉花眼笑地数起来票子，曾主任提着裱好的字跟着爸爸上楼来。

“我哥呢？今天还没来？”爸爸思想着大伯昨天肯定也是喝多了。

“还没来，”曾主任说，“他打了个电话说今天要晚点才来了，说他有点事。”

“我姐呢？开始排练了没？”爸爸又问着姑姑的消息。

“昨天练完她说今天让他们自己排，她休息一天，周末彩排再来看。”曾主任继续汇报。

爸爸连连点头：“对的对的，应该休息，她这两天辛苦了。”

点完了卯，手头没事，爸爸打发曾主任去给他泡茶，走到茶几边上把裱好的对联一张张抻开来看。拿人钱财，替人消灾，管你是哪界的神仙，手里掂着红包，笔下自然就能生花——全是些吉祥话：什么“蟠桃面映红”，什么“后福无疆”，甚至“谦德为世重”也有人写了。爸爸饶有兴致地看过去，想着大伯这招真是厉害，要说拍马屁，哪个比得上这些经朝历代的老先生呐。其中，外爷陈修孝写了一副十一字的长联：

英莲八秩，萱草堂前弄瑞鹤；
春娟百载，姜桂庭中迎灵龟。

爸爸来回琢磨了两遍，心想：“都是在拍马屁，但我老丈人这马屁的确拍得精致。”

他喝着花茶，赏着对联，在烟灰缸里面杵了两个烟屁股，满室的春风送朗，鸟语花香。“等到寿辰那天妈肯定满意！”他想。

刚刚这么想，奶奶就打来了电话。这回爸爸真是高高兴兴地接起了电话，张嘴就说："妈，我给你说嘛，你等到过生那天看嘛，哥弄得只有那么好了！"

哪知道奶奶在电话里面冷冰冰地不接这个好，她说："胜强，你现在给我回来一趟，我有点事要问你。"

爸爸太熟悉这个声音了，肯定是哪个倒了霉的又惹到老太君了。他躬亲自省，一步一步地踩下楼梯去，把最近发生的事情回想了一遍——"总不可能是姐的事嘛？也不可能是钟馨郁那个娃娃的事嘛？她没那么神通广大哦。"捏紧了一拳头的冷汗，爸爸匆匆忙忙跟曾主任打了个招呼就往庆丰园赶去了。

他迈进庆丰园，大门口花台里面的几棵梨花已经开得缭乱了，于是他这才反应过来：自从钟馨郁搬起走了，大伯又闹喧喧地回来办起了寿宴，自己就没怎么踏进过奶奶的家门了。就算这样，可以想见，老太太还是老样子，穿着真丝开衫，坐在沙发上看报纸，看杂志，看电视，一看就是一下午。有时候她说："一辈子折腾，老了才有个清静，你们没事都不要来烦我，让我过点安生日子。"有时候她说："我这老来真是可怜，老伴去了，儿女不在，一个人孤苦伶仃的，连电话都想不起给我打一个。"

不管嘛，爸爸在楼底下抽完了整整一根烟，抬脚杆上楼去了。

奶奶还是老样子，穿着一件油绿色的真丝上衣，披着勾花的小背心，从沙发上放下报纸站起来，说："胜强，来了啊。"

"啊。"爸爸答应了一声，坐下来，他屁股下头的沙发马上陷了下去，"看报纸啊妈，有啥事呢？"

奶奶从厨房里面两只手捧着一个茶杯走出来，走到茶几边上，仔仔细细地把茶杯放到爸爸面前，又走到她平时坐的单人沙发坐下来，说："也没什么事，就有个事想问一下你。"

"你问嘛，妈。"爸爸心口咚咚地跳了几下，还真像要刮开一张彩票。

奶奶问："星期五晚上你跟知明是不是去和一个女的吃了饭？"

纵然爸爸做好千般打算，计划了万个理由，却还是吃了一惊。他扳着指拇一算，狗的，还不到一天，这事居然就传到了奶奶耳朵里。

他说："妈，你听哪个说的啊？"

"你不管我听哪个说的，是不是有这回事嘛。"奶奶倒是客客气气地问。

"龟儿子的，哪个砍脑壳的乱翻嘴？"爸爸在心里嘟囔着，嘴里说："是嘛，就随便吃了顿饭。"

"唉！"奶奶叹了一口气，"胜强啊，你说你，你这么大的人了，你哥也是，你们做事怎么这么不谨慎呢？"

"不就是吃顿饭嘛，妈，有啥啊。"爸爸觉得奶奶大惊小怪了。

"胜强，你不要以为妈真的是老糊涂了，"奶奶坐正了来说，"你们哪是吃饭，是要给知明介绍对象，对不对？这个女的是个什么人，你打听过没有，随随便便就同意了？先不说对方什么条件，什么背景，知明一个堂堂大学教授，哪需要什么肖五姐给他介绍对象？他是什么层次的人，那些人是什么层次的人？你们怎么乱来呢？"

爸爸被奶奶说得一句话都冒不出来，奶奶又接着说："这肖五姐是北街上出了名的泼妇，小时候就风流招摇，老了更惹不起，你怎么想到去招惹她呢？这下，知明没看上她介绍的那个女的——本来嘛，难道我的儿子还看得起你介绍的？——你看她这样简直就要不完了，你知道她在外头说得多难听？”

这钟师忠的老母亲北门的肖五姐，爸爸自然是熟悉的：她年轻时候就不一般，平乐镇第一个敢穿着大摆裙满街走的是这个婆娘，高洋死了那年硬生生把要分家产的高家人赶跑了的也是这个婆娘，等到六十多岁成了寡妇，就守着儿子儿媳还把他们收拾得油光水滑的也是这个婆娘，不用说，现在把这事情捅到奶奶耳朵里的自然也是她了。

一切都是命运啊，他和钟师忠两个号称不怕老婆的摊到这么两个俏生生的妈。爸爸被奶奶说得一鼻子的灰，掸都不敢掸一下，他只有说：“妈，你说得对，这事是我欠考虑了。”

“就是欠考虑啊！”奶奶说，“我也知道你是好心，不过做事要动脑筋啊胜强！你这么大的人了，总不能这么点事还要妈教你吧？”

爸爸的风流呢，早被雨打风吹去了。他埋着脑壳，看着茶杯里面漂的两朵茉莉花，只有点头的份。

还好，奶奶毕竟不是肖五姐那样的泼妇，她总还是讲理明事的。该说的说完了，她也不多啰唆，转过来问起大伯的情况。

“胜强啊，”奶奶说，“依你看，你哥现在还有没说对象的意思啊？我简直不敢问他，但是我心头着急啊。”

爸爸就一头想起来，昨天在鱼跃庄，跟大伯把酒喝得舒服了，两弟兄也谈到过这个话题——还好像是他自己起的头：“哥啊，你心头的事我都懂了，不过，说一千道一万，你还是不能这样一个人过下去啊，你就真的没啥看得起的人？你说，你想怎么办，弟娃儿一百个支持你！不管妈咋说，我给你搞定！”

大伯呢，也终于掰开心心给爸爸说了掏心话：“胜强你放心，我的事我自己有数，其实，我这次回来也是跟这件事有关的，不过现在时候不到，到时候了，我一定带回来给你们看一下。”

爸爸这才知道太监操不来皇帝的急，他醉里醉懵地想：“太好了太好了！原来我哥有相好了！我还瞎操心，还整这个闲事！”

他现在当然是清醒百醒的，当然知道这件事还跟奶奶说不得，他就说：“我觉得哥的事他心里肯定有数，我们就不要过于担心了。”

奶奶本来靠着沙发背，又坐起来一些：“胜强啊！你是饱汉不知饿汉饥，你这头家庭事业安安稳稳的，日子过得舒舒服服，你想一下你哥呢，你想他四十多岁一个人了，孤苦伶仃的，亲亲热热一家人，他过不好，就是我们过不好。你呢，居然事不关己高高挂起了，你不担心？你不担心我担心！”

“不然就是我发了梦颠，不然就是我哥发了梦颠。”爸爸看着她，脑门里面想，“他还说妈维护我不维护他，怎么可能？”

他端起茶杯来，默默喝了一口花茶——水壶里的开水肯定是隔夜的了，拿来冲茶就冲不开，吃在嘴里面生咂咂的。

他不说话，奶奶就也停了嘴。两娘母斜对面坐着，见不得的离不得。

奶奶问爸爸：“我再给你添点开水嘛。”

爸爸说：“不了。”

奶奶就叹了一口气，说了些人话。“胜强啊，”她温声温气地叫爸爸，“其实，我也知道你辛苦了。这个家头，平时我不说，不过大家都知道最辛苦的就是你了。一个你姐姐，嫁出去的女儿，一个你哥，平时满世界跑，也就你这个揽事的人了。你看，我们这么大一个家，那么大一个厂，全都要靠你一个人啊。”

爸爸差点跪将下去了，甩了甩袖子就想磕头谢恩，但终于忍住了，稳重地说：“妈，你说到哪儿去了，应该的。”

奶奶点了点头，说：“你哥的事啊，我想了想，我也不怪他，他这样子我也有责任，唉，我总是想着他有本事，又懂事，自己的事自己知道处理，平时也就少敲打他些，结果弄成现在这个样子。”

爸爸说：“妈，你千万不要这么想，这些事还是靠缘分。”

奶奶摇了摇头：“缘分啊，你说得简单，这哪是缘分。知明他条件高，眼光也高，不容易找，不要说什么肖五姐那些人了，就是我认识的人里面，想来想去，也没配得上他的。”

也是。爸爸琢磨：“不知道我哥看上的是哪个，他这头还给我说他放不下周小芹，那头又说有打算了，嘿！不简单！肯定是个天上的仙女！”

这个话题就暂时到此为止。而奶奶还有满肚子的话要给爸爸说：过去的苦日子，现在的好生活，隔壁邻居的乖儿孙，自己家里的癞头子，院子里面，街道上头，张家失了扁担，李家得了绫罗，诸如此类，等等等等。

爸爸坐在沙发上，把一个沙发越坐越软，屁股也越陷越下去了。他才发现真的是好久了，自从在钟馨郁那出了事，自从大伯姑姑一个接一个地回来了，他就没有像现在这样舒服过：在奶奶家里，两个人坐上两个小时，三个小时，她说她的，他听他的，互不打扰，各管各的新生活。

“唉，赶紧把八十大寿过了，把这些神仙儿女送回南天门，盘丝洞，继续过我的安生日子。”爸爸舒舒服服地靠在沙发上听奶奶啰唆，几乎都要睡着了才想起来去厨房往茶杯里添些开水。

虽然多而不少挨了一顿骂，爸爸还是精神抖擞地回家了。走在路上他想了起来，于是摸出手机来排排坐打电话。

先给大伯打。电话响了十几声那头都没有人接。爸爸想：“该不会是在厂里面忙去了？”他又给姑姑打了电话，她倒是马上接起来了。

“姐，今天在休息啊？安琴说明天晚上吃饭，你知道了啊？那你今天有啥安排啊？没事就跟我们一起吃饭嘛，你一个人也无聊嘛。……哦！你有同学约你吃饭啊？对的对的，那你去跟他们吃饭，吃高兴啊！”

他又给钟馨郁打了电话，她第一次没接，爸爸正要打第二个，她就给他打回来了。

她的声音听起来不是那么愉快。“怎么啦？哪个惹你啦？”爸爸笑着问她。“……啊，身体不舒服啊？感冒了？这几天就是容易感冒，你要注意啊。周末我还是陪一下家头人，你自己照顾好自己啊，辛苦你了，等下周忙完了好生陪你几天。……嗯，想吃啥就吃，想买啥就买，啊。”他又把这个电话挂了。

下一个电话打给妈妈。她应该是在菜市场，听起来背景闹哄哄的，一接起电话来就问爸爸晚上想不想吃冒鸭血。“吃嘛吃嘛，”爸爸倒是随和，“反正今天晚上不想出去了，就在屋头。……哎呀，是嘛，我又不是每天都要出去，还是要陪一下你嘛，老婆！……嘿！我喊你一声都喊不得啊，啥叫我有毛病！……好好，等会见，等会见。”

最后他想起来了给钟师忠打电话，奶奶话说得不重，意思却很清楚：肖五姐这个锅盖子无论如何是要赶紧按到了。“啊！老钟，在哪儿呢？……啊，我才走我妈家出来……龟儿子的你不要说了！老子遭你整瓜了！我妈还不是把我骂得耳朵都玉了！……啥事？就我哥相亲的事嘛！我妈听到说我哥把人家小王得罪了，气得不得了，说我乱整，喊我必须来给你妈上门道个歉……是嘛！你说嘛这事整得！……哎呀，是！是！不是你我两弟兄间的事，老辈子规矩想法肯定多些，你不多说了，明天我就来看你妈，对不对？……真的！就这样啊，明天上午嘛！对的。”

于是他给朱成打了电话。响了一声他就接起来了。“哎？朱成？今天电话接得快噢！在等领导重要指示啊？……哈哈！对对对。我有个事麻烦你啊，你老婆不是在做那个进口保健品嘛，上次陈姐吃了也说效果不错，你再给我拿点呢，明天上午我去北门上看个人，你看到差不多给我拿个一两千元的东西嘛……老年人吃的，啊，啥子螺旋藻啊，蛋白粉啊，蜂胶啊，都可以嘛，你看到办嘛……啊，明天你来接我嘛，顺便就把东西给我……差不多有个九点钟嘛，我到时候给你打电话！”

打完这系列电话，爸爸也就差不多走到了家。想着奶奶的话，他觉得的确很有道理：这么大一个家，这些个乱七八糟的烂摊子，横起扭起的都要他来管，八个锅来七个锅盖，东家说了说西家，真的龟儿子累人！除了他薛胜强，哪个还能把这堆事理下来，理顺了，理好了！

爸爸精神抖擞地出了门，斗志昂扬地回了家，吃了饭，看了电视，洗了澡。

他走回寝室，看到妈妈正盘着腿在床上往大腿上抹些香喷喷的膏膏，一张脸被床头灯照得粉嘟嘟的。他就被点了一下，多日来的阴郁似乎都没了。他两步跨过去扑到这一身白香肉上，要把那攒了好几天的子弹噼里啪啦都扫射出来，去杀死那敌人千千万，“×你妈！”那是一个爽快！

之后他摊起来就睡着了。妈妈爬起来接了个电话，又回来在床边上坐了半天，这些他都不知道。

打死爸爸他都想不到，第二天居然就完全成了另外一个样子——千言万语万语千言汇成三个字：霉得慌！

先是早上起来妈妈就不在了，炉子上有半锅稀饭，桌子上有一碗泡豇豆炒肉。爸爸想今天晚上要在家请客嘛她肯定是买菜去了，就一个人坐下来吃了早饭，一边吃，一边给朱成打电话——没人接。爸爸就想他肯定一下没听到，就放着电话等他打回来，结果半锅稀饭都吃完了，朱成还没回电话，又给他打，依然没有人接。眼看外面下起了淅淅沥沥的小雨，爸爸坐着等了半个小时，到了快十点，居然连死耗子都没钻一只出来。

“龟儿子的！朱成这娃长大了简直是！越来越不像话了！”再等就是去赶钟家的中午饭了，爸爸只得在家里乱七八糟地翻出人家送的茶叶，奶粉，野生干货，好歹凑了一手礼，骂骂咧咧地下了楼。

又是因为下雨，半天都打不到车，爸爸把脚都站痛了，才看到一辆出租车偏偏倒倒地过来了。他忍着一肚皮窝囊气，挥手停车，开门钻进去，又发现自己裤子脚脚上给溅上了稀泥。

他忍不住呻唤了一声，司机问他：“去哪儿啊？”

“老纸厂家属院，北门七仙桥过去那，你知道嘛？……师傅有没卫生纸啊，给我一张呢？”爸爸说。

他得了一张卫生纸，把裤子擦干净了，给了车钱，提着手上的礼，历经艰辛，终于敲响了钟家的房门。

开门的正是肖五姐，她穿着一件绸红色的衫衫，头发烫得又蓬又高，就像哪个科学家刚刚在那爆炸了一个原子弹。看见是爸爸，她居然眉花眼笑地跟他打招呼，一张脸上全是皱皱：“哎呀！薛老板来了！”

“五孃，你说的啥哦！啥老板，我胜强！胜强的嘛！”爸爸生怕老人家听不到，不由自主地提高了声音。

钟师忠从寝室里面走出来，给他打了个招呼。“哎，赶紧去给人家泡茶啊！”他妈说——他就钻进厨房了。

爸爸看见他的胎神样，想笑又不敢笑，把礼行放下来，一屁股坐到沙发上，说：“五孃啊，好久没来看你，你还好嘛？”

“好！好！”肖五姐笑眯眯地说，她笑得简直过分慈祥了。

爸爸决定赶紧办完事情拍拍屁股走人，于是他提起了大伯相亲的事，接在后面的是更多抱歉的话。

谁知道肖五姐说：“哎呀！我知道了，这事啊是我太着急了，也没问清楚，人家知明既然都有了对象，我们这些人就不着急了嘛！”

爸爸吃了一惊，盯了一眼端茶出来的钟师忠。“我哥有了对象？”他尽量不动声色地问肖五姐。

“是嘛！”她说，“昨天晚上我打麻将回来，路过君安花园门口还看见他了，还有个女的送他出来，长得漂漂亮亮、高高瘦瘦的，真是有几分人才！”

爸爸眼见着钟师忠给他打了一个眼神，多年弟兄了，他太清楚老钟这个眼神的意思了。有时候他们坐对家打牌，隔壁子的瓜娃子准备要点他的炮了，他就要这么看他一眼。

“你以为你哥真的是迂腐子啊？”他明显是想说。

“龟儿子全家卖×的！”爸爸这下真的是被点了一炮，他坐在钟家的沙发上，对着钟家两娘母，心里面“噗”地爆了一颗原子弹。

“君安花园？那不是老子给钟馨郁租房子的地方的嘛。”他想。

事情都是慢慢来的。爸爸从钟家出来，深一脚浅一脚走在平乐镇的北街上，想从包包里面摸出手机来给大伯打电话，一路想到了老土产公司门口。

都说过了嘛，这是他第一个女朋友席红珍上班的地方。爸爸也不是不喜欢她，也不是没想过要跟她结婚，但是奶奶坚决不同意：“胜强，你这娃娃吃了迷药啊？这女的比你大两岁也就算了，还长得那么矮，怎么当我的儿媳妇？你说这个陈安琴，哪点不好？县委家属院长大的娃娃，人又乖，家教又好，要不是有你姐这个关系，你以为还轮得到你去跟她见这个面？妈都是为了你好，你有没好歹啊？”奶奶气得两天都没吃饭，爷爷就出来当和事佬，爷爷说：“胜强啊，你就算了嘛，不要跟你妈怄气了，你妈操的心还不够多啊？你就顺她一口气嘛，见一下就去见一下。”那个时候爸爸也还小，二十岁都还没满，就跟爷爷吼：“我顺她的气？哪个来顺我的气？”

爷爷反手就给了他一个耳刮子，打得房顶都响了。这都二十多年了，爸爸想起这个耳刮子还是觉得腮帮子筋痛。

“怕锤子！”他想起这个耳刮子，一下生出了豪气，拿出电话来给大伯打了。

电话响了两声就接起来了，大伯声音阴阴柔柔的：“胜强，什么事啊？”

爸爸现在多长了一个心，觉得这声音里头全是心虚，他说：“你在哪儿？”

“我在哪儿？”大伯迟疑了，“你问这个干啥？”

“你在哪儿嘛！我有事要问你！”爸爸对着电话说。

大伯也听出来爸爸的声音不对，他不说话了。电话那边窸窸窣窣了好一阵，换了个人说话。

“胜强，哥在家头，你回来嘛，有点事要给你说。”说话的是妈妈。

妈妈声音清清静静的，似乎想要一把来拉住爸爸的手刹。“龟儿子的，你还拉到陈安琴给你做主了？”他想。

爸爸就回去了。一个家就在西门外头，过了庆丰园三个红绿灯就是，他走了几千上百次，进小区门右手边第三栋楼上六楼。

他一步一步踩着楼梯上去，反而在这个时候想起了奶奶的话，奶奶经常说：“胜强，你脾气躁，这样在外面处事容易得罪人啊。要记到，妈给你说的，轻轻说话不费力，退后一步自然宽啊。”

他站在门口，正儿八经地退了一步，拿出钥匙，开了门。

客厅里头坐了大伯和妈妈，他们两个像迎接什么领导一样在他开门的一瞬间站了起来。

“胜强，你坐嘛。”大伯说。

“坐，过来坐。”妈妈也说，笑眯眯的。

“陈安琴啊陈安琴！怪不得你这几天忽然一副屁事都没的样子！你这个婆娘太阴毒了，等到看老子的笑话哇！”爸爸心里面凉刷刷的，裤裆里头也是。

他就坐到了，等到这两个人给他泡茶。但是没有人给他泡茶，他们都看着他，扭扭捏捏地不说话。

爸爸忍了一路，终于毛了：“有啥事你们就说嘛！老子这辈子啥大风大浪没见过！老子还怕锤子！”

“难不成你还敢带起钟馨郁去给妈看了！”他在心里赌大伯一万个胆。

“胜强，你先不要激动，有个小钟的事，我要给你说一下。”大伯果然开了口，妈妈坐在另一张沙发上看。

“你说嘛。”爸爸摸出烟来，点起了，抽了一口，准备听他要说哪门子的屁话。

大伯就说了：“小钟这个事，你也知道，我一直是很不放心你的，安琴也不放心你，就请我帮忙——胜强，你不要怪我们，我们都是真正关心你的人啊——昨天，我就去找了小钟，跟她仔仔细细谈了这个娃娃的事。胜强，你说你这么大的人了，你也不是不懂道理。我当时就想，这个娃娃不能生下来啊，生下来，怎么给妈交代，你怎么给安琴交代，没名没分，害人害己，你说是不是？”

爸爸一口一口抽下了半支烟，听着大伯呱呱呱说这些话。

“所以我就去找小钟了，给她说了这个事。我想也是为她好，毕竟你们这个情况，你说，她一个未婚女娃娃，总要结婚，总要嫁人，不能这个样子啊。”大伯继续说。

虽然知道自己刚刚是误会了大伯，但爸爸心头的火一样烧得熊熊的，他把烟按了，抬起脑壳来。

“老子的事要屎你们管！”他张嘴就是怪话，“你去给她说啥说！我给你说，这个娃娃我肯定要生下来，哪个敢管今天老子就喊哪个吃不到兜着走！”

“薛胜强！”大伯不好说话了，还是妈妈一张嘴喝住了爸爸，“你说个话就好好说，啥子张嘴闭嘴老子老子的，你是哪个老子了！”

“安琴。”大伯伸手想拉一下妈妈，但她“呼”地站了起来。

“薛胜强！”妈妈走到爸爸面前去，扯来一张脸皮，张开一双嘴皮，喷出一嘴口水来，“你不要老子老子了，你以为你好得行了！我给你说，你就是个瓜娃子！你以为那婆娘的娃娃真的是你的啊！我给你说，根本就不是你的，你还要生，你生个屁！你个瓜娃子！”

好多年了，妈妈没有这样子骂过爸爸，她本来自诩是书香门第出来的，不想跟这些腌臜人一般计较，但又怎么吞得下去，这绞心的恨，烧肝的仇，一句两句怪话根本说不清楚。

爸爸坐在沙发上，他想把手摸到裤子兜兜去拿烟，但是又想不起烟在哪边兜兜了。

“安琴。”大伯也站起来了，走过来，拉了拉妈。

“哥！”妈妈转过头说，“你看他这个龟儿子样子，你还喊我不要给他说，你说，这刀不给他砍下去，今天不给他说清楚，他这辈子都是个瓜娃子！”

真是慈母手上的缠绵线，严父掌中的黄金棍。妈妈回过头去对着爸爸这个瓜娃子，把大伯告诉她的话一字一句地重复给他听：“薛胜强，你给我听好了，你那个情妇根本就不是个啥好东西，早就背着你跟那个朱成好了，娃娃也是朱成的。你哥两头都问了，一清二楚，明明白白，这两个人就是要来骗你这个闷呆子的！”

爸爸脑壳里头哗哗地闪过了跑马溜溜的前世今生，一点一滴，一笑一颦，这婆娘的风流身段，销魂手腕。

在这个最是霉得心慌的时候，他还是想到了奶奶。他想到了九六年，还是九五年，差不多还是这个时候，他，朱成，还有奶奶，一起去梨花沟看梨花。当然了，他心里明明白白，老太太哪是想看梨花。一来呢，她是心疼儿子：眼看他家头出了一个事接着一个事，婆娘娃娃没一个省心，红了眼来疯了魔；二来呢，她是心寒自己：想当年，也是她一口一个安琴好安琴妙，硬要爸爸跟陈安琴结婚，现在而今却只有自己甩下自己一个耳光子。也罢了，就出门散散心嘛。

奶奶坐在桑塔纳轿车的后座上，拉着爸爸的手跟他说：“胜强啊，古来成大事者都不拘泥于儿女私情。你要看得宽，看得远，不要在小事上扭扭捏捏。人都是这样的，越是跟你亲的人，越容易背后来害你，越是要多留个心眼——当然了，害人之心不可有，防人之心不可无。除了我们自己家的人，其他的人都是假的，都是虚的。既然本来就信不过，你也就不要白怄气了，是不是？”

两娘母手板心贴着手板心，想到他人心发寒，想到各人心悔恨。

“还是我妈维护我啊。”爸爸想。

第十章

总体来说，在没有特殊情况的前提下，爸爸都避免跟外面的女人们谈到妈妈。当然了，大家都明明白白：屋里面坐起的，床边上躺倒在，多而不少总有这么一个女人——“屋头那个。”爸爸都这么说。刚刚认识钟馨郁的时候，爸爸请她出来吃饭，吃一吃吃一吃，这女子问：“薛哥你属啥的呢？”“六六年，属马。”爸爸说。“那你老婆属啥呢？”她接着问。

“嘿！探我虚实了！”爸爸心里啧了一下，还是张嘴说：“她六七年的，属羊。”

“那你们属相还是很配嘛！”钟馨郁抿嘴笑了一下，喝了一口碗里的参杞鲍鱼汤。

“配啥啊！”爸爸像被人踩了一样一声叫了出来，一副脚板心长鸡眼的样子，“日子过得恼火得很！你们年轻人不懂，唉！有啥办法？几十岁的人了，感情再破裂也不能说离就离嘛！”

他说完了这句话，就看到钟馨郁把头低下去了。“对了！”他就默默地喝了一个好彩。

这还是钟师忠那个二流子总结的：泡妞三件事——骂骂老婆，洒洒票子，讲讲段子。话丑理端啊，爸爸做完了这三样过场，果真就把钟馨郁这个女子搞定了。客观来说，他们两个也不是逢场作戏，在一起一走也快两年了。浓情蜜意中，逢年过节时，钟也不能免俗地要提到妈妈，说：“我听说陈姐喜欢打麻将啊？”或者：“你老婆呢？她没意见吗？”

每到这个时候，就是考验爸爸的时候到了。他呢，临危不乱，抖一抖鼻子，哼一哼嗓子，再皱一皱眉毛，说：“哎呀那个婆娘！”“不说她不说她！”

久而久之，不只是钟馨郁，或者是其他外头的婆娘，就连爸爸自己都入戏太深，以为他真的跟妈妈感情破裂了，揉在一起都过不下去了。

实际上远不是这样。终于，他捏着自己的良心心揪揪地想：“唉！老婆还是自己的好！这一辈子最后还是要跟她一起过啊。”

患难见真情，说的就是这个道理。

也是在野路上走久了，爸爸终于踩了狗屎，被自己的二奶和司机挽起手来戴了顶绿油油的高帽子，妈妈却并没有对他落井下石，横起眼睛来说什么“薛胜强你会找女朋友嘛”。完全相反，完全相反，妈妈她不愧是大家闺秀出身，平时小说电视都没白看，她反而嘘寒问暖，关怀备至，春风细雨一样照料着爸爸这打了霜的茄子。

早上起来要问：“胜强，想吃啥？吃汤圆还是吃面？来，先喝杯蜂糖水！”

中午休息时候要打电话：“上午怎么样啊胜强，舞台搭起了啊？还顺利嘛？天气毒，你不要太阳底下晒起就不动，多喝水！吃了饭在办公室里面睡一下嘛。”

晚上回了家，满桌子的菜更是早就摆好了等着他。按照七十年代的标准来说，天天都在过大年：豆瓣鱼，松茸烧鸡，苦瓜烧肉，冬瓜排骨汤，卤鸭子，酱牛肉，每天变着花样转圈圈。甚至，看到爸爸只顾着闷着脑壳吃饭，妈妈还会主动问他："胜强，你要不要喝点酒嘛？"

"不喝，不喝。"爸爸说，刨一口白米老干饭，满嘴的蓬松松和香甜甜。

他吃到人家的嘴软，忍不住又说："安琴，我简直对不起你，你还这样子，我，我，以后你说啥我就是啥！"

妈妈看着爸爸这个闷呆子，说："胜强，都说过了就不说了嘛，两口子说这些话干啥。"

"钟馨郁这女子倒给我做了一件好事！"后来说起来，妈妈就忍不住这么说。

的确是件好事。前一天晚上，两口子手拉着手坐在沙发上安安心心地说了一回知心话。

就说：钟馨郁肚皮头揣起个娃娃，对妈妈来说真是揣了个炸弹，吓得脸上手心都出了汗，她想着这二十年的腌臜气都受下来了，总不能为了这个肚皮搞成离婚嘛——真是两口子连了心，那天，爸爸醒过酒来明白自己说了后悔话，妈妈也是在办公室里面唉声叹气，觉得这下戳脱了。

她对门子的刘玉芬就说："安琴，你叹啥气嘛？"

这么好的朋友了，妈妈也没什么好隐瞒的，她说："你给我说的那事还真是真的，昨天我回去问了薛胜强，他承认了，我一时没沉住气就跟他说要离婚，唉，你说这怎么办嘛。老太太还在那摆着，我现在离婚不是竹篮打水一场空？辛辛苦苦二十多年，一分钱都拿不到，还要成全那个小妖精。"

这刘玉芬呢，眼睛转一转，说："你不要着急，这事我们商量商量来说，不然，你找段知明去劝一下？"

"他会不会啊？"妈妈有点犹豫。

"你想现在这个情况嘛，他肯定会帮你去说的——他现在帮你，以后他那事你肯定也要帮他，你给他打个电话，都是一家人，不怕！"刘玉芬鼓励妈妈。

妈妈就给大伯打了电话，本来是觉得打断了腿杆也要接起，咬碎了牙齿也要吞下去，看钟馨郁怎么说嘛，总之这婚是不能离的。哪知道，天知道，地知道——"这瓜女子真的给我们家头做了件好事！"妈妈说。

当然了，这话是不能说出口来的。妈妈低着眉心，捏着手心，把这段事挑挑拣拣地讲给爸爸听了一遍。

爸爸听一听，心里想："唉！我真的是个龟儿子！你说安琴跟到我这么多年，这样子还不说离婚，还要把我拉回来！哪去找这样的老婆！"

他就捏着妈妈的手掌心，也被妈妈捏在了手掌心，两个人一个愿打，一个愿挨，打得亲亲热热挨得高高兴兴——怎么不谢钟馨郁，真要谢谢钟馨郁啊！

都过去的事了，他们继续在饭桌上吃饭，爸爸又道了一个歉，表了一个忠心，妈妈就给他夹了一筷子粉蒸肉，礼轻情义重嘛，很有点雨过天晴的味道出来了。

只不过呢，两三天没去酒桌子上打卡，钟师忠这些人又有意见了："胜强，你到哪发财去了？怎么不出来喝酒啊？被双规了？"

"歇两天歇两天！"爸爸不好明说，电话里打了个花拳。

我们镇上的老二流子们当然不会以为爸爸就转了性，便总结为："陈安琴教夫有方啊，给薛胜强那虾子雄起了！"

也是外人嘛，随便他们去说了。跟家头的人就不一样了——下午太阳偏偏晒起，爸爸和大伯在办公室里面喝茶，说起这回子的风雨，说起妈妈的好，说：“这事真的还多亏了安琴，多亏了哥你，不然我还不是继续当个瓜娃子？唉！这人呐！前几天我还在怪，哪个烂嘴子，见不得人家好的把这事传给安琴听了，弄得我们吵架，结果现在，你看！妈×的，差点当了瓜娃子！”

大伯不说话了，喝一口茶，看着茶杯里面的茶叶在漂，好像爸爸骂的那个人不是他。

爸爸倒没注意看他，他抽了一口烟进去，心肺都像是又黑了一层。

他还是没忍住，问大伯：“哥，事情你都处理好了？”

大伯就把背往沙发背上一靠，放下茶杯，瞟了爸爸一眼：“都给你说了嘛，胜强，你就不要管了，我会处理。”

爸爸把烟从嘴里头扯出来，往烟缸里面杵下去，总还是杵不下心头那口癞污气：“妈×的！现在我不管了，等到妈这生过了，你看我咋收拾这两个人！把我薛胜强当龟儿子整啊！不收拾你们我不姓薛！”他说。

“胜强啊，”大伯赶紧坐正了，语重心长地说，“你千万不要乱来啊，我也给你说了这个利害关系了，先不说朱胜全跟我们家那么多年的交道了，这个小钟和你也不是啥台面上的关系，你想想这事如果闹大了怎么办——闹大了，你没一丝好处，反而一家人脸上都挂不住。你放心，这事你就交给我，小钟那头，朱成那头，我都保证给你处理得妥妥当当的。”

爸爸又点了一根烟，不说话了。嘴皮上怪话还是要骂，但他心头也清楚，这事情如果闹到奶奶那去，他自己也没好果子吃。

算㞞了嘛。他把烟都抽到肺里面了，转了一圈还是只有吐出来。现在而今眼目下，只能用奶奶的话来说了：“退后一步自然宽。”

他背对厂长办公室的大窗子，外面的桉树叶子被太阳闪得白亮白亮的，他问大伯：“哥，不要光说我这些霉事了，你呢？上次你说的你的那个事呢？妈这生都要办完了，你好久定下来啊？”

大伯把手拿到膝盖上来打着拍子，说：“哎呀，胜强，你还担心我的事，你就不要担心这个了。”

“哎呀，”爸爸说，“怎么能不担心，你这个事是我们家现在的第一件大事。前两天，我去妈那，她还反反复复问我。”

“你没给妈说嘛？”大伯变了脸色。

“没有！我懂！”爸爸摆一摆手，“我啥都没说，你自己觉得可以了再给她说嘛，不过妈是真的着急。”

“唉，”大伯叹了一口气，“我还不是一样着急，不过这事不一般，有点棘手，快好了，快好了。”

爸爸看到他眉头紧锁的样子，忍不住笑了，他说：“哥啊，你这人有点欢，不是弟娃儿我说你。这个找婆娘嘛，就看好下手，好就好，不好就不好，你咋说得搞科研一样！”

“事情没那么简单啊胜强。”大伯又叹了一口气，“毕竟这么大的人了，不是年轻人，没负担没顾虑，到时候，我还担心妈不高兴，你要帮我劝她啊。”

他这么一说，爸爸也咂出点意思来了：“听哥这意思，是找了个跟他差不多大的？这是有点棘手哦。”心里这么想，话当然不是这么说，他说：“你放心哥，那天我都给你说了，从今以后，你的事，我第一个支持！不管妈要怎么说，这事只要你喜欢，我们必须办！不得听她的！而且啊，你说她现在也老了，盼个儿媳妇盼了好多年，肯定好说话，你就不要扭扭捏捏的，早点把嫂子带出来给我们看一眼，啊？”

也不是装的高兴，爸爸的确是心痒痒地有点期待了。他这辈子只看过一个大伯正儿八经的女朋友，就是那个现在在卖花椒的周小芹。那个时候她也在平乐一中读高三，她读文科班，大伯读理科班。但是爸爸早就听说过她的大名：周小芹好漂亮嘛！升旗仪式是她在台上主持，课间操也是她站在高三的前头领操，爸爸他们这些毛都没长齐的初中小娃娃看到她，简直是仙女一样，比那些电视里的女的还要漂亮！除了少部分鼓捣要扯拐，说喜欢刘玉芬那个惊风火扯的泼辣女子的，其他人都一致认为周小芹是平乐一中当之无愧的校花。

有一天下午放了学，爸爸跑去运动场乒乓台边上去找大伯他们，居然看见周小芹也在。他还记得清清楚楚，那天她穿了一件淡黄的衬衣，黄得很是有点粉，扎个马尾辫，头发亮闪闪得跟绸子一样。爸爸甩着运动鞋跑过去，看见周小芹就赶紧站住了，气都不敢大声出。反倒是周小芹大方，笑眯眯地说：“段知明，这是你弟娃儿啊？长得跟你好像哦！”

“喊小芹姐姐嘛！”大伯站在球台子边上，握着一只乒乓球拍，转过脑壳来让爸爸喊人。

那天，爸爸眼看着大伯春风在脸上，春意在心间，甩着球拍子连着打下了三四个人，心啧啧地想：“我哥真的不是一般的！”

毕竟都还是学生，两个人要朋友归要朋友，还是客客气气的。爸爸回想起来，居然从来没在人面前见过他们拉手，周小芹背着个书包跟着大伯边上，有时候三拳头远，有时候五拳头宽。钟师忠这个二流子就笑他了：“段知明，你对付红幺妹这些人的手段到哪儿去了？你瓜了啊？”

大伯也不生气，淡眉淡眼地看他一眼，说：“这个跟那些一样不嘛？你说呢？”

八二年八三年，爸爸也就十五六岁，屁都没见过，但就算他也懂得大伯是动了真感情，他看到周小芹，往往就有一股亲热：“我的嫂子，真的漂亮！”

想得美，说得妙。结果呢，韩秀才乱中失了娇妻，郑月娥将错就错过了郎君。爸爸扼着手腕子在心里叹息了一声，想着这回一定要整对了！他就说：“反正，你放心哥，这次不管咋说我都支持你到底！”

还有点晕晕太阳，爸爸从张了灯结着彩的豆瓣厂下班出来，一脚一步要走回家。大伯说晚上还有事，姑姑上午排完了节目就不见了人，他就一个人回去找妈妈吃饭了。天气的确有点热了，他走两步就出了点汗，又走两步，就觉得心头累得慌。“肯定是被那两个贱人气得，这两天心头真的有点不舒坦呢，”他想，“还是赶紧回去吃点药算了，上次医生开的药还有嘛？”

他决定还是先抽两根烟稳到，就摸出包包里面的软中来，里头软塌塌的只剩了一根烟。他把它抽出来，点起来，把烟盒子揉成一团丢了，走到神仙桥边上周老四的摊摊上去买烟。

也是巧了，他居然在这迎头碰到了陈修良。他穿了件银灰银灰的衬衣，里面套件白汗衫，叉起脚站在铺子边上买烟。

“胜强！”陈修良高高兴兴地招呼他，手上捏了一包白芙蓉。

“师父，我给你的烟你抽完啦？明天我喊他们给你拿两条来！”爸爸就问他。

“没有没有！”陈修良摆了摆手，把烟壳子拆开了，“还有！还有的！哎呀，说起都是你师父我啊有时候嘴里头缺点味道，想抽口白芙蓉嘛！”

“那我也抽口白芙蓉嘛！”爸爸笑起来，跟陈修良讨烟抽。

“对嘛！”陈修良高高兴兴地答应了，抽出一支白芙蓉来递给爸爸，师徒两个站在周老四的铺子门口点起了烟。周老四站在铺子里头，笑他们：“你们两个人才欢，一个二个老板翻天，跑来抽白芙蓉！”

“我徒弟是老板！我不是！”陈修良拍拍爸爸的肩膀，回头对周老四说。

多的不摆了。他们抽着烟，白芙蓉的味道确实满口钻，还有点冲鼻子，他们看着对门神仙桥的公园里面咿咿呀呀的人。“你妈那个寿宴就最近了啊？”陈修良问。

“啊！就这周六。你来嘛师父，好多节目哦，好看，还有礼品！”爸爸说。

“不来了不来了，周六我要去崇宁县走人户①，说了好久了。”陈说。

“哎呀，人户有啥好走的！那节目才好看！还请了歌星来的。”爸爸游说他。

说归说，劝归劝，他太清楚陈修良这人了，脾气臭，性格又倔，他今天说不想来了，就是不得来——他们来回递了几嘴子，陈修良果然没松口。

最后爸爸只有说：“那你明天来嘛，明天我们彩排，都是屋

① 走人户，意为走亲访友。

头的人，来看我们彩排然后一起吃顿饭嘛！”

“屋头人都来啦？”陈修良说。

“啊！我哥嘛，还有我姐也回来了！”

“莉珊也回来了啊。”陈修良抽了一口烟，把烟锅巴在地上杵了，又用脚板踩了踩，“那我来嘛，也来帮忙嘛！”

“哎呀！你帮啥忙哦！你就带起眼睛来看，带起嘴巴来吃就对了！”

抽完了烟，说完了闲话，爸爸心里总算舒坦了些，陈修良转身子走了，留下他一个人买软中。

买软中就买软中嘛，这头爸爸正在摸钱，那头他的手机就嘟嘟嘟响起来了。还是那首歌，好一朵美丽的茉莉花，唱得那叫一个婉转。爸爸把一张一百的票子挥给周老四，空出手来接起了电话。

真是见了鬼了，电话那边居然是姑爹。

“胜强啊！”姑爹还是那个声音，斯斯文文，讨讨好好。

“啊！啊！”爸爸下意识还是想喊他一声哥，又觉得是不是有点不妥当，“你说嘛！”他最后说。

周老四把零钱找给爸爸，他一把抓过来塞进裤子包包里，转过身去好专心致志地在心头骂姑爹：“你个龟儿子！现在来找我，找我肯定没好事，有啥事嘛，几下说完，老子好回去吃夜饭。”他想。

“胜强，”结果人家姑爹说，“我回来了，现在在北街这边，你看你有没空跟我见一下嘛，我有事想跟你说。”

不用说，肯定是姑姑的事嘛，既然是姑姑的事，就是个泥水坑爸爸也只有扑通一声跳下去了。只可怜妈妈备了一桌子的饭菜，可怜爸爸累得心慌慌，还满心想着回去吃两颗神仙药，也只能勒转了缰绳去见姑爹。一个家这么大，按到这头按不到那头，就像奶奶说的，管个家真的难难难啊。

一见到姑爹的打头，爸爸就懂了：穿个吊垮垮的衬衫，胡子也没刮光生，脸上污一坨黑一坨的看起来霉得慌，坐到茶楼里头，位子边上放了个女兮兮的公文包，一看到爸爸走过来了，端手的茶杯子扑通一声放到桌子上，站起来笑嘻嘻地喊他：“胜强！在这！”

还有啥好说的？爸爸心头骂了句怪话，一屁股坐下来：“肯定是这瓜娃子后悔了，要找姐和好嘛！你早到哪儿去了呢？现在说这些还有啥用！龟儿子的！”

姑爹倒还想得美，面子上还要虚晃一下：“胜强啊，你姐回来这么多天，给你们添麻烦了！”

爸爸呢，就没他那么好的涵养了，反正他本来就是鬼火冒，想着“刘瞿康你回来就是跳炸药堆堆的”，他就说：“大哥，当时我咋给你说的？好自为之！好自为之！我姐哪点对不起你了？你说怎么搞成这个样子了？”

姑爹的脸唰地白了，然后又红了，粉嘟嘟的倒也好看。“哎呀！胜强！这事弄成这样，真是……我也不想啊！”

“那你说要咋办嘛。”爸爸懒得跟他废话。

“这事啊，”姑爹说，“你真的要帮我劝一下你姐，你说我们这么大了，离啥婚嘛！离婚协议你姐签了字，丢给我，我还没签……我真的是不想离婚啊，她又不见我，胜强，你要帮我说句话啊。我们离了对哪个都没好处，有啥事不能好好商量呢？”

听他这么一说，怪得很，爸爸心里面觉得落了一块石头，他暗暗松了一口气，说：“大哥，不是我说你，姐肯定是被你气慌了，不然也不得闹成这个样子，你说我姐好好的脾气！”

“是啊是啊，”姑爹赶紧点头，“本来也没啥事，不知道你姐这次为啥这么坚决，一下子就说要离婚，然后就搞成这个样子了，真是一点预兆都没的！”

“没的预兆？”爸爸真要背后伸出手来给他两个耳巴子了，他想，“你龟儿子租个房子养个婆娘的时候不是预兆啊？”——按理说，他肯定是要骂姑爹两句的，骂舒服了再骂个四五句也可能。但，将心比心的，爸爸也不是不讲道理，也不是不想家头的人好，要得公道，打个颠倒，他想到自己这头的鸡飞蛋打，想到妈妈的宽宏大量。

他就稳了稳气，说：“好嘛，我就帮你这一次，但是我先说清楚了，这是最后一次！你要是再搞点啥花样出来，不要怪我不客气！”

“哎呀胜强！”姑爹抹了抹额头，“我懂我懂！我哪还敢嘛！你姐一走啊，家不成家，刘星辰天天都在念我，说我把他妈气跑了没人带娃娃，唉！我简直不活人了！”

爸爸不说话，他想问一问他呢又觉得没什么好问的，想劝他两句呢又觉得他真的是该得该遭。他看着姑爹放在椅子边上的公文包，正在想事，那茶房的小妹却想起了，这个时候才跑过来问他要喝啥茶。爸爸干脆就说：“喝啥喝！话都说完了！人都走了！”

他就站起来走了，也不问姑爹吃不吃饭，喝不喝酒，晚上到哪儿去消遣。姑爹呢，在他后头喊：“胜强！这事你要放在心上啊！”

爸爸走出门去，看见姑爹的雪铁龙轿车停在路边上，心里面又是一阵鬼火冒。他还是讲信用的，拿出电话来给姑姑打电话，一边打，一边想：“你们这些人啊，一串糖葫芦样跑回来！叮叮咚咚的！还嫌老子不够烦！”

他倒是骂着，饿着肚皮，等着姑姑接电话，却不知道自己以后还是要记着姑爹的好的。“鬼才想得到，事情居然是这么长起在！”他后来说，“要不是大哥回来这一趟，我一辈子都是个瓜娃子！”

以后的事啊，神仙也说不清楚。我们镇上的人怎么唱的呢，唱：讨口子，惹人嫌，挑根锄头出城关，田坎间，挖一挖，挖个红苕好吃饭，挖到一箱金元宝，抱个婆娘把家还。

说的就是这个道理。

爸爸跑到金叶宾馆去找姑姑，那个时候他还没体会到这个道理。姑姑正在房间里面看书，把门打开放爸爸进来，问他：“胜强，你怎么现在跑来找我？有事啊？”

爸爸呢，嘴里头包着话，看着姑姑，反而有点不好意思说了。他先是上了个厕所，然后又说要吃饭，姑姑就打电话让总台送一碗牛肉面上来，两个人等着等着等这碗面，没法了，爸爸终于开了口。

“姐啊，这事本来也不该我开口，不过大哥找到我这，我就只有硬着头皮来了……”

姑姑手里面本来拿着书，这下把书也放下了，说：“他还挺聪明的，找到你了！”

“姐，”爸爸喊了一声，觉得气虚得很，他搜肠刮肚地想找两句话出来，又饿得钻心，“其实啊，前两天陈安琴才说要跟我离婚。”他说了这么一句话出来。

“哦？你们俩又怎么了？”姑姑问。

爸爸就把这次和妈妈的曲折，深一句浅一句说了，本来，他早就想跟姑姑说，憋了一肚子也找不到时候，这下终于一吐为快了。跟大伯还不一样，和姑姑说起来，啥妈妈啊，钟馨郁啊，娃娃啊，他就说得格外动感情，中途服务员送来了牛肉面，他抱怀怀里头也没顾得上吃，继续说："所以姐啊，本来你和大哥离婚我是支持的，但经过这个事，我觉得两口子能在一起真不容易，怎么说还是原配好，大哥又来求我，我就来当个讨人嫌，当这个说客。你考虑一下嘛，毕竟离婚书还没递上去，递上去后悔就来不及了，几十年的夫妻，你说呢？"

姑姑听爸爸有声有色地这么说了一番，哭笑不得。"胜强长大懂事了啊。"她心里闪过去想了这么一句——就是这个意思嘛，真像是河马嘴里面钻出了黄鹂鸟。

"你先把面吃了吧。"她说。

爸爸这才想起面的事，他收拾起心情，埋头吃牛肉面，一边吃，一边等姑姑说话。

姑姑呢，坐在沙发上看他穷痨饿瞎地吃面，看到爸爸脑壳顶上真真切切有两三根白生生的头发长出来了，她说："胜强你多吃点，不要饿到了。"

这句话她倒是说就说了，爸爸心里面呢，不知道想起了多少往年间的穷日子，旧年月。他还是笑嘻嘻的，说："姐，不能多吃了！你看我这肚皮！"

两个人看了一回爸爸的肚皮，笑了一笑，姑姑终于说："你大哥这事，你也不要帮他说好话了，我和他这婚是离定了。"

"为啥呢？"爸爸没想到，这姑姑真是雷打不动地坚决。

"你想啊，"姑姑把两只手抱在膝盖上，"我和他早就没感情了，过一天挨一天日子，本来也就这样了。可现在有了妈这个事，就无论如何也不能再这样子了，不然等到妈遗产一下来，他不是捡了个大便宜？其他也就算了，他拿我的钱养个女朋友，那是我自己的失败，可是妈的钱还要给他，我真是不忍心。”

爸爸真的吓到了。天外面第一次听到这一声响雷。他简直莫名其妙，脑壳光光，把面碗放到写字台上，问：“姐，你说的啥啊？我咋一句都听不懂？妈为啥要分遗产？她有啥遗产？”

姑姑看了他一回，这才想到这个小娃娃可能真还蒙在鼓里。毕竟也是自己的亲生弟弟，姑姑就放软了声气，对他说：“以前外爷留下来的东西，妈说了，现在算下来七位数肯定是有的，这些都是要留给我们三个的。”

爸爸扳着手指拇数了一数，一二三四五六七，不得了！哪时候家头冒出这么多钱来了？他咋屁都没听到一个呢？他就问了：“不可能吧！我怎么从来没听过！我还守到厂里头在呢！”

“厂是厂，其他的钱是其他的钱，”姑姑细细地给爸爸解释，“你那个时候还小，妈可能也没给你说，本来啊，豆瓣厂连着半条西街都是薛家的，后来充了公——就算是充了公，外爷也私自藏了些下来，都是古董，到现在真是值价的，所以，就有这么多钱。”

爸爸张着个嘴，真像在听说书先生讲神话，脑壳里面嗡嗡嗡的，这倒不是钱的问题——他薛胜强这辈子钱还是不缺的——问题是，这么大个事，奶奶居然从来没跟他提过！

“这事你和哥都知道？”爸爸脑壳里面轰隆隆的，忽然想起那天在鱼跃庄大伯好像也提到过遗产这两个字。

“对啊，”姑姑点了点头，“就是你哥给我说的，他说，”她顿了顿，“好像从安琴那听说的。”

姑姑一张脸白白净净的，映着宾馆房间里面的灯，瓷盘子一样，一点也不显老。爸爸就想到以前每天守着电视看她播新闻的时候：今天美国要打仗，明天非洲饿死人，后天下雨，大后天出太阳——就是这些事，反正嘛，跟平乐镇这一块二方地似乎都没啥关系，爸爸也就是看个亲热，听个稀奇。

现在这一回，也算是个新闻了，但爸爸听在耳朵里，响在心口里，那卡在喉咙上的何止是一口浓痰。

这下子，他没闲心管姑爹的事了，姑姑把他送出来，喊他早点回家休息："胜强，明天还要彩排一天，事情太多了，你也不要多想了，早点休息，啊？"

爸爸答应了她一句，继续往外面走，心里面一阵一阵扯起扯起地痛。他给大伯打了个电话没人接，这才想起他去约会了，好嘛，他就给钟师忠打电话。

还是老钟对啊——钟师忠一把就把电话接起来了，欢欢喜喜地说："薛胜强！你个虾子这下放出来啦？我还以为你终身监禁了！"

爸爸听到这熟悉的声音，走下了金叶宾馆的台阶，他想说："老钟，老子又当闷猪儿了！结果我妈背到我存了一笔钱！"他想说："老钟啊，你说陈安琴对我这么好，难不成真的龟儿子是为了这笔钱？你说我哥我姐我还想得过，他们毕竟是挣工资的，我！我又不缺钱，有好多钱嘛，那婆娘不至于嘛！"他还想说："老子想不通！老子这回真的瓜了！老子找你喝酒！"——但是他哪敢说？奶奶早就教育过了："胜强，你啊说话真要注意了，哪些话能说，哪些话不能说，得过过脑子，不要当着外人说家里的事，防人之心不可无啊！"

他就只有说："老钟，上次你说的那个医生，小姚找的，不然我还是去看一下嘛，我这两天心口真的有点不舒服。”

钟师忠真是关心爸爸的，在电话那边马上吼了起来：“哎呀！你咋回事胜强？你赶紧回去休息赶紧回去休息，这事马虎不得，心脏病不是一般的，你要记得吃药啊！”

“哎呀，我现在就回去吃药嘛，你不要吼嘛。”爸爸一步一步下台阶，觉得走一步脑壳就跟着痛。

“你这人啊！”老钟说，“你说你在倔啥？这么大的事，还鼓捣不许我说出去，安琴现在知道这事了吗？真的瞒不得了，我马上就打电话给她说，喊她这两天好生照顾一下你，周一我们好去城里头看病。”

“哎呀哎呀！”爸爸一听到妈妈的名字心里更不安逸了，“你不要给安琴说，说不得啊，这两天更说不得！”

“有啥嘛，”钟师忠也是生气了，“不就是你妈过生吗？有你哥你姐在，你怕啥，不能说给老太太祝个寿，把你的命收了嘛！”

话是说重了，爸爸知道他还是好心，他好声好气地说：“不是这事，是我和安琴自己有点事。”

“你们有啥事嘛，是不是外头那个事闹起来了？哎呀胜强，我不好说你的，这事真的是你不对……”老钟还要啰唆。

爸爸正儿八经累得心慌，没精神跟他扯，他说：“哎呀，电话里头说不清楚，不然明天你来厂里头嘛。明天我妈过生彩排，一起吃个饭，家头人都在，不然星期六就闹了，话都说不到两句。”

“来嘛！”钟再干脆不过了，“我来给你帮忙，你娃给我注意到点，好生休息，不要瞎搞！”

爸爸走在北门上，黑漆漆的一条路一直走到了十字口，越走越是荒凉。本来，这镇上的每一个铺面，每一根电杆他都再熟悉不过了，过了十字口打个右转手，就走到了西门这条街。这条街道上古来是开私塾的，解放前有一家岷阳书院，爷爷还在那里教过书，后来成了平乐二小，一到下午，门口水泄不通都是接娃娃下课的家长。过了二小，两步就走到了神仙桥，过了神仙桥，就是豆瓣厂，过了豆瓣厂，就是曹家巷（以前爸爸他们住的院坝也在这开了个后门），曹家巷斜对面过去是庆丰园，然后再往城外面走一走，过了新修的二环路，就是那个住着妈妈陈安琴和他自己的家。

以往，爸爸也不是没有不想回家的时候——那也简单，不想回去，就出去跟弟兄们喝酒嘛，或者去钟馨郁家，退一万步说，还可以去奶奶家。“现在呢，怎么就成了这样？”他走在西街上，一条直路只有走到了黑，心里面是冰凉凉痛扯扯，好不容易，他爬上六楼，回到了家。

他本来想先去吃药，却听见妈妈正在客厅里面打电话。他咔嚓门一开，她就马上跟电话里说：“先不说了，明天再说嘛，明天再说。”——挂了电话。爸爸也不说话，就开始脱鞋子，妈妈走过来，问他：“胜强，怎么回来这么晚啊？又有事耽搁了？吃饭了没？我自己先吃了，没吃我给你热菜。”

爸爸没接她的话，问她：“你在给哪个打电话啊？”

妈妈脸上表情倒是没换，只停顿了微微的一秒钟，说：“玉芬嘛。”

“你们两个倒是谈得来，上班说了那么多话不够，下班还要说。”爸爸走到饭桌边上去看今天有啥剩菜，用两根拇指抓了一截猪尾巴丢到嘴里面。

“胜强！不洗手就吃！”妈妈着着急急地赶上来，像爸爸抢了她的心肝。

爸爸也听话，就去洗了手，妈妈给他热了菜，热了饭，两个人坐到一张桌子上，他吃饭，妈妈看他吃。“你也吃嘛安琴。”爸爸说。

“我吃过了的嘛。”妈妈说。

爸爸先扒了两口饭，空出嘴来，说：“刚刚大哥回来了，找我来帮他劝姐和好，我就去了姐那一趟。”

妈妈“啊”了一声，很是关心的样子：“那姐怎么说？”

爸爸摇了摇头，脆脆地嚼了一坨猪尾巴，然后说：“我看姐是下定决心了，这事不好搞。”

“唉！”她张开嘴巴叹了一口气，“姐这人啊，就是倔得很，你说一把年纪，离啥婚啊？两口子收拾到能过就过嘛。”

爸爸看了她一眼，把筷子转过去夹了一坨鱼香茄子。说完了姑姑，再说大伯——“你听哥说过没，他好像现在处了个对象。今天下午我问了他一下，好像对方情况还有点复杂。”他说。

“是吗？”好像是第一次听到，妈妈摆起了多惊讶的样子，“是啥样的情况？”

“他也没细说，神神秘秘的，说时候到了就带给我们看嘛。哎呀，随便是哪个，我觉得都可以，我哥这么大了，能定下来就最好。”

“也是啊……”她还正想下一句，爸爸却忍不住了——终究还是个卖豆瓣的脾气啊——他把筷子往桌子上一放：“安琴！我听姐说妈有一笔遗产，这事还是你给他们说的，这是啥时候的事？我咋不知道？你咋又跑去跟他们说呢？”

“哎呀！”妈妈一张脸在灯下面，像被鱼刺卡了喉咙，差点说不出话。但她终于稳下了心神，编成了下面这段话：“你妈以前给我说的嘛，她说你性格大大咧咧，又爱花钱，如果你知道了还得了，肯定几下就花了，所以就给我说了。至于你哥和你姐怎么就知道了，这我真不知道，胜强，真不是我给他们说的啊！你说我跟他们哪有什么联系嘛！”妈妈愁着脸，好像见了个蛇美人，比爸爸还惊讶。

爸爸看着她的样子，吃着暖心心的饭，就想：“算了算了，几个㞞钱的事，得饶人处且饶人，我又是个啥好东西嘛！终究是两口子！我跟她计较啥！”

后来他才后悔了，想起来想起来了，就说：“就是那天嘛！陈安琴那个婆娘，明明啥都一清二楚的，偏偏不给我说，我呢，也是个瓜娃子，袜子都递到嘴边上了，偏偏不问了！一群人背到我，把我当闷猪儿！龟儿子的！”

公说公有理，妈妈自又是另一套说法。她也是苦着个脸，唉声叹气：“我要早知道要搞成这个样子，我就给他说了，唉！说来说去，哪能怪我呢，都是你大伯搞的事嘛！他要个朋友耍个朋友，非要弄得一家人鸡飞狗跳的，你说天底下那么多女的，哪个不好——唉，我也是想说，但我哪好说？又不是我的事，说到底，我又是个外人，我哪好随便说啊！”

“又说这个钱的事，”她还没说完，“我也是遇到他们这家人了！你奶奶也是笑人，真还把人看扁了，以为我就图她那几个臭钱，不敢给你爸离婚了。我说来说去，还不都是为了你，离了婚，哪来的钱给你医病？——都是为了你啊！我给你说，我们陈家的人跟他们薛家的人哪一样，你看看你外爷，你看看你姥姥，哪个不是知书达理，客客气气，我们做事是讲道理的，是有修养的，哪像他们这一家人，一个二个，听到这笔遗产的事，都跳起跳起跑回来拍老太太的马屁——笑死人了！还以为我也是这样的人！”

这都是烧完了草船诸葛亮才说的话，先不管了。当天晚上，爸爸和妈妈吃了饭，洗了澡，按照安心要过日子的样子睡在床上，想着各自的心事，想着这个周末给奶奶过生的忙忙乱乱，想着这一大家子人，想着过去几个星期的闹剧。爸爸想一想，还是伸出手来在铺盖窝里头抓住了妈妈的手，说：“等这些事忙完了，我们还是找个周末去崇宁县看一下兴兴嘛，不知道她好点没？”妈妈才想说话，声音却哽了：“前几天老师给我打电话，说最近好些了，还会写日记了。说到这我又要说了，你说你妈是不是狠心嘛，这么小一个娃娃，无非得了病嘛，她居然说不理就不理。”“哎呀！”两头都是肉，里外不是人，爸爸只有假装大而化之地说，“她老人家了嘛，你体谅一下。”

也就是说了这两句，两个人就睡着了。圆圆的月亮下面吹着东风，鸦雀也没个半只。

第二天真是个大日子。爸爸自己开着奥迪车去庆丰园接奶奶的驾。老太太磨磨蹭蹭了半天从楼上下来了，穿得那叫一个舒气，你看她：里头穿了一件真丝象牙白衬衫，领边上绣了两朵蓝幽幽的兰花，外面套了个深枣红的薄呢外套，剪裁得修修长长，很显气质，下半身穿了一条竖条细银丝线西服裤子，配一双牛皮的新皮鞋，亮澄澄的没半颗灰尘。

全家也就只有爸爸脸皮厚，说话不像话，他迎面见了这一个奶奶，笑起来说：“嗨！妈！你这是要过生啊还是要嫁人啦？——今天又不是正日子，要还等明天！咋就把好衣裳都穿出来了！”

他这一大声武气的，奶奶脸都红了。左右看了看还好没有熟人，一把拉着他的手膀子就开始教育他：“胜强！你说话没大没小嘛！啥好衣裳！我的衣裳哪件不好了！随便穿一下你也这么多话！”

“哎呀呀！”爸爸笑嘻嘻地弯着腰杆，扶着老太君上轿子。奶奶坐定了，问爸爸：“朱成呢？怎么你在开车？”

“朱成这娃不得行！”爸爸把车发动了，“我喊他回去了，过段时间重新找个司机。”

“这怎么行！”奶奶在后排着了急，“胜强，你怎么这么大个事都不给我商量一声？这朱成来工作的事是我答应了朱胜全的，你自己一句话都不给我说就把他开除了？你怎么这样子做事啊？”

她不说还好，她一说，爸爸就还忍不住要回一嘴子了。他就说：“有啥好商量的？一个司机有啥嘛，倒是妈，我才听说原来你还有好大一笔私房钱，你给安琴说了，给姐说了，给哥说了，就是不给我说，你咋也不给我商量呢？”

奶奶是何等聪明的人，一说就懂了——今天原来吹的是这股妖风！她一下子笑了一声出来，说：“哪个给你说的这个事啊？”

“姐给我说的。”爸爸闷声闷气地转着方向盘，“妈，真的有这事啊？我们家头哪儿藏了那么多钱？我不信，你给他们说都不给我说，我不信。”

奶奶看着她的这块打心锤锤，后脑壳上是圆溜溜黑油油的，她噗的一声笑了起来，一边笑，一边说：“胜强啊！你都说了你不信，那你还怄啥怄？”

爸爸忍不住转过头来看了奶奶一眼：“那到底有没这事嘛，怎么姐说哥，她，还有安琴都知道了？”

“陈安琴这婆娘！嘴才大的！”奶奶摇了摇头，“你说呢？还不是你给妈出的难题！你在我楼上出了事，还弄到医院里面去，好难看！好丢脸！陈安琴跑过来看到，你说我咋跟她解释？你还好意思说！我八十岁一个人了，还要给你擦这种屁股！”

“我就料想到陈安琴这个人，”奶奶说起这事来真像中了个彩券一样，“啥县委大院出来的，还不是我们镇上的人，终究就是小市民一个，你说当时她不管不顾，非要嫁给你，还不是觉得我们家有几分家底？正好了，我就跟她说，我们家啊还有一大笔遗产，至少上了七位数，你看我这反正也是八十岁了，等好好过了这个生，我就把钱都发出去——我反正是个老太婆，一分钱不用了，就是想着娃娃好，哪个表现得好，我就多发给哪个，你们两口子呢，我就希望你们好，吵吵嘴无可避免，但是不要离婚，毕竟一家人，不能让其他人看了笑话。”

爸爸手一抖差点按响了喇叭，他把车停在豆瓣厂门口等左转，又回头看了奶奶一眼，看到她高高兴兴地像刚吃了块甜烧白，就真的是什么话都不好说了——说一千道一万，还是亲妈来维护亲儿子：为了儿子不离婚，为了安住媳妇的心，为了这家人留下一张面子，揣起老脸把这种谎都扯出来了！

“妈啊，”爸爸把车转过去，摸着朱成摸过的这个方向盘，又觉得心口一阵难受，“这事是我给你添麻烦了，我以后再也不得了。”

“不说了！”还是奶奶豁达，“都过去了！今天都高高兴兴的！”

的确是值得高兴的，四月里的天，太阳暖洋洋地照起来，满地开起花，满天飘着云，横幅扯着，彩旗飘着，奶奶隔着车窗看一看，乐得笑眯了眼睛：“弄得好！弄得好！真是弄得好！”

这些小辈的人不懂奶奶心里面的酸楚啊，几十年了，她扶着太公颠颠倒倒从这条道上家破人亡地走出来，又终于能带着儿子踩着祥云走进去——下得车来，人人都在跟她问好，人人都在跟她说笑，哪个敢说她的不是。她走到晒坝上，看着这块老地方今天也焕然一新了，搭起了亮闪闪的舞台子，扯上了红艳艳的红绸子，背后一块水墨画般的大背景，映着春花春水，写着“春娟豆瓣百年庆”——她紧紧捏着爸爸的手，捏得皮都要粘到他手上了，爸爸就说：“妈，我们先去会议室坐一下，等他们来。”

奶奶就定了心神，端起架子，跟爸爸到会议室里面去。曾主任屁颠颠地泡来两杯茶，连声说：“薛厂长好，老太太好！”

“好！好！”爸爸打发了他出去，喝一口花茶觉得人都舒朗了，“妈，等会你好生看啊，节目只有那么精彩了，姐和哥都出了好多力！”

钟摆嘀嘀嗒嗒走了一阵，人也一个个来了：打灯的，调音的，跳舞的，写字的，舞剑的，朗诵的，说相声的，打快板的，陈修良来了，钟师忠来了，姑姑也来了，最稀奇的是姑爹这个霉到了的也耷头耷脸地跟在姑姑屁股后头来了。爸爸看了他一眼，他呢，忙着给姑姑端茶送水，像是忘了爸爸帮他说好话的恩情一般。

也罢了，经了几番风雨，爸爸也算是把这些看穿了。一群人互相打了招呼，问了平安，就坐下来喝茶嗑瓜子吃水果，热热闹闹地像开茶话会，就等着大伯过来大戏就要开演。

大伯一等不来，二等不来，大家闲得无聊了，姑姑说：“这知明跑到哪儿去了，怎么还不来？”

爸爸还不知道怎么搭话，奶奶就乐呵呵地说：“他早上给我打了个电话，说今天要给我一个惊喜。可能是去准备了。”

爸爸一听，心里就有了数。想说：“所以我哥会做事呢，今天把女朋友带回来就是对，今天认识了，明天一起过大生！”

说到过生，他又忽然想起了楼上办公室里头的寿联还没挂起，他就一拍大腿把曾主任喊过来，让他搬下来给老太太赏一赏，早点挂出来，好给她个高兴。

“真鸡巴撞了鬼了！你说你奶奶那个人，哪个摸得到她在想啥子嘛！”后来想起这事情，爸爸还是没明白，拍着大腿骂了一句。

本来大家都是在夸着：“好啊！”“这个有点意思！”“写得好写得好！”一副一副看过去，转眼间就看到了陈修孝那张，爸爸还得意地抖了一抖那卷轴，对陈修良说：“师父，来看一下嘛，我岳父写的。”

镇上稍老一点的人都知道，陈修良和陈修孝本来就是一家里的堂兄弟，不过富来亲热穷来远，走动得不勤——不管怎么说，也是一门亲戚，陈修良就把烟杵了，兴致勃勃地走过来看对子：

英莲八秩，萱草堂前弄瑞鹤；
春娟百载，姜桂庭中迎灵龟。

钟师忠念了一遍，说：“胜强，你丈人有点文采哦！写得费了心的！有意思！有意思！”

爸爸也是这么觉得的，他转过头去看奶奶，等着听老太君的表扬话——鬼想得到！他就眼睁睁看着奶奶变了脸色。

奶奶真是变了脸色，不是一般地变了脸色，一张脸刷白了，她啪地站起来，把所有人都吓了一跳。

“妈，你咋了？”爸爸赶紧问她。

她一句话都不说，转过头去，推开椅子就走了出去，居然还走得飞快。

爸爸看着姑姑，姑姑看着爸爸，姑爹左看又右看。钟师忠一个外人看哪儿都不好看。爸爸对着门口喊："妈！妈！"他还想追出去，却被人一把拉住了。

拉着他的是姑姑，她这只手拉过爸爸，那边转头对着陈修良说："你还不赶紧去！还坐在那干什么？"——陈修良像被榔头打了一下一样站起来，追了出去。

爸爸从来没听过姑姑这样说话，吓了一跳，心里面好像被谁踩了一脚，通电一般痛得全身一缩。"姐，怎么啦？"他问。

"你不管，没你的事，让他去。"姑姑看着那副对子，又看了一遍。

"这对子怎么啦？"爸爸也看了一遍，没看出半点名堂。

"是啊，莉珊，怎么了？"姑爹也跟着问了一次。

姑姑没理他，跟爸爸说："胜强啊，你还是把这对子收起来吧，不要用了。你岳父那边，就随便想个借口敷衍一下吧。"

你说爸爸这个人，一根脖子上还真的就长了一个脑壳，调不得头，转不过弯，他还是想要问清楚，搞明白，拉着姑姑不放手。钟师忠就说："胜强，你就听你姐的嘛，一切以老太太高兴为重，八十岁嘛！"

一个房间里头剩了这四个人，两个比一个，还有一个姑爹基本是废票。爸爸着了急，又不知道奶奶去哪里了，又想起了大伯，他就说："我哥呢？等我哥来说！"

来了来了，说来就来。

这话说完没两分钟，大家还在会议室里等着陈修良把奶奶带回来，就看见大伯轻轻巧巧地推开门走进来，手边上跟了一个女子，他左右看了看，看着爸爸他们，第一句话说："妈呢？妈还没来？"

他还好意思问，其他人哪还想得起来找奶奶——特别是爸爸，他盯鼓鼓看着他身边的那个女的，看得对方都有点不好意思了，只有主动给他打了个招呼："胜强，好。"

爸爸一口痰就卡在喉咙上，一句话都说不出来，心头想："我的哥，你这玩笑开大了！"

又是钟师忠出来打了圆场，他也是好不容易清了嗓子，喊了一声："小芹，你咋来了？"

这不就是那个周小芹，前几天还坐在花椒铺子里面卖花椒，转眼就踩到豆瓣厂的地皮上来了！

这周小芹不说话，看了大伯一眼，大伯就把她的手牵着，说："我们要结婚了，我带她来给你们看一下。"

"看一下！"爸爸心里想，依然说不出话来，"你简直就是算准了时辰来丢炸弹的！"

"本来早就应该给你们说，"大伯好像知道爸爸心里在想什么，轻言细语地解释，"不过小芹她那边一直还在办离婚手续，不想引起不必要的麻烦，所以保密了很久。"

"知明，"姑姑又开了口，"所以说，你回来以前打电话给我，说你想好了，要回平乐镇来把应该争取的争取回来，是说的这个事？"

"是啊，"大伯紧紧捏着周小芹的手，总是不像年轻时候那么扭捏了，他又转过头来对着爸爸，"胜强你说，你在外面出了那么大的事，都闹到医院了，妈也可以给你包住。我这事她还能有什么意见——我和小芹这么多年的感情被生拉活扯开的，现在下了决心，排除那么多困难才走到一起了，她怎么也不会不支持吧？”

“关我啥事啊？”爸爸真想把自己拖出去打个五十大板，再丢到清溪河边上埋了，“我就是晕了去了趟医院嘛，咋你们就都知道了，咋就把你们都惹到了？还一个二个都跑回来了？”

这事还是要挨个来问，少问了一个都说不清楚。

先是妈妈。妈妈挺委屈，她说：“我是跟刘玉芬说了胜强晕倒的事，也是千叮咛万嘱咐不能跟其他人说，谁知道她转眼就给我说出去了？我自己老公的家丑，我也不想人家知道啊，谁让她到处给我说了！”

刘玉芬也是眼皮一翻：“我怎么知道周小芹给我留着这么一手！这么多年的朋友了，她啥时候偷偷又跟段知明好了，也不跟我说一声，我跟她说薛胜强的事，她转头就去跟段知明说了，他们枕头边上的事，我哪管得到！”

天地良心，其实也不是说枕头边上就这么轻巧：毕竟不是光明正大的事情，不管是爸爸要背着自己的老婆还是大伯要瞒着人家的老公，都不是个简单的活路——整整两年过家门而不入啊，也是为了打个掩护。

这天也是这样，趁着周的老公去进货，他开车来接了她去城外的白芙蓉宾馆约会。两个人一番云雨，几度贪欢，周小芹想起这事来，跟大伯说：“知明，你知道吗？你弟弟最近出事了。”

“他怎么了？”大伯还是紧张的。

周小芹就把这事给他说了，虽然是听来的，不过也还说得绘声绘色。说爸爸真是聪明倒了灶，把一个二奶养在老母亲的头顶上，说他在伊的床头一把晕了过去，居然也只有老母亲来搭救他。又说妈妈赶到了医院去，自然是大为光火，眼见一对鸳鸯要扯脱，老太太便咬牙祭出了天大一笔私房钱来，还说了：“只要让我过好了这个八十岁的生，马上就分给你们！”

大伯当时听了是听了，也不好意思在自己女朋友前面多表示什么，回家以后却怎么也咽不下这口气。

“你说你奶奶这心偏得！”他面皮上倒是客客气气，语气却难免不忿了，“这么多年来，吃好的拿好的，什么都给你爸了，我有啥？当年我跟周小芹是真心相爱，无非就是未婚先孕吧，就把我们两个弄成这个样子。现在你爸这是啥事？也难为你妈忍得下来这口气——花花肠子那么多，还真的就养起了一个，奶奶居然还要给他圆这个烂摊子！还要把那么多钱都分给他？——不是钱，真的不是钱的问题，而是感情！我有啥？我啥都没！四十多岁了，住着一套单位的烂房子，拿着那么点工资，还要到处挣外快，婚没结，家头没个人，晚了回去一口冷饭都吃不到！我这辈子就是忍得太多了，忍来忍去，竹篮打水一场空。我也不是要跟哪个争，这真的不是钱的问题，而是这份感情啊！”

他这倒就是回来了，留着姑姑在家里担心他。姑姑也是先叹一口气：“你大伯啊，还是心高气傲，又想不开，他打电话给我说这事，说要回去争，我说你争什么？妈的钱，家里的厂，该是谁的是谁的，说到底，还不是妈要怎么样就怎么样？这个家有谁争得过她？他还气不过你爸爸，我说啊，你爸爸也不容易，就你奶奶那个脾气，除了你爸，这么多年，还有谁受得了她？”

“不过，”姑姑又温言细语地说，“有一件事我倒是很佩服你爸爸，就是他这辈子真是个畅快人，想怎么过就怎么过，也不受谁的约束，不管最后什么结果吧，总归有个开心。”

当时的情况当然远远没有这么有秩序。一个房子里面六个人，除了爸爸，人人都要说两句话，七嘴八舌，猴子上树，各人翻各人的老皇历，嘴里吐着圆的方的，非要说出个理来。

大伯说他就是要跟周小芹结婚，周小芹哽哽咽咽说了两句眼流花儿就挂起了。钟师忠老打老实地劝他们，说："这事还要从长计议，你们老母亲八十岁了，这事对她真是个刺激。"姑姑也说了句公道话，说："知明啊算了嘛，这么多年都忍了，不急这一两天，今天先回去，过两天再说。到时候我们都帮你跟妈说情。"

"姐！我才不要算了！就是都这么多年了，难道我结个婚还要再求她，再看她脸色？我就是要今天把小芹带来给她看，从此就是一家人了，八十大寿当然要一家人都在了。"他揽住了周小芹的肩膀，"我前几天还跟胜强说了，他也说很支持我，胜强都这么说了，我就催着小芹赶紧把离婚的事办完，趁着你们都在，带回来见个面，一家人团个圆，我好心好意的，妈有啥好气的，就算要气，那也是她自己找气怄！"

爸爸被扯出来垫了背，才知道自己又着了他的道。"狗日的我是梦都梦不到你找了个周小芹的嘛！"他心里想。好不容易哽顺了喉咙上的气，他开了口："哥，我不是不支持你，你要结婚是好事，不过，还是等妈过了这个寿嘛，顺老人家一个高兴，不要这个时候给她找事。"

"胜强！"大伯可不知道爸爸说出这番话来用了多大的力气，反正他是一点没客气，"不是哥要说你，你也不看看你自己，你说我给妈找事？师忠，姐，还有大哥，你们都在，大家来评评理，到底是你给妈找事多还是我给妈找事多了？"

"就是！"姑爹也是憨痴，捡了半截故事，居然这时候出来帮腔，“胜强，你也为你哥想想吧，他四十多岁的人了，要结婚，就结婚嘛，男未婚女未嫁，我看不出来有什么不对的，我看妈也不会那么反对。”

“刘瞿康！”姑姑对着他吼了一声，“这哪儿有你说话的份！”

“怎么没有？”姑爹早一肚子委屈，“难道我不是这个家的人了？”

“你说呢？”姑姑居然不给他这个面子，当着钟师忠这个外人的面，说，“我们都马上要离婚了，你还有说话的份？”

“薛莉珊！”姑爹这个万年老王八居然硬挺起来，“我怎么就不能说话了？我们一天还没离婚，我就一天可以说话！你不是还要我来给你妈过生吗？不是还要我在她面前装没事吗？那我又不能说话了？——你不要我说话，我现在就走！”

“你走！你走！”姑姑抬起手来一指就是会议室的大门，“你现在走出去！不要以为我妈在我就怕你了，我妈也是个讲道理的人——你在外面养了个小的，难道还不许我离婚？”

“啥？”居然钟师忠也轰地跳出来，“莉珊，你说啥？这个人他好意思在外面养个小的？好久的事？胜强，你知道不？你为啥不给我说？”

“关你啥事嘛！你娃来添个屁的乱！”爸爸看了钟师忠这个人来疯一眼，没好意思把这句话说出来，也没力气说。他看着这一屋子乌喧喧的蚊虫蚂蚁，又焦心奶奶不知道去了外面哪里，更焦心她忽然推门进来看见这团乱——他想把大伯这两个人带出去，又想把姑爹留下来，一个人，两双手，绞起来成了个麻花——他正要踩个步子，踩出去，管自己黄继光还是董存瑞，总之先把这个江山定下来，留给奶奶好过生。真是忽然的，他就觉得一阵响雷打过来，心口一扯，痛得他全身都颤了。

“龟儿子！昨天晚上搞忘吃药了！”他脑壳里头只来得及闪了一下。

奶奶躲在晒坝边上的竹林盘背后的花台边，正在擦着眼流花儿怄阴气，想着自己这辈子的不容易，就听到背后窸窸窣窣地走来了一个人。

来的当然是陈修良，除了他还有哪个想得到奶奶会躲到这里来？——陈修良把手放在奶奶的肩膀上，说：“英娟，你不要怄了，我哥他老糊涂了，你何必跟他一般见识。”

“他哪老糊涂了！他聪明得很！你看他写的好对子！”奶奶不说不气，一说出嘴真是气得收不住，“陈修良，我这辈子也没哪点对不起你的，我们两个的事说得清清楚楚，断得干干净净的，你倒好，你说，你哥怎么会知道这事的，还给我写到对子里，当着我全家的娃娃，这人怎么这么阴毒！”

“哎呀！”陈修良也不得不叹了一口气，“是我不好，是我不对，我有一天跟他喝酒喝多了，就说出来了。我想到这么多年的事了，你看我们这些人也老的老了，死的也死了，而且莉珊也长大了，嫁人了，连孙儿都抱起了，也就没啥了不起的了，哪知道他这个人的脑筋！”

不说了不说了。奶奶这辈子端端正正，客客气气，活得就是一个脸皮。她说了：“不准写！这个事情如果写了就是要收我这条老命！”——这话一说，全家人哪个敢放半个屁。只有爸爸这种脸皮厚的，下来了，作个揖，说：“妈啊，哪个敢收你的命，你万岁！万岁万岁万万岁！”

奶奶就扑哧一声笑了。奶奶想起了爸爸，想：“这家人还是胜强贴我的心啊！”

越是这样想，越是心头欠。她坐在花台后面，一边擦着眼泪水，一边跟陈修良说着往年间的话，忽然听到院子里面像被火烧了一样闹起来了：“薛厂！薛厂长怎么了！”“胜强！”

“出事了！”奶奶见了多少大风浪，也一下子心坎冰凉，手板滚烫。她站起来往外面走，看见一个厂的人都堵在晒坝上，大伯和钟师忠还有姑爹抬着爸爸从房子里出来正往院子的空旷处走，姑姑跟着后面赶人，一边赶，一边说：“散开点，散开点，让他透点气！”不只是爸爸，家里每个人都脸刷白，钟师忠一边抬，一边说：“知明！你又不是不知道！我给你说了的嘛！胜强他心脏有问题，有那个啥综合征，危险得很，你气他干啥嘛！”

大伯这下真是讷讷地不说话了，说：“我哪是要气他，赶紧给医生打电话嘛，打了没？”

陈会计啊，曾主任啊，厂里头的这个那个啊，就算平时被爸爸骂烂了脑壳的那些也都全部跑过来了，围在边上，挡着奶奶。奶奶眼睛都花了，也没注意到周小芹，她脑壳一涨，往背后偏了一偏。

还是陈修良扶了她一把，说：“赶紧过去，赶紧过去看一下！”

这都是些真真正正心疼爸爸的人呐：大伯打电话喊救护车，钟师忠喊曾主任去弄个湿毛巾，又赶紧把爸爸的脑壳垫高起来了，姑姑眼睛都红了，嘴皮抖得跟树叶子一样，她说：“胜强怎么会这样，他平时看起来好好的嘛。”

“好啥啊！”老钟声音都嘶了，“他早就这样子了！去年过生的时候就翻过病，我鼓捣他去看的医生，医生说了，心脏病！喊他动手术他又不干，喊他戒烟戒酒戒婆娘他还是不干，还不准我说，你说这个虾子要搞啥嘛！他反正就不要命了！我咋说都说不到！”

“没事，没事！”奶奶一边说，一边走过去，伸手把挡她的人掰玉米一样掰开来，要看她的幺儿一眼，“胜强不会有事的，没事，等医生来！等医生来！”

你以为爸爸就真是昏死了？其实他心里面倒是清醒白醒的，听到这些人叽叽喳喳地在那鸡叫鹅叫，只有那么烦了。

“哎呀你们不要闹嘛！脑壳痛！”他在心头骂，一句话都说不出来。

一个奶奶，一个大伯，一个姑姑，一个姑爹，还有钟师忠，陈修良，齐崭崭围在爸爸边上，像是一把筷子。

也是撞了邪了，他脑壳里唰唰唰地把过去的事都跑了一趟：他小时候，他长大点了，他工作了，他跟红幺妹睡觉了，他跟妈妈结婚了，他有娃娃了，他又要跟妈妈离婚了，娃娃转眼得了疯病，娃娃书也不能读了，他挣钱了，他挣了好多好多钱，这个婆娘睡一下，又跟那个婆娘睡一下，乱七八糟地没个主次先后。

“老子这辈子还是很做了些过恶事啊，”他心揪揪地，“对不起你们啊，对不起。”

他真以为他要死了，血堵在半路上，胸口反而淌起了真心话。也就只有几分钟嘛，爸爸瞪着眼睛，吐着白泡子，想了好多事：天上飞的，地上跑的，从古到今的人生道理——以前是这样，以后也是这样，我们平乐镇几百年几万年还是这些老脸皮。

接下去几年基本上是这么个情况：钟师忠勤勤恳恳接着跟爸爸喝酒，又喝了两年，小姚居然怀了娃娃，这下老钟遭了个无期徒刑，乖乖地被老婆牵着鼻子回去耕田地了，爸爸骂了他两声，也算了，将就了，和老钟成了牛郎织女，就跟高涛这些人喝几口嘛；朱成本来是不开车了，结果奶奶坚持做人要讲信誉，答应了朱胜全的事怎么可以反悔，这个人居然就脸皮耷耷地回来了，爸爸先是气，气了一阵也算了，大家都是男人，互相理解嘛；钟馨郁呢，爸爸最后还是跟她见了一面。眼看给她租的房子要收了，他就主动约她出来吃了顿饭，钟一坐下来眼睛就红了，说："薛哥对不起，我也是没办法，想着总要有个人管娃娃。"爸爸呢，瞟一眼，眼睁睁看着她的肚皮扁平平地蔫了，就过意不去，又揪开包包来给了她一摞钱。还有姑姑，她最后还真的就跟姑爹离了婚，奶奶先是气得不行，连声呻唤："唉！娃娃都是来讨命债！我本来说你们这几个也就是莉珊最听我的话了，结果也不让我省心，都好大的人了，鼓捣要离婚！真的是气死我啊！"当然了，哪个也气不死奶奶，这是大家都心知肚明的，离了婚，姑姑就平心静气了，和奶奶的关系也亲近了，隔着一两个星期也回来看看她，奶奶便吃到了甜头，渐渐没了抱怨；最惹不起的还是大伯段知明，人家真的是蜜油的嘴巴，簪花的手腕，硬是让奶奶点头同意，跟周小芹结了婚，这就算了，还庄而重之地在王府饭店办了喜酒，爸爸给他操持的，好酒好菜好排场，镇上但凡认得到脸皮的都来了，大伯他忙着数清楚红包，当然没空批评这酒席是不是俗气了；唯一令人伤心的是爸爸的师父陈修良，老爷子真的是抽了太多烟，先是烧一双肺，再是烧一个肝，又把心啊肠啊都烧成了灰灰，眼见着一天天瘦了枯了，爸爸再给他买多的补品保健药都扯不回来，还没过到第三年的春节就去了。爸爸伤伤心心哭了一场，奶奶就趁机教育他要注意身体，他居然也像是听进去了，抽烟喝酒都控制起来了。

爸爸他自己的日子呢，基本上过得还将就。失了钟馨郁这块肉，他再说不在乎也消沉了小半年。那就休养生息嘛：总算想通了，去装了个心脏起搏器，慢慢好了。终究是野火烧不尽，第二年春风吹一吹，就又发了几枝桃花。一来回两勾兑，他居然跟王艳丹好了。这两个人确实是真正般配，浓情蜜意，比翼齐飞，王一度像是把爸爸收得服服帖帖了：他不跟其他婆娘乱来了，连幺五一条街都很少光顾了；在厂里面，还终于培养起了两个年轻的营销骨干，不再亲自出去当三陪了；奶奶那头，他也不敢再在心里笑她扯了个天大的谎去骗一个二个贪心眼的了，“扯拐了！难道真是我妈这招还管用了？”——他也不明原因，不知就里，反正莫名其妙地这家就是安住了：妈妈就算是很清楚王艳丹的事了也依然没作声气，该上班上班，该打麻将打麻将，该看书看书，该回娘家了也就提些礼行给外爷，该买东西就刷爸爸的卡，其他人也不多说闲话，毕竟，我们镇上有几个像陈安琴这么有福气，找得到爸爸这么有钱又大方的老公。

这些以后的事先不要提了。现在而今眼目下，爸爸最重要的任务是醒过来，免得这些人把眼流花儿啊，鼻涕水啊，都往他身上揩。

他就醒过来了，悠悠地说：“哎呀……”

一群人惊风火扯地：“胜强！胜强醒了！”

“哎呀小声点，”他还是有力气，把话说清楚了，“小声点，我没事，你们不要吼嘛，没事，还是先把妈的八十大寿过了再说。”

初稿于2012.6.16

修改于2012.7.14

于美国北卡罗来纳州达勒姆

铁葫芦

阅读开始了

阿乙

《春天在哪里》这本书收录的九个故事，是阿乙最新的短篇小说创作。故事的原型大多来自他与闻的民间异事，情节急转直下，带有一种原始的恐怖；而阿乙则像悲伤的猎人，埋伏在这些故事的转角处，等着给你当头一击。

李承鹏

《你是我的敌人》时评人李承鹏创作的长篇小说，展现其杂文写作之外的浪漫才情。一场刻骨铭心的爱情，就是一场与残酷生活的火拼，热血、少年，纯真得令人不敢直视。

阿丁

《寻欢者不知所终》由十四个中短篇小说组成。阿丁以一种与道德、制度、合理、文明保持距离的态度，试图呈现、追问生活与人性存在的各种可能性，充分展现了他对各类题材的驾驭力。

马原

《牛鬼蛇神》沉寂二十年首发长篇，马原归来。此书涉及人、鬼、兽，以及人与人、人与自然、人与宗教……马原把六十年人生中体会到的神奇和诡异全部倾注本书之中。

盛可以

《留一个房间给你用》盛可以笔下的女人是危险的，即便是柔弱的，也是具有攻占性的。读者在惊叹她对于女性禁忌地的直接冒犯时，会被她的敏锐与准确击中。

鲁敏

《九种忧伤》作者通过不同职业的人与生活面，以故事的形式，细节性深入人的各种几乎与生俱来的忧伤：交流的忧伤、死亡的忧伤、知识的忧伤、身份的忧伤、出生的忧伤……

官方微博 http://weibo.com/tiehulu **豆瓣小站** http://site.douban.com/tiehulu
地　　址 北京市朝阳区外馆东街23号院，100011

铁肩担道义　葫芦藏好书